終活の準備はお済みですか？

JN083040

桂 望実

角川文庫
24236

目次

第一章　鷹野亮子　五十五歳

1

三崎清《みさききよし》はテーブルにコーヒーを置いた。

鷹野亮子《たかのりょうこ》さんが手を止めて小さく頭を下げた。そしてすぐに、手元のアンケート用紙に書き込む作業に戻った。

向かいに座った清は、鷹野が書いているアンケート用紙を覗《のぞ》く。

年齢の欄の五十五という数字にちょっと驚く。

自分より二つ年上だとは。十歳ぐらい下だろうと見ていたんだが。

明るいグレーのスーツを着ている鷹野さんは、とても姿勢がいい。

ぴんと背筋を伸ばした状態で、どんどん書き込んでいく。

そのアンケート用紙は、このサロンに終活の相談に来た人にまず書いて貰《もら》うものだった。ビルの三階にある満風会《まんぷうかい》のサロンでは、終活のアドバイスを無料で行っている。満風会は葬儀会社千銀堂《せんぎんどう》の子会社だった。人は一度しか死なない。人口が減っている日本では、葬儀の回数も当然減っていくことになる。更に一度の葬儀に掛ける費用は縮小傾向にあり、葬儀自体をしない人も増えているため、葬儀会社の経営は厳しかった。どこも本業以外での収益確保の道を探っている。千銀堂も他社と同様に模索した結果、終活のアドバイスをする満風会を作った。終活のアドバイスをするとの触れ込みで客と接触すれば、葬儀の生前契約をして貰い易くなる上に、専門家に橋渡しをした際には紹介手数料も得られるからだ。

鷹野がペンを置き、アンケート用紙を回転させて清に向けた。

清はざっと目を通す。

東京在住の会社員。独身。一人暮らし。終活相談は初めて。サロンの存在はネット検索で調べて知ったと書かれていた。

さて、どうするか。

どう話を始めたらいいものかと清は迷う。

このサロンで働き始めて一ヵ月。

一番いい話の進め方なるものがわかっていない。

清は大学を卒業してからはずっと、食品メーカーで働いていた。だが業績が悪化してリストラが実施され、クビになった。ハローワークに通う中で、年齢不問、未経験者歓迎と謳《うた》う求人を見つけた。それが千銀堂だった。清は応募し採用された。

入社して二ヵ月経った頃だった。清は社長室に呼ばれた。木村《きむら》朋子《ともこ》社長が「仕事には慣れた？」と聞いてきた。清は即座に「クビですか？」と尋ねた。社長は目を丸くして「どうしてそんなことを言うの？」と言った。清は説明した。「皆さんに親切に教えて頂いているのに、なかなか決まり事を覚えられなくて、迷惑をお掛けしているからです」と。宗派によって葬儀のルールが違っていたり、サービス内容も金額によって様々だったりして、そうしたことをなかなか覚えられずに苦労していた。先輩社員たちは年をくった新入りに、呆《あき》れているだろうと推し測っていた。だから社長に呼ばれた時、真っ先に頭に浮かんだのは、またあの辛《つら》い就職活動をすることになるのかといった思いだった。

だが社長は小さい笑みを浮かべて「結論を出すのが少し早過ぎるんじゃない？」と言った。そして「決められていることを、その通りにするのは苦手なようね」と続けた。「決められた手順や、約束事がない仕事が向いているかもしれないから、子会社の満風会で終活相談員をやってみて頂戴。そっちも社長は私だからよろしくね」と語った。

それから一ヵ月。

終活相談員が向いているかどうかも、わかっていない。

清は口を開いた。「どうして終活をしてみようと思われたんでしょうか？」

「今年の初めに母が亡くなったんです」

「それは」頭を下げる。「ご愁傷様でした」

「有り難うございます。ずっと元気だったんです。健康診断でもどこも悪いところがなかって言われる人だったので、油断していたのかもしれません。それは母だけじゃなく私もですが。犬の散歩中に突然倒れまして、それっきりだったんです。心不全でした。母はなんにも準備をしていなかったんです。遺書はありませんでした。母がどんなお葬式にして欲しかったのかわからなかったので、私が決めるしかありませんでした。私にきょうだいはいないんです。お葬式の連絡も誰にしたらいいのかわかりませんでした。とても困りました。なんだか最後に、凄《すご》い親不孝をしているような気持ちになりました。そういう用意をしていなかった母が悪いんですけどね。相続についてもそうでした。母の考えはわかりませんから、私の判断でやるしかありません。ただ相続の手続きはとても大変だと聞いたので、自分でやるのは無理だろうと思って、司法書士の事務所に丸ごとお任せしました。手続きはすべて終わりましたが、それで良かったのかどうかという思いを、ずっと引き摺《ず》っています」自分の胸に手を当てた。「もやもやしているんです、気持ちが。私は独身で子どももいませんので、自分がどうしたいのかをきちんと決めておかないと、いけないと思いました。私には後処理をしてくれる人は誰もいませんから」

「そういうことだったんですね」

なるほど。そういう理由か。清はすっかり納得する。終活を考えるのはちょっと早過ぎないだろうかと思っていたが、話を聞けばその気持ちはよく理解出来た。ただ、鷹野さんの行動を理解は出来るが、私自身はまだ終活を本気で考えてみる気にはなれなかった。娘がまだ大学生で金が掛かるから、働いて稼がないといけないという気持ちが、強いせいかもしれない。今に精一杯なのだ。死んだ後のこと？　それより今日のことだ。またクビになって無職になるかもしれないのだから。とにかく今日を無事に乗り切りたい。

清は背後の棚からノートを取り出してテーブルに置いた。「これはうちのオリジナルのエンディングノートです。こうしたエンディングノートには色々なタイプがあるんですが、うちのノートの特徴は、前半と後半の二つに分かれているところなんです。前半はご自分のこれまでの歴史を書くようになっています。自分史ですね。これまでどういう人生を過ごされてきたのかを、整理してまとめていただくページです。後半はもしもの時にどうしたいのかを書き留めておく、エンディング用のページになっています。満風ノートと呼んでいます。鷹野さんの人生のこれまでと、これからを、この一冊にまとめられるようになっていますので、是非これを活用なさってください。あっ、言い忘れました。こちらは無料で差し上げます」

満風ノートをパラパラと捲《めく》る。「なんだか……大変そうですね」

「これを一気に書こうとしたら大変です。それは無理です。書けるところから少しずつ書いていってください。少しずつです。そうしているうちに、前に書いたことを変更したくなる方が多いようなんです。ですので、書いた時に日付けを入れておくといいですよ」

「………」

「もうすでに考えがまとまっていて、すぐに正式な書類を作成したいから、専門家と話をしたいといった状況ですか？」

「いえ、そういうことはまだ」鷹野さんは首を左右に振った。

「でしたら、まずはその満風ノートの書けるところから、少しずつお願いします。それで時々ここに遊びにいらしてください。どこが書けないとか、書いているうちにこれが心配になったとか、そういうお話をお聞かせください。全然書けないというお話でも構いません。そのお話の内容によって、専門家や業者を紹介させていただきますので」

小さく頷《うなず》いて「わかりました」と答えた。

2

鷹野亮子は満風ノートを閉じて眼鏡を外す。それから両手を上げて背中を反らす。そうしてからゆっくり両腕を下ろし、同時に息を吐いた。

休日の今日は午前十時に目を覚ました。自宅マンションでブランチを食べてから、昨日貰った満風ノートをローテーブルに広げた。そして書けそうなところから記入を始めた。だが書けるところは少なく、すぐにペンは止まってしまったのだった。

テーブルに両肘《ひじ》をつき指を組む。その上に顔を乗せた。

亮子が母親の四十九日法要と納骨式を一緒に済ませたのは、先々月だった。二十万円を掛けて、お父さんが眠っている墓にお母さんの遺骨を納めたばかりだ。だが一人娘の亮子には子どもがいない。自分の墓のことだけでなく、両親が眠っている墓をどうするかも考えなくてはいけないということに、今頃気付いてしまった。

なんとなく目を右へ向ける。

窓の前に置いたサボテンが枯れている。

これまで数え切れないほどの植木鉢を買って来た。だがどんなに手入れが簡単だと謳うものでも、枯らしてしまう。枯らしてしまう癖に部屋に緑は欲しいと思う。サボテンなら大丈夫じゃないかと思い付き、買ったのだけど……ダメだった。タワシのような薄茶色になってしまったサボテンを、いつまでも置いておかずにさっさと片付ければいいのだが、面倒臭くて何ヵ月もそのままにしている。仕事では面倒がらずに、きっちりとやっていると自分では思っている。だが私生活になると途端にずぼらになった。枯れたサボテンを捨てるだけのことが億劫《おっくう》で、放置してしまうのだ。

五十平米のこの部屋は三十歳の時に購入した。二十年のローンは四年前に完済した。

休日はどこかへ出掛けるよりも、自分の稼ぎで手に入れたこの我が城で、ぐだぐだするのが好きだった。

レースのカーテンが揺れる。

開けた窓から柔らかい風が入って来た。

チェストの上の写真立てには、四月のほんわかした陽が当たっている。

その中のお母さんの顔は輝いている。

今年の元旦《がんたん》に亮子は実家に行った。例年通り午前九時頃だった。デパートで買ったお節と、お母さんの手作りの雑煮を食べた。炬燵《こたつ》に入ってミカンを食べながらテレビを見ていたら、お母さんが結婚はしないのかと聞いてきた。それは久しぶりのフレーズだった。十年ぐらい前までは、なにかというと結婚はどうするのかと言ってきたものだった。でもぱたりと言わなくなったので、私の生き方を受け入れてくれたのだと思っていたのに。亮子はうんざりして「またその話？　もういい加減にしてよ」と言った。以前であればそう言えば黙ったお母さんが、その時はしつこかった。「だって一人じゃ老後は寂しいよ」とか、「心配なんだもの」と言い続けた。そして「亮子が可哀想なんだもの」と発言した。亮子はカチンときて、「帰る」と宣言した。コートを着始めると、お母さんは「なにも帰らなくたっていいじゃないの」と言ってきた。亮子はその言葉を無視してバッグを摑《つか》むと、廊下を進んだ。背後から「本当に帰っちゃうの？」とお母さんの寂しそうな声が聞こえてきた。亮子は振り返りもせずに実家を出た。マンションに戻った時には、お母さんへの怒りで心が煮えたぎるようだったが、翌日になると少し落ち着いた。怒って帰ったのは大人げなかったかなとも思ったが、お母さんに電話はしなかった。その三日後だった。病院から連絡が入りお母さんが緊急搬送されたと知った。駆け付けた時にはもう息をしていなかった。動転してなにも考えられなかった。だから哀しさを感じたのは少し経ってからだった。そして最後に聞いたお母さんの言葉が「本当に帰っちゃうの？」だったと気付いた時は全身が震えた。両腕を抱きかかえるようにして震えを押さえていると、あることに気が付いた。お母さんにとって最後に見た娘の姿は、立腹して荒々しく出て行く背中だったということに。胸が痛んだ。その痛みは胸の真ん中をえぐってくるような強烈なものだった。

立ち上がり酒の用意を始める。

ローテーブルにウイスキーの水割りと、チョコレートの箱を並べた。

休日の午後、まだ明るいうちから、甘いものをつまみに水割りをちびちびと飲むのが、最近のお気に入りだった。

今日のチョコレートは、京都の専門店から取り寄せたもの。

味の違う二十個のチョコレートが箱に整然と並んでいる。

素面《しらふ》で食べると、チョコレートは大抵どれも似たような味としか感じられない。だが水割りと一緒だと、その味わいをしっかりと舌が感じ取れるようになり、それぞれの個性や旨味《うまみ》を堪能出来た。

水割りとチョコレートと一緒に楽しむのは、海外ドラマだ。

ソファに斜め座りをしてモニターのリモコンを摑んだ。

どれにしようか。

画面を動かしていく。

二十代の頃は、友人と映画やショッピングに出かける休日が多かった。旅行にもしばしば行った。三十代になると途端に休日を一緒に過ごしてくれる人がいなくなり、一人で英会話学校に通い始めた。それに美術館に行く機会が多くなった。四十代には歌舞伎やクラシックバレエの公演に一人で行くようになり、そのことになんの抵抗もなくなった。五十代に入ると突然外に出るのが煩わしくなった。休日に部屋から一歩も出ずに済むよう、前日までに食料なども買い揃えておくようになっている。

モニターからお母さんの写真に目を移した。

亮子は心の中で話しかける。

今の私を可哀想だと思う？　お母さんからはそう見えるのかもね。でもね、私は満足しているの。こういう生活をね。気儘《きまま》で自由だもの。誰かに合わせる必要がないのって最高よ。今の暮らしを私は気に入っているの。お母さんには最後まで理解して貰えなくて、それは凄く残念に思うわ。これまでいくつかの選択をしてきて、そのどれも後悔してないの。後悔しているのは、たまにしかお母さんに会いに行かなかったこと。もっと会いに行けば良かったなって思ってる。そのうち旅行に行こうよって言っておきながら、実行に移さなかったのも悔やんでる。一泊ぐらいだったら、すぐにだって行けたはずなのに。寒いからとか、代金が高い時期だからとか色々理由をつけて、先延ばしにしてしまった。一緒にいられる時間には限りがあるって、どうして考えなかったんだろう。そっちでお父さんと会った？　五十年ぶりでもお互いがわかるものなの？　そっちの世界がどんなものか知らないけど、お父さんと一緒にいるなら仲良くね。

インターフォンが鳴った。

宅配便の配達員だった。

届いた箱をすぐに開ける。

ショッキングピンクのセーターと、ベージュのブラウスと、グレーのワイドパンツの三点だった。

亮子は洋服のレンタルサービスを利用していた。そこのスタイリストが選んだ品が毎回三アイテム分届く。

クローゼットには服が溢《あふ》れているのに、長年毎朝、あー、着るものがないと嘆いていた。コーディネートを広げるような、新しいものにチャレンジしようと思ってネットショップを巡っても、結局は手持ちのと似たような服を買ってしまう。こうした循環を断ち切るのは自分の力では無理だろうと考え、レンタルサービスに申し込んだ。すると予想外の服が届いた。これまでに着たことがないような色やアイテムに、スタイリストは私をわかっていないと不満をもった。そうではあっても、すぐに送り返すのも勿体《もったい》ない気がして会社に着て行ったら、それまで私の服にコメントしてきたことなんてなかった後輩たちから、それ、素敵ですねと言われた。自分で世界を狭くしていたのかもしれないと亮子は思った。

ショッキングピンクのセーターを手に取った。鏡の前に移動すると上半身にセーターを当てる。

「大丈夫？　痛くない？」と声に出して鏡の中の自分に尋ねてみる。

思い立ちお母さんの写真の前に移動した。お母さんに見せるようにしてくるりと回った。

そして声を出した。「派手じゃない？　そう？　なら、着て会社に行ってみようかな？　そうね。私は黒が多いからね。最後に一緒に服を買いに行ったのいつだったたっけ？　覚えてない？　覚えてないぐらい前だったのかもね。大学生の時、就職活動用のスーツをデパートに買いに一緒に行ったの、覚えてる？　試着室から私が出たら、お母さん、泣き出しちゃうんだもん。びっくりしたよ、あれは。大人になったんだなって思ったら、涙が出て来たって言ってたよね。嬉《うれ》しくてちょっと寂しいってお母さんの言葉、覚えてる。どうしてかね？　三十年以上経っているっていうのにね。お母さんの写真に話し掛けている今、私もちょっと寂しいよ」

涙が出そうになって足早にソファに近付いた。グラスを摑むと水割りを喉《のど》に流し込んだ。

3

六十代に見えるウエイターに、亮子はホットコーヒーをオーダーする。

ウエイターが立ち去るとすぐ、メニューを広げて新商品のページをスマホで撮影した。それから店内にいる客を数え、男女の比率と共にスマホに入力する。客のテーブルの食器などからそれぞれが注文した品を推測して、それもスマホに記録した。

亮子は勤めている会社のライバルであるコーヒーチェーン、アンバーの新店に偵察に来ていた。

ここは下町のアーケードの中央付近にある。入り口の左右には開店を祝うスタンド花が、いくつも置かれていた。

コーヒーは一杯五百円で競合店の中では高額だった。味には定評があり、セルフ式ではなく、席に着く客にスタッフが注文を取りに行き、またその品を客のテーブルまで運ぶスタイルを採っている。亮子が働くレインコーポレーションも、同じ接客方式を採っている。すべてのメニューの価格がアンバーより百円ぐらい安いのがウリで、店舗数を増やしていたが、外資のお洒落《しゃれ》なコーヒーチェーンが入ってきた辺りから風向きが変わった。コンビニやファストフードなどでも、こだわりのコーヒーを出すようになり、一気に商売敵《がたき》が増えてからは苦戦が続いている。そうした中であっても、アンバーはずっと変わらずにゆっくりと、だが確実に店舗を増やしていた。

それにしても、どうしてここに出店することにしたのか。亮子は首を捻《ひね》る。アーケードの中を歩いて来たが、物価はかなり安いといった印象を受けた。八百屋、肉屋、総菜屋、おでん種屋、たい焼き屋……どの店も都内の他の町と比べて価格は抑え目だった。その中で五百円のコーヒーで勝負しようと決断したのは、どうしてだったのだろう。亮子がこの空き物件を先に知っていたとしても、まず出店は検討しない。四百円のコーヒーは売れないと思うからだ。でも……。

亮子は店内を見回す。

平日の午後二時に二十人の客がいて、席は八割程度埋まっている。

まずまずの出だしだろう。

コーヒーが亮子の前に置かれた。

匂いを嗅《か》いでから口を付けた。

美味《おい》しい。

いい豆を使っているし手抜きをせずに淹《い》れたのだろう。旨味と苦味のバランスがちょうどいい。

これに比べるとうちのコーヒーは数段落ちる。「うちは四百円なんだからこれが精一杯だし、しょうがないんだ」と商品部の部長はよく言うが、しょうがないで済ませていいものなのかとの疑問をずっともっている。

亮子はバッグから満風ノートを取り出した。自分史年表のページを広げる。

左ページには年号と、その年にあった出来事と流行したものが書かれている。右ページの空欄はその年の自分の年齢と、自分に起こった出来事を書くためのスペースになっていた。

ページを捲り生まれた年の欄を探す。

そこにはいざなぎ景気と書いてあった。『涙の連絡船』という歌が流行《はや》ったともある。

アイビールックとオロナミンCドリンクもヒットしたらしい。

その右ページの空欄にお父さんの名と、お母さんの名と、生まれた病院の名前を書いた。次に小学校に入学した年の欄を探す。銀座《ぎんざ》にマクドナルドの一号店が出来たと書いてあった。

亮子はその右ページに、一年生の時の担任だった教師の名前を記した。それからパラパラと先のページを捲る。

自分史年表の最後に『特別な思い出』とタイトルの付いた項目があった。これまでの人生での特別な思い出を書く空欄が、大きく用意されている。

突然、中島茂《なかじましげる》を思い出した。もう何十年もまったく思い出さなかったのに、私の人生で特別な思い出はなんだろうと考え始めたら、真っ先に浮かんだのは茂のことだった。

茂とは異業種交流会で知り合った。亮子が三十二歳の時で茂は同い年だった。二回目のデートの時に茂が結婚していると知った。どうして隠していたのかと亮子が詰め寄ると、聞かれなかったから言わなかったと茂は答えた。子どももいるとわかり、亮子は怒って一人居酒屋を出た。茂は追いかけて来て「彼女との関係はとっくに終わっているんだ。別れるつもりなんだよ」と言った。それを信じることにした自分を蹴《け》り飛ばしたいと、その後何度思ったか。浮気をしたいだけの男の常套句《じょうとうく》に引っ掛かるほど、私はバカだった。茂との関係は二年続いた。もう嫌だ、別れようと亮子が言うと、茂は別れるぐらいなら死ぬと答えるのだった。ある日、だったら二人で死のうと亮子は返した。すると茂はそうしようと、あっさりと亮子の提案を受け入れた。亮子は病院で眠れないと訴えて睡眠薬を貰った。これを繰り返して、複数の病院からかなりの量を集めた。

＊　＊　＊

ローテーブルに並べた、睡眠薬のシートを見下ろして亮子は言った。「これだけあれば確実なんじゃない？」

神妙な顔で茂が頷く。「そうだな。きっと大丈夫だろう」

金曜日の午後七時。

亮子の部屋は窓もカーテンも閉め切っている。エアコンが出す風の音が微《かす》かに聞こえる。天井のライトはワイシャツ姿の茂を照らしていた。

決行予定の今日も、亮子と茂は定時までそれぞれの会社で働いた。そして仕事を終えてから、死ぬ場所と決めた亮子の部屋で合流した。

一時間前まで普通に仕事をしていたのが、なんだか不思議に感じられる。

亮子は確認する。「本当にいいの？」

「ああ。亮子ちゃんと一緒になりたかったが、それが出来ないからね。妻が別れてくれれば良かったんだが強情でさ。俺への復讐《ふくしゅう》だよ。俺だけ幸せにさせてなるもんかってさ。だからいいよ、これで」

亮子は青ざめた茂の顔をしばらくの間見つめた。それからシートに手を伸ばして、中の錠剤を一粒押し出す。そうやって錠剤をテーブルに落としていく。茂はそれを手伝おうとはせず、テーブルにどんどん増えていく白い錠剤を凝視していた。

すべてのシートの錠剤を出し終えると、白い粒の山が出来た。亮子は人差し指で、その山を切り裂くようにして二つに分けた。するとと茂が口を開いた。「人生の最後になにを食べたい？」

「えっ？」

「最後に食べたいものを食べようよ。最後なんだからさ」

「まぁ……いいけど」

「亮子ちゃんはなに食べたい？」

浮かんだのはお母さんが作る苺《いちご》のパイだった。小学生の頃から嬉しいことがあった時、哀しいことがあった時、節々でお母さんが作ってくれた。

最後に食べるならあのパイを食べたい。でも頼んじゃいけない。夏真っ盛りの今、苺は手に入りにくいだろうし、それに……お母さんの顔を見たら決心が鈍ってしまいそうだから。

亮子はなにも言わずにただ首を左右に振った。

「亮子ちゃんがないんだったら」茂は言った。「俺のリクエストでいいかな？」

「なに？」

「ラーメン。自転車屋の隣の。あそこの醤油《しょうゆ》ラーメンを食べたい」

「いいわよ」

薬はそのままにして二人でマンションを出た。十五分ほど歩いてラーメン屋に到着すると、入店待ちの客が列を作っていた。

亮子たちはその最後尾についた。

辺りにはまだ昼間の暑さが残っている。

すぐに首の後ろに汗を感じ始めたが、ハンカチを持っていなかった。

掌《てのひら》で首を擦《こす》り通りへ目を向けた。

浴衣を着た四、五歳ぐらいの女の子が、母親らしき人と手を繋《つな》いで歩いている。

その少女が履く下駄についた鈴が、歩く度にリンリンと鳴る。

もうすぐこの世から去るというのに、こんなにも落ち着いていられるのがとても意外だった。

茂へ顔を向けた。

緊張しているような硬い表情で前方を見つめていた。

亮子は声を掛けようと口を開きかけたが、言いたいことはなにもないと気付き口を閉じる。

なにも話さず順番を待つこと二十分。

店員に案内されたのは二人掛けのテーブルだった。

醤油ラーメンを二つと餃子《ぎょうざ》を一皿とビールを頼んだ。

店内はちょっと肌に痛みを感じるほど、冷房が効いていた。

ビールが届くと茂が二つのグラスに注ぐ。そしてそのグラスをしばらくの間見つめる。それからグラスを摑み、ぐっと一気に呷《あお》って飲み干した。手酌をするとまた一気飲みをして、すぐにグラスを空にした。

餃子が届いた。それがとても熱いとわかっている二人は、餃子には手を出さない。小皿に醤油と酢を垂らして食べる準備だけ済ませて、ビールを飲み続けた。

少しして茂が割り箸《ばし》を割った。大ぶりの餃子を丸ごと口に押し込む。咀嚼《そしゃく》をし吞《の》み下すと「旨い」と唸《うな》るように言った。

ラーメンが二人の前に置かれた。

亮子はレンゲでスープを掬《すく》い啜《すす》る。

いつもより味が濃い気がした。

割り箸で麵《めん》をほぐして持ち上げる。そして食べ始めた。

やがて全身が熱くなってきて、亮子はテーブルの端に置かれたナプキンに手を伸ばす。それを額に当てながら顔を正面に向けたら、茂が泣いていた。

いつの間にか茂は食べるのを止めていて、その箸は丼の中に突き刺さったままだった。

茂の顔にはいくつもの汗の玉が浮かんでいる。そしてきつく閉じた瞼《まぶた》からは涙が流れていた。

あぁ、そっか。

その瞬間、亮子はなにもかも理解した。

この男に死ぬ気なんてないこと。離婚なんて一度も考えなかったこと。奥さんに話さえしていないだろうこと。自分で死ぬといった手前、引っ込みがつかなくって困っていることを。

しょうもない男。亮子は呆れる。こんな男に惹《ひ》かれた私が悪いんだよね。最初っからわかってたはずだもの。この程度の男だって。ズルくて、弱くて、調子よくって、薄っぺらで。そういう男だものね、あなたは。でも……どうしてかわからないけど怒りは湧いてこなかった。ただ少し哀しい。三十二歳から三十四歳までの二年間が、勿体なかったなと思う。凄く。死ぬのを止めようと私が言うのを待ってたのよね。でもなかなか私が言い出さなくて、どうしたらいいか弱ってしまったんでしょ。そうよね。死ぬなんて、あなたはうっかり口にしてしまっただけ。もう少し私との関係を続けたかっただけなのよね。命を懸けてもいいと思うほど、あなたは私に惚《ほ》れていない。あーあ。なんてざまなの。

亮子はホルダーからもう一枚ナプキンを取ると、茂に差し出した。「これで拭《ふ》きなさい」

茂はぱちりと目を開けた。そしてナプキンを受け取ると涙と鼻水を拭いた。拭き終わるとナプキンを右手でぎゅっと握ってから、テーブルの隅の灰皿に放った。

亮子は箸を摑み麵を持ち上げながら言う。「それ食べたら、あなたの家に帰りなさい」

茂はぼんやりした顔をするだけでなにも発しない。

亮子はラーメンを口に入れて咀嚼した。

そしてビールを飲んでから声を発した。「もう二度と私に連絡してきちゃダメよ」

茂ははっとしたような表情になった。その瞳《ひとみ》にゆっくりと安堵《あんど》の色が浮かんでいく。

亮子は箸を摑みラーメンの続きに取り掛かる。

「ごめん。亮子ちゃん。ごめん」と茂の声が聞こえてきた。

亮子は顔を上げず、ラーメンに夢中だといったフリをし続けた。

＊　＊　＊

茂とはそれが最後だった。それっきりで二十年が経った。

亮子はコーヒーを口に運びながら、満風ノートに目を落とした。

茂とのことを『特別な思い出』のページに書くべきか迷う。当時は人生の汚点だと思ったし間抜けな自分にうんざりして、一刻も早く忘れたいと願ったのだけど……今振り返るとあんな経験でも、記憶から消すほどの酷《ひど》いものではなかったようにも思える――。

今、茂はどうしているだろう。SNSなんてやらなそうな人だったし、もしやっていたとしても、そこに書かれていることが事実とは限らない。昔の男の現在を調べてくれる会社があるんじゃない？　ありそうっていうか、あるわね、絶対。

亮子はスマホで検索を開始する。

いくつもの会社がそうしたサービスをしているようだった。

そのうちの一つのサイトに入ってみた。

四十万円？

そこに書かれていた金額に思わず目を瞠《みは》った。

止め止め。四十万円も掛けるほどの価値はない男だし。茂の今なんて、どうだっていいわ。

亮子はスマホをテーブルに戻した。

4

清は社長室のドアをノックした。

「どうぞ」という声を確認してから、清はドアを開けた。

「失礼します」と言いながら部屋を進み「こちらで宜《よろ》しいでしょうか？」と香典袋を差し出した。

木村社長が香典袋の、外袋と中袋に書かれている字を確認する。「上出来よ。有り難う。三崎さんは字が上手ね。私は字が下手でね、こういうのいっつも苦労してたのよ。

習ったりしてたの？」

「いえ、習うなんてことは。学校の習字の時間にちょっとやった程度です」

「そうなの？　それでこんなに上手《うま》く出来るんだ。才能ってことかしらね。よく頼まれたんじゃない？　こういうのとか、ちょっと手書きしなくちゃいけないってもの、結構あるでしょ」

「そう言われれば、前の会社でもちょこちょこ頼まれてました。表彰状とか、パーティーの席札とか。プロに頼むと高いからでしょう」

「やっぱりね」社長が納得したような表情をした。「それじゃ、行きましょうか」

「はい」

清と社長は社用車に乗り込み会社を出た。

ハンドルは社長が握り清は助手席だった。

初めて二人で外出した際に、清は自分が運転すると申し出たのだが、人の運転だとイラッとするからと社長に言われ、それからは助手席が彼の定位置となっている。社長は一般道でもかなりスピードを出すし、頻繁に車線変更をするので、助手席の清はヒヤヒヤし通しだったが、なるべくそれを顔に表さないように努めている。

社長が口を開いた。「仕事は慣れた？」

「まだまだです。お客さんの要望が色々で、対応に迷うことばっかりです」

「人は色々。これまでの人生も色々。望んでいることも色々だからね」

「はい」深く頷いた。

「終活相談員は――本当はこの終活相談員って言葉、好きじゃないのよ。だから使いたくなかったんだけど、それじゃわかりにくいって、専務やら部長やらに言われちゃって、仕方なく使ってるんだけどね。私が考える終活相談員の仕事はお葬式の相談に乗ったり、お墓を紹介したりするだけじゃないの。そういう所謂《いわゆる》終活に限定したようなものじゃなくって、もっと広い範囲のサポートをするのが役目だと思ってるの。つまりね、お客さんはサロンに人生の見直しをするために来るのよ。そういう自覚がない場合もあるわよ。あるんだけど実際話を聞いてみるとさ、あぁ、この人は人生の見直しをしたいんだなって、そう思うの。だからね、本当は人生の見直し応援隊とか、人生改革アドバイザーとか、そう名乗りたかったのよ」

「人生の見直しですか」清は繰り返す。

「そう。若い頃に思い描いていた人生になってる？　なってないでしょ。なってる人なんて滅多にいるもんじゃないわよ。そういうもんなのよ、人生なんて。どんな人だって何十年も先を見通すなんて、出来ないわよ。だからね、自分の人生は定期的に見直しをしなくちゃいけないの。三十代で見直して、五十代になってみたら、ちょっと予想と違ってしまったからまた見直しをして、七十代になってみたら、やっぱり予想とは違っていたから見直しをしてってね。そうやって何度も見直しをすればいいの。見直しをするには、まずはこれまでの自分の人生を振り返らないと、現在の地点がわからないでしょ。

だからうちの終活ノートの前半には、自分史を書くようになっているのよ。まずは予想していた人生と、現在の人生のズレを把握してから、さぁ、これから先はどうしようって考えて貰いたいからね。お葬式やお墓の予約は受けたいわよ、勿論《もちろん》。こっちも商売だからね、そういう予約をして貰わないことには、お金が入ってこないんだから。でもね、それはゴール地点の話でさ、その途中のお客さんが人生を見直す時に、伴走したいなって思うのよ。それで満風会を作ったの」

「そうだったんですか。社長も何度か見直しをしたんですか？」

「何度もしたわ。予想していた人生と現実が違ったから、見直しをして修正をね。私はね、専業主婦になるつもりでいたの。理由はないんだけど、なんとなくそう思っていたの。ところが付き合ってみた人が葬儀会社をやっていて、そのうちに結婚を申し込まれて。会社の規模からいって、私も働かざるを得なそうだったからね。どうしようかと考えたわよ。予想していた人生とは違っちゃうけど、まぁ、しょうがないかなって。それで人生を見直して、夫をサポートして会社を盛り立てて働くことにしたの。その夫が四十歳で死んだ時にも見直しをしたわ。会社の経理はやってたけど、葬儀の現場の方は全然タッチしていなかったから、どうしようかと思ってね。会社を畳もうか、誰かに社長をやって貰おうかって考えたのよ。結局、私が社長をやることにしたの。反対の声があることは承知の上でね。人生を見直して、夫が残した会社の社長として生きていくことにしたのよ」

「そうでしたか」

赤信号にぶつかり社長は車を停めた。そして運転席側の窓を少しだけ開けた。外の音が一気に車内に流れてきた。

フロントガラスに付けられた、交通安全のお守り袋がゆらゆらと揺れている。

社長は苦労してきたんだな。清は一気に社長に親近感を覚えた。恐らく私より十歳ぐらい年上だろう。社長として朝早くから夜遅くまでくるくると動き回り、よく働く人だと思っていた。ただ事情を知らなかったので、私とは違ってやりたいことをやってきて、成功している人なんだと思っていた。予想や願いとは違う人生を社長も歩いていたとは。そうやって苦労をしてきた人だから、私のような者にも優しいのかもしれない。偉そうなところはなく、いつも元気だった。毎日白いブラウスと黒のスーツで、髪はすっきりと後ろに一つにまとめている。いつ人手が足りなくなって、葬儀の現場に入っても大丈夫なようにだと言っていた。

信号が変わり社長が車を発進させた。

社長が言う。「いくら葬儀屋でも夫はまだ四十歳だったからね。死んだ後にどうしたいかなんて、夫はなにも言わなかったし、私も聞いたことなかったのよ。だからお葬式とお墓は私が決めて執り行ったのよ。ところがよ。四十九日の法要をした後で夫の荷物を整理してたら、終活ノートが出て来たの。そこに自分の葬式はこういうものにしてくれとか、骨は海に撒《ま》いてくれとか、細かい希望が色々書いてあったのよ。甥《おい》っ子にあげたい物とかそういうものまで。終活ノートはさ、もっとわかる場所に置いておきなさいよって言いたかったわよ。お客さんにも言ってるの。終活ノートはここに置いておくからねと、家族や周囲の人に言っておいてくださいねって。一人暮らしなら、電話機の側に置いておいてねって言ってるの。そこはね、なにかを探そうって時にまず見る場所だから。アドレス帳って大抵電話機の側にあるでしょ。誰に連絡を取ったらいいものかって、まず探す場所だからね。でも最近じゃ電話機がない家もあるでしょ。そういう場合はテレビとかエアコンのリモコンの側に、終活ノートを置いておくようにしてくださいねって言ってあるわ。そういうのをさ、公共広告かなんかで告知して欲しいのよね。なにもかも終わった後から終活ノートが出て来たんじゃ、当人だって仕切った方だってがっかりしちゃうんだから」

「せっかく書いた終活ノートがあるのに、それを見つけられなくて希望通りに出来なかったというのは、確かに残念ですね」一つ頷いてから質問をした。「話が少し戻りますが、お客さんが人生を見直す時の伴走というのは、どうやったらいいのでしょうか？」

「さぁ」と肩を竦《すく》めた後で「その答えを見つけたら私に教えて」と言って笑い声を上げた。

社長が続ける。「正解は私も知らない。ただね、結局人は自分の人生を自分で見直して、修正して、決めた道を進んでいくもんなのよ。出来るのよ、誰でも。ただ、さ、見直したり、修正したりするには時間が掛かるの。掛かってもいいのよ。大事な決断をするんだから、たっぷり時間を掛けるべきだもの。そういう時にね、話を聞いてくれる人がいたら、自分の頭と心を整理し易くなるんじゃないかと思うの。ほら、考えがまとまってはいなかったんだけど、話をしているうちに段々自分の考えがはっきりしてきたってこと、あるでしょ。気持ちもそうよ。話しているうちに自分の気持ちに気が付いた、なんてことがあるもんだからね。だから私たちはお客さんが頭と心を整理して、人生を修正するまでの間話を聞くの」

「話を聞く？」

「そう。ひたすら聞く。とにかく聞く。真面目に聞く。それで適当なところで、だったらこういう専門家を紹介しましょうかって言ってみる。それぐらいでいいのよ」

「それで良き伴走者になれますか？」

社長がまた肩を竦めた。「なれるんじゃない？　それとね、良き伴走者になってお客さんの終活ノートが完成したら、はい終わりってことにはならないからね。そのお客さんが天国に行った後も大事。そのお客さんが希望していた通りになるように、全力を尽くすこと。それがうちの終活相談員の仕事だから」

「……頑張ります」

「はい、頑張って」

社長はそう言うと右のウインカーを出し「ちょっと入れてくださいよ」と言いながら強引に車線変更をした。

5

亮子はトンと地面に足を下ろした。そのまま数歩進む。

三メートルほどの高さの門があり、それは半開きになっている。その前にスーツ姿の男性と、制服姿の女性が笑顔で立っていた。

亮子はバスを振り返った。

乗降口から参加者たちが次々と降りている。

肌寒さを感じて亮子はカーディガンを羽織った。

東京より一、二度気温が低い気がした。

土曜日で休日の今日は樹木葬の見学会に参加するため、亮子は出社する日と同じ時間に家を出た。快速電車に二時間乗り、更に無料のシャトルバスに二十分揺られて、やっと霊園に辿《たど》り着いた。

車寄せの向こう側には背の高い樹々が生い茂っている。そして門の左方向にはだだっ広い駐車場が広がっていた。そこに十台ほどの車が停まっていた。

スーツ姿の男性が言う。「お越しいただきまして有り難うございます。それでは早速皆様をご案内させて頂きます。どうぞ後に続いてください」

二十人程度の参加者たちが、男性の後から霊園に足を踏み入れた。

中央にアスファルトの道が真っ直ぐ延びている。左右にはプランターが等間隔に並べられていて、その中には様々な花が咲いていた。

しばらくして男性が足を止めたので、亮子たちもそれに倣った。

男性の背後には案内板が立っていて、そこには霊園内にあるAからEに分かれたエリアの位置が書かれていた。

男性が自分の口の横に手を添えて大きな声を上げた。「ここから先がお墓のあるエリアになります。全体を五つのエリアに分けています。これからご案内する樹木葬の場所はCのエリアにあります。それとあちらをご紹介します。右の建物、わかりますでしょうか？　ガラス張りの方です。あそこはレストハウスで、お墓参りにいらした皆様が休憩出来るようになっています。お食事も出来ます。その左隣のグレーの壁の建物。あちらはお偲《しの》びホールといいまして、中にはいろんな広さの個室がありまして、納骨式ですとか、法要などが終わった際の会食の場としてご利用頂けます。それではこれからCエリアに向かいます」

そして男性が歩き出した。

その背中を見ながら、住宅展示場にいる営業マンみたいだと亮子は思う。

Cエリアの中の道を参加者たちは進む。

両親が眠る霊園にある墓石はどれも似たようなものだったが、ここのは形も大きさも色々で、そこに刻まれている言葉も独創的なものが多かった。

やがて開けた場所に出た。

直径三メートルほどの円形のそこには芝生が生えていて、その周囲はレンガブロックでぐるっと囲われている。更にその周りには、その芝生に向かうようにベンチが等間隔で設置されていた。

男性が説明を始める。

「ここがこれから募集を開始します、樹木葬の場所になります。中央に桜の木を一本植える予定です。この芝生の下に空間がありまして、そこに遺骨を納めます。百柱分のスペースがあります。場所の指定は出来ません。遺骨を納める度に芝生を掘って戻すのかとよく聞かれるんですが、その答えはですね、これなんです。ここに蓋《ふた》があるの、わかりますでしょうか。わかりにくいデザインにしてありますが、あるんです、ここに。今、開けてお見せすることは出来ないのですが、この蓋を開けますと階段になってまして、芝生の下に入れるようになっています。ここから遺骨を納めますので、ご安心ください。芝生は掘りません」

それから男性は参加者たちにベンチに腰掛けるように言い、遺族の気持ちになって座ってみるよう促した。

参加者の半数ほどが言われた通りベンチに座り始める。

亮子は立ったままでぼんやりと芝生を見つめる。

その時、一匹の黒い蝶が視界に入ってきた。

しばらくの間ひらひらと飛び回った末に、芝生の中央付近に下りた。

この樹木葬は合同のお墓ってことなのよね。今頃になってその点に亮子は思い至る。ずっと一人で生きてきて多分これからも一人で、それに満足していたのに……樹木葬だと死んだ後は他人との集団生活になる感じがする。死んだ後なんだから、生活っていうのはおかしな話なんだけど。なんだろう、この感じ。もう自分は生きてないんだから、どうだっていいはずなのに、なんだかなぁといった気持ちになってしまう。ここに暮らすって訳じゃないのに。

両親が眠っている墓は永代供養タイプではないので、いずれどこかに移さなくてはならない。自分も永代供養の墓に入らなくてはいけないのだから、同じところにと考えていた。そこまでは考えが及んでいた。でもこうして自分が入るかもしれない墓を目の前にしてみたら、他の人と一緒なのがやけに気になる。ロッカー式の墓も検討候補に入れていたけど、実際にその前に立てば、そちらもやっぱり同じような気持ちになるのだろうか。それともマンションの一室を契約するような感覚で、おさまるのだろうか。

「いい所ですよね」

女性の声がして亮子ははっとした。

右隣に六十代と思《おぼ》しき女性が立っていた。

ライム色のタートルニットを着ていて、ピンクや水色の花柄が、淡いトーンでプリントされたスカーフを巻いていた。

亮子は曖昧《あいまい》な笑みを浮かべるだけにする。

女性が続ける。「静かですしね。落ち着いて過ごせそうじゃありません？　ここに入る時にはもう死んでるんだから、関係ないのかもしれませんけれど」

女性は肩に斜め掛けしたバッグから、スマホを取り出した。そして芝生に向けて構えると写真を撮った。

そしてスマホをバッグに戻しながら言った。「桜があったらもっと素敵ですわね。桜というのはいいですよ、とても。お花見がてらお友達がお墓参りに来てくれますもの。そう思いません？」

「お友達に墓参して欲しいんですか？」

「ええ。そうね。来て欲しいわ。あなたは違うの？」

「これまで考えたことはありませんでしたが、今、話を聞いていて、私は墓参して欲しいとは全然思っていないことがわかりました。どういうお墓に入るかは色々考えていましたが、墓参する人のことはまったく眼中にありませんでした。お友達ととても深い絆《きずな》があるんですね」

「私が？　そういう訳じゃ」小首を傾げた。「どうかしら」

「私にも何人か友人がいますが、その誰かが先に天国に行ったとして、多分私はその友人のお墓参りには行かないと思います。私が先に天国に行ったら、恐らく誰も私のお墓には来ないでしょう」

女性は黙り込んだ。

その時、男性の声がした。

「それではこれからお偲びホールへ向かいまして、中をご覧頂きます。それでは参りまーす」

女性は亮子との会話を終えられると思ってほっとしたのか、やれやれといった表情を見せると、男の後に続いた。

亮子たちはそれからお偲びホール内を見学し、レストハウスに移動した。用意されていたサンドイッチを食べながら、樹木葬を申し込んだ後の手順や金額などの説明を受けた。そしてパンフレットと申し込み用紙、緑茶葉のお土産を貰ってバスで駅に戻った。

亮子はすぐにやって来た電車に乗り込むと、ドアの横の席に座る。

車内はガラガラで二人の客がいるだけだった。

バッグから満風ノートとシャーペンを取り出した。ノートをパラパラと捲り、連絡先リストのページを開く。

そこは家族と親族用のページで、一番上の欄には伯母《おば》さんの名前と住所、電話番号をすでに書いてあった。備考欄にはお母さんが飼っていたチワワ、桃子《ももこ》を引き取って貰ったとも記してある。

何故か亮子は桃子から嫌われていた。桃子は絶対に亮子に近付いて来ない。撫《な》でようと手を伸ばすと、後ずさりされるぐらいの嫌われっぷりだった。お母さんが死に、そんな状態の桃子を引き取ることになって困っていたら、伯母さんがうちで飼おうかと言ってくれたのだ。

その伯母さんの欄の下部には、もしもの時にいつの段階で知らせるかを選んで、チェックマークを入れるようになっているのだが、まだ付けられずにいる。

選択肢は『入院』『危篤』『死亡時』『通夜・葬儀』『知らせなくてよい』『その他』の六つだった。

いつ伯母さんに連絡して欲しいのか……普通に考えれば伯母さんの方が先に天国に行く。でも私の方が先かもしれない。そうなった時——知らせるべきのように思う。やっぱり。だったら『知らせなくてよい』ではないわね。だとしたら『死亡時』にする？　それとも『危篤』の段階にしとく？　どうかなぁ。『入院』の段階で連絡はしたくないのよねぇ。なんとなく。結構大袈裟《おおげさ》な人だから、病室でワーワー騒ぎそうだから。あっ。でも入院の時って身元保証人が必要かも。だとしたら伯母さんに頼まなきゃ。他になってくれる親族はいないんだから。いや、そういう保証人になってくれる会社や団体があるはず。そっちに頼むことにしたら、入院の時に伯母さんに連絡しなくても問題ないか。だったらやっぱり『危篤』の段階かな。意識のない私の枕元でワーワー騒ぎそうだけど、こっちはもうわからない状態なんだから、それでもいいとするか。でもなぁ、本当にそれでいいのかなって気持ちも少しある。うーん。どうしよう。

ノートから顔を上げて窓外の景色へ目を向けた。

電車が猛スピードでホームを通過していく。

亮子は再びノートに目を落とし、次のページを開いた。

そこは友人、知人の連絡先リストのページだった。すでに四人の名前を書いてある。

これって世間の相場より少ないのかしら。霊園にいたライム色のニットを着ていた女性には、知らせたい人は何人ぐらいいるのだろう。

急に眠気を催して一つあくびをした。

6

渡辺剛《わたなべつよし》社長は眼鏡のブリッジに人差し指を当てる。そして眼鏡を鼻の奥へと押す。剛社長がしょっちゅう見せる動作だった。

それを見る度、鼻の形と眼鏡が合ってないいんじゃないかと亮子は思う。

二十分前に始まったこの会議中に、すでに三回も剛社長は眼鏡を鼻の奥へずらした。

剛社長はレインコーポレーションの三代目。父親の學《まなぶ》社長から二年前に社長職を引き継いだ。彼が三十一歳の時だった。

月に一度の定例会議には、二十名ほどの社員たちが出席している。楕円形のテーブルに着いた社員たちは皆、神妙な顔をしていた。

この一年売上が緩やかに下がっていて、どの部署の責任者たちも、この場では静かにしているのが得策だと考えているからだ。

九州エリアを担当する販売部長の報告が終わったところで、剛社長が「それじゃ、私から」と言った。

眼鏡のブリッジを押し戻してから話し始めた。「客単価を上げるのが急務です。この一年急務だと私は言い続けてきましたが、残念ながら誰からも建設的な提案は出てきませんでした。そこで私が決めました。フードメニューを一新します」

一新……それって……どういうこと？

剛社長が続ける。「カレーライス、パスタ、ハンバーグセットといった、ボリュームのあるものにします。これまでのフードメニューに比べると、三百円から五百円ぐらい客単価を上げられます。これがレインコーポレーションが生き残る唯一の道です。これまでのパンを使用したメニューはすべて止めます」

嘘でしょ。だって、そんな……。亮子は衝撃を受けて固まる。

あれは亮子が企画部だった三十年ほど前のことだ。当時レインの店ではドリンク以外のメニューといえば、ケーキやパフェしかなかった。軽食メニューを加えた方がいいと亮子は提案した。ピザトースト、フルーツサンドイッチ、ホットサンドなどがメニューにあれば、食事も出来る場所として利用して貰えるし、女性客も増えるはずだと訴えたのだ。その頃、喫茶店に女性客が一人で入るというのはあまりなかった。一人客は大抵男性で、女性は男性と一緒に利用するか、女性同士でやって来た。これからは女性が一人で喫茶店に入って、食事とコーヒーを摂る時代になると上司に言ったが、理解はして貰えなかった。上司が陰でこれだから大卒の女なんて、面倒で嫌なんだと言っていると耳にした。

それからしばらくして会社のゴルフコンペがあり、亮子は學社長と同じパーティーになった。亮子は昼食の席で自分のアイデアを學社長にぶつけた。學社長は面白がって聞いてくれた。ただ聞いてくれただけだったが亮子は嬉しかった。それから数日後、突然亮子は社長室に呼ばれた。學社長は太く短い指を三本立てて「三店舗だけだぞ」と言った。亮子の案を実店舗で試す機会を与えられたのだ。部内の協力は得られなかったので、亮子は一人で食材の仕入れ先探しから試作品作り、またレシピのマニュアル作りまでのすべてを行った。夢中だった。そうして三店舗で販売がスタートした。始まって一週間の売上は惨憺《さんたん》たるものだった。上司を飛び越して社長に直談判をした結果がこれじゃ、もう会社にはいられないと思った。退職願を書くことになりそうだと覚悟した。ところが翌週になると、少しずつ注文が入るようになった。そして一ヵ月後には、目標としていた販売数の二倍以上の売上を達成した。

その成功によって亮子が提案した三つのメニューは、全国のすべての店で販売されることになり、それから三十年間、レインコーポレーションの売上の柱だった。

それなのに……そのメニューがすべて店から消える……。これ、悪い夢を見ているんじゃないのよね。現実の話なのよね。そうか。消えるのか。

ふと、亮子は視線を感じて顔を左に向けた。

すると四人ほどがさっと視線を逸《そ》らした。

右方向へ向けてみる。

また即座に数人の同僚たちが視線を逸らした。

皆、私がどんな反応をするのか探ってるのね。それは私が開発したメニューだと知っているから。

亮子は手元の資料を捲った。メニュー別の販売数が書かれたページを見つける。

そこには今年の一月から五月三十一日までの販売数だけでなく、前年同期間の販売数との対比率が記されていた。更にこの十年の販売数の変遷も。

フードメニューの販売数が減り出したのは二年ぐらい前からで、去年からはその減り具合が大きくなっていた。

この数字は毎月見ていたけど……違う。毎日見ていた。でもフードメニューが悪い訳じゃなくて、ライバル店が増えていて、入店客数自体が減っているからだと思うようにしていた。その分析は正しいはず。でも……この販売数じゃ、メニューの廃止に反対なんて出来ない。確かにフードメニューの販売数は減っているから。

亮子は顔を上げた。

剛社長が新メニューの説明をしている。自信たっぷりに。楽しそうに。

十年前だったら剛社長に、フードメニューの変更を止めるよう訴えていたんじゃないかな。でも今はそんな気持ちにはならない。剛社長と戦うほどの情熱がもう私にはない。

私が開発したメニューが消えるのはショックだけど、もう時代は変わったのかもしれないし。剛社長に対する怒りはない。ただ寂しい。頑張ったことが消えてしまうのが。私は子どもも産まなかったから、この世になにも残さない人生だったんだと思うと……ちょっと虚しくなる。これまで自分の人生を後悔したことなんてなかったのに。

亮子は顔を右に捻り窓外の景色に目を向けた。通りを挟んで向かいに建つ、オフィスビルをぼんやり眺め続けた。

7

清は鷹野に尋ねた。「満風ノートへの書き込みはどうですか?」

「少しずつ書いてはいますが、書けている場所はまだまだ少ないですね。いつになったらノートをすべて埋められるのか、見当がつきません」

「ゆっくりでいいんですよ。少しずつで。考え方も変わりますしね」

鷹野さんは少し不満そうな表情を浮かべて、コーヒーカップに口を付けた。

満風会のサロンには清と鷹野の二人だけがいた。

鷹野さんに満風ノートを渡してから、そんなに日は経っていないのでノートが空白だらけというのは当然なのだが、不満そうなのは、もっとささっと書けると思っていたのだろうか。

鷹野さんが言う。「終活をしようと思ってこちらに来て、エンディングノートを貰ってそこに書こうとしているのに、なんだかまだ自分が死ぬってことを、リアルに感じられないんです。頭では終活はやっておいた方がいいと考えて、命令を出してくるんですが、心の方はまだ全然その気にならないといった感じなんです」

「その感覚わかりますよ。鷹野さんは今、終活の前の段階の、人生の見直しの最中というか、見直しを始めたところなのかもしれませんね」

鷹野さんが不思議そうな顔をした。

清は説明する。「弊社の社長の受け売りなんですが、ここは終活サロンで、終活のご相談を受けてアドバイスをさせていただくところではあるんですが、お客様は皆さん、ここに人生の見直しをなさりにいらしてるそうなんです。まずはこれまでの人生を振り返って、以前予想していた人生とどれくらい違っているか、現地点を確認して、それから人生を見直すと、こういう順らしいんです。そうやってから、これから進むべき道を決めていくと。そこまで進んでから、お墓はこうしようとか、お葬式はこうしたいとか、そういう考えが浮かぶんじゃないですかね。ですから、まずはゆっくりと時間を掛けて、ご自身の人生を見直して、それからおいおいと決めていけばいいんじゃないでしょうか」

考え込むような顔をした。「人生の見直しですか」

「はい」と清は答えた。

鷹野が帰ると、清は自作の弁当と水筒を持って近くの公園へ向かった。

ジャングルジムが一つとすべり台が一つだけの小さな公園には、今日も子どもの姿はない。三つあるベンチの一つには、二十代ぐらいの男性が座っていて、コンビニのお握りを食べながらスマホを弄《いじ》っている。

清は入り口から一番遠いベンチに腰掛けた。そして袋から弁当箱を取り出し自分の膝《ひざ》に載せる。

今日のメニューはハンバーグと卵焼きと、ほうれん草の胡麻《ごま》和えと人参のサラダだった。

十五分ほどで食べ終わると、自分用の満風ノートを広げた。

清は満風会で働き始めた日にノートを一冊貰い、自分でも書いてみることにした。終活を始める気持ちにはならなかったが、客に勧める以上、終活ノートに記入してみるべきだと思ったのだ。まずは前半の自分史の方を埋めようと考えた。書いたページはまだ少なく完成には程遠かった。その少ないページを拾い読みすれば、苦い思いが溢れてくる。自分の人生は負けの連続だったと突き付けられるからだ。

清は高校受験に失敗し、大学受験にも失敗した。一浪してなんとか三流大学に滑り込んだものの、就職活動は難航した。卒業間近になって三流の食品メーカーに採用して貰い、営業部に配属された。成績が悪かったせいで入社三年目に総務部に異動になった。合コンで敏子《としこ》と知り合い結婚した。スタイリストだった敏子は妊娠すると仕事を減らした。そして由里子《ゆりこ》を出産した。三年後に翼《つばさ》を出産すると徐々に仕事の量を増やしていった。ある日、清は敏子が通っているスポーツジムに、自分も行こうかなと言った。健康診断で運動不足を指摘されたからだ。だが敏子はあそこはお勧め出来ないと考えを口にした。以前はファミリー会員は安いだとか、一緒に頑張ってみようよと言っていたじゃないかと清が指摘すると、あなたにはもっとスパルタ式のところが合っていると答えた。数日後だった。出先から直帰したため自宅の最寄り駅に早く戻れた。敏子が通うスポーツジムに行ってみようと思い付いた。そこは駅から自宅とは反対方向へ、十分ほど歩いたところにあった。ところが配電盤の故障のため臨時休業すると、入り口に紙が貼られていた。家に戻り清が夕食の仕度をしていると、敏子が帰って来た。そしてジムで泳いできたからお腹がペコペコだと言った。敏子が頭を動かした時、微かにシャンプーの香りがして、清は彼女が浮気をしていると悟った。だが清は気付かないフリをすることにした。そのまま家族でいるのを清は望んだのだ。しかしながらその希望は叶《かな》わなかった。半年後に敏子から離婚したいと言われてしまった。敏子は二人の子どもを引き取ると表明した。清はすべてを奪われるような気持ちになったが、子どもたちにとっては、自分とより母親との暮らしの方がいいのだろうと思い、その提案を了承した。敏子と清は、当時十歳だった由里子と、七歳だった翼に離婚することになったと話をした。そして敏子は子どもたちに向けて言った。「これから由里子と翼は、お母さんと一緒に暮らすのよ」と。

＊＊＊

由里子がソファから立ち上がった。「嫌よ。わたしはお父さんと暮らす」

清は驚いて由里子を見つめた。

敏子も不意を食らったような顔をしている。

少しして敏子が言った。「お父さんは帰りが遅いし働いている時間が長いでしょ。お父さんと暮らしたら、ずっと留守番していなきゃならなくなるのよ。そういうの無理でしょ。だからお母さんと。ね？」

「今だって」由里子が強い口調で言い返す。「ずっと留守番してる。翼は学童があるけど、わたしは学校が終わったら家で一人で留守番だもん。ちゃんと出来てるもん。それにお母さんより、お父さんの方が帰りが早いことだってある。同じでしょ？　留守番しているのは。わたしはお父さんと暮らしたい」

敏子が説明する。「お父さんと会えなくなるって訳じゃないのよ。由里子が会いたい時に、いつでもお父さんを訪ねることは出来るのよ。いつでもよ」

由里子は激しく首を左右に振って頬を膨らませた。

翼は事態を呑み込めていないのか、由里子の隣でぽかんとしていた。

由里子が口を開いた。「わたしはお母さんと暮らしたくないの」

たちまち敏子の顔が曇った。

由里子がローテーブルを回り込み清の隣に座った。そしてぴたっと抱きついてきて、もう一度「わたしはお母さんと暮らしたくないの」と言った。

清は由里子の頭にそっと手を置き撫でる。

その頭はあまりに小さかった。

清は涙ぐむ。

由里子は優しい性格だった。保育園でも小学校でも学童保育でも、友達が泣いていたり、元気がなかったりすると、どうしたのと真っ先に声を掛けるお子さんですと言われた。その上誰とでも仲良くなれるお子さんですとも言われた。そうしたコメントを聞く度に、清は自分が褒められたように嬉しくなり、また誇らしかった。一方で由里子には周りの人の気持ちを尊重するあまり、自分の気持ちを抑えてしまうところがあり、それは親としてはもどかしかった。

そんな由里子が精一杯自分の気持ちをぶつけている——。

頑張っている由里子の姿は清の胸をかき乱した。もう絶対に私たちはダメなのだろうか。敏子が誰かと付き合っていてもいい。私は構わない。このまま家族を続けていってはいけないのだろうか。そんな家族がいたっていいじゃないか。私がいいと言っているのだから、それで。もう一度考え直してみてくれないか。そう敏子に言ってみようか。

清が口を開きかけた時、敏子が言った。「由里子はお母さんのことが嫌いなの？」

由里子は答えない。

敏子が静かな調子で言う。「由里子に嫌われているとしたらショックだわ。お母さんは由里子のこと大好きなのよ。それはわかってる？」

その問いに由里子は答えず、唐突に「翼はどうする？　お父さんとお母さんの、どっちと暮らしたい？」と聞いた。

翼が目を丸くする。「ボク？　えっ？　ボクが選ぶの？」

由里子が声を発した。「そうだよ。親が勝手に離婚するんだもん。子どもがどっちと暮らすのかも、親が勝手に決めるなんてズルいもん。いいんだよ、選んで。わたしはお父さんと暮らすけど翼はどうする？」

翼は敏子に顔を向けた。すぐにその顔を今度は清の方に向ける。それを何度か繰り返した。

そして突然大きな口を開けると「うぇーん」と声を上げて泣き出した。

＊　＊　＊

結局、翼を敏子が引き取り、由里子は清と暮らすことになった。娘との二人暮らしを始めて九年が経った。当時は考えもしなかったが、由里子は敏子が浮気をしていたことに、気付いていたのかもしれない。

清は負けの歴史が綴《つづ》られた満風ノートから顔を上げた。

いつの間にか空いていたベンチに女性が腰掛けていた。高い位置まで弁当を持ち上げて、搔《か》き込むようにして食べている。

清は腕時計に目を落とした。またなにも書けないで昼休みが終わったなと思いながら、ノートを閉じた。

清はキャベツに包丁を入れる。ざくざく切ってザルの中に移す。そうしてザルがいっぱいになると、シンクに置いてそこに流水を掛けた。ザルの中に両手を入れて、重なっている葉を一枚一枚離すように洗う。

数年前に、キャベツの葉の間に虫が入り込んでいたのに気付かずに料理をしてしまい、それを発見した由里子に泣かれたことがあった。それ以来葉物は丁寧に洗うようにしている。

洗い終わったキャベツを耐熱皿に移している時に、ラインが入った音がした。

布巾《ふきん》で手を拭きスマホ画面を覗く。

由里子が〈友達と食事をしてから帰るから、夕飯はいらない〉と書いてきていた。

清は唸り声を上げた後で「連絡が遅いよ」と呟《つぶや》いた。

由里子がいる時の食事と、自分一人の食事では献立は大きく変わる。だから由里子が夕食を家で食べない時には、午後六時までに私に連絡する決まりだったのだが。

またラインが入った。

〈連絡が遅くなってごめん〉と由里子が謝ってきていた。

まったくと不満の声を上げてから〈はいはい。遅くならないようにね〉と書いて返信をした。

さて、どうするか。

清はキッチンの作業台に並べた食材を眺める。それからグリルの中のブリをチェックした。

明日の弁当に回せばいいか。

そのまま予定していた献立を作り続けることにした。

キャベツをすべて皿に移すと、ラップを掛けてレンジに入れた。

友達というのは女性だろうか。清は不安になる。由里子は最近夕飯を外で食べる機会が増えている。彼氏が出来たのか。そうなのか？　いや、まだ早いか。いや、早くはない。もう十九歳だ。どういう友達と遊んでいるのか、聞きたくてしょうがないのだが聞けずにいた。あれこれ尋ねて鬱陶《うっとう》しがられて嫌われたくはない。こんな時、女親ならば気楽に聞けるのだろうか。

由里子が高校生の時、突然宣言した。これから洗濯はわたしがするからと。その時、清は深く考えず助かるよと答えた。それから一週間ほど経って、父親に自分の下着を触られたくないからかもしれないと気付き、清は動揺した。

由里子とは仲良くやっているつもりだが、距離があると感じてもいる。まだ由里子が小さい頃にはそういうものはなかった。由里子が思春期に入ると私との間には空白地帯が出現し、成長するにつれてそのエリアは徐々に、確実に広がっている気がした。それが寂しい。こうしたものは私と由里子だから存在するのか、男親と娘だからなのかはわからない。

チンとレンジから音がして清はその扉を開けた。山盛りだったキャベツは半分ほどになっていた。

8

亮子は雑居ビルの入り口の横に置かれた看板の中に、目当ての店名を見つけた。道案内のアプリを閉じてスマホをバッグに仕舞い、二階を見上げる。

窓からオレンジ色の灯《あか》りが零《こぼ》れていた。

この小汚いビルの二階の店を指定してきたのは、大学時代の後輩、寺野《てらの》奈々《なな》だった。奈々は亮子が働くレインのライバル会社であるアンバーで、経理の仕事をしている。流行りの店や、美味しくて安い店などをよく知っている子なので、恐らくこの韓国料理店も味は大丈夫だろう。

不安になるほどの遅いスピードで動くエレベーターを降りて、店に足を踏み入れた。

百平米ほどの店内はほぼ満席状態だった。

奈々を探して店内を見回す。

いた。

右の奥まった席で奈々が手を振っていた。

でも……なんで隣に男性が？　どこかで見たような——あっ。確かアンバーの田中《たなか》取締役だ。業界のパーティーやイベントで何度か話をしたことがある。なんで彼がここに？　奈々はひと言も言ってなかったのに。もしかして二人は不倫関係とか？　何故私を巻き込むの？　不倫の先輩として話を聞きたいとか、そういうこと？

亮子は足を進め二人が座るテーブルの横に立った。「えっと。どうも。お待たせしましたと言うべきところでしょうか？」

奈々が向かいの席を手で指す。「いえいえ。まぁ、どうぞお座りください。で、先輩はびっくりしてますよね？　田中がいるから。そうなんですよ。今日は田中が一緒なんです」

田中が声を上げた。「驚かせて申し訳ありません。私から誘ったら、鷹野さんに警戒されてしまうだろうと思いまして、寺野に私のことを伏せた上で、会う約束をするよう頼んだんです」

「……そうでしたか」と亮子は言った。

「まずは料理なんですが」田中が話し出す。「好き嫌いやアレルギーはないはずだと寺野から聞きましたので、コースを頼んであるんですが宜しいですか？」

「あぁ……はい」

奈々が腰を浮かした。「それじゃ、私はこれで失礼しますので」

「えっ？　そうなの？」と亮子は驚いて尋ねた。

「はい」奈々が頷いた。「田中が先輩と二人で話したいそうなので、私はこれで。また連絡します。それで今度は本当に私と二人で食事に行きましょう。お誘いしますんで、その時にまた」

そう言うと奈々は一人帰って行った。

田中が「飲み物はマッコリにしますか？」と聞いてきた。

それまで決められるのが癪《しゃく》で「ビールにします」と亮子は答えた。

飲み物の注文を済ませると田中が話し出す。「先月——いや、先々月でしたか。パーティー会場で剛社長をお見掛けしましたよ。私はてっきり先代がやられてきたことを、踏襲していくのだろうと思っていましたが、違ったようですね。色々と変えていこうとされているそうですね」

「どうでしょうか」と警戒しながら答えた。

「なんでもかんでも変えたがる新リーダーだと、社員は大変です。変えてはいけないことまで変えてしまうんですからね。トップが三代目になって、鷹野さんは働き易くなりましたか？」

「…………」

「先代は内外で評判が高い方でした。部下に仕事を任せることが出来る人だと言われていましたよね。そういうトップだと社員は伸びます。仕事に遣《や》り甲斐《がい》もてます。しかし残念ながら三代目は違うタイプだそうですね。自分で決定して、指示を出すだけの人だと聞いています。それは本当ですか？」

「先程からなにを仰《おっしゃ》りたいのか、全然わからないのですが」

田中が真剣な表情をする。「鷹野さんを我が社に引き抜きたいんです」

「えっ？」目を丸くした。

「鷹野さんは今、ちゃんと評価されていますか？」

それは……。

その時、女性店員が飲み物を運んで来た。

亮子は助かったと思いながらお絞りで手を拭く。

まさかこの年でライバル会社から引き抜きの話がくるとは。レインの情報を私から取りたくて、奈々を使って呼び出したのかと勘繰ったけど、違ったみたい。

二十年ぐらい前に一度、別の同業者から声を掛けられたことはあった。その時亮子は今の仕事が楽しいので、よそへ行くことは考えられませんと断った。五十五歳になった今もまだ欲してくれる人がいるというのは、有り難い話だと思う。

以前と同じように、今の仕事が楽しいとは言えない状況なのは……ちょっと残念。

田中がマッコリのグラスを持ち上げたので、亮子もビールのグラスを持ち上げた。

「騙《だま》してここに来させて申し訳ありません」と田中が言いながらグラスを近付けてきた。

亮子はそのグラスが、自分のグラスに当たるまで無言で待った。カチンと音がすると
すぐに亮子は口に運ぶ。ビールを味わいテーブルにグラスを戻した途端、お腹がとても
空いているのに気付いた。

少しして料理が運ばれて来た。

亮子は早速ナムルに箸を伸ばして食べる。

ケジャンを味わっていると、田中が「お口に合いますか？」と聞いてきた。

「美味しいです」と答えると、田中が今日初めて笑った。

いくつぐらいなんだろう。オジサンの年齢を当てるのは結構難しい。年齢に抗《あらが》う人も
いるし、受け入れてなにもしない人もいて、その差は大きい。年齢だけでなく田中のこ
とをなにも知らなかった。奈々から聞いたこともこれまでになかったし。

ただお洒落な人だというのは知っていた。初対面で名刺交換をした時に田中の足元に
目がいき、イタリア製らしき素敵な靴を履いているのに気が付いたのだ。

女性店員が亮子たちのテーブルに新たに料理を並べた。

田中が言った。「ここの名物のサムゲタンです。熱いので気を付けて食べてください」

「はい」

「鷹野さんを口説くのに相応《ふさわ》しい店はどこなのか、悩んだんです。候補をいくつもピッ

クアップしましてね。その中で寺野が強く推したのがこの店だったんです。ここは確かに旨いので候補の中に入れていたんですが、店の雰囲気が庶民的ですからね、どうかなと思った訳です。それで先週、寺野と二人で下調べに来ました。寺野が気取った店よりも、ちゃんと美味しいものを出すなら、庶民的でも先輩は全然構わないはずで、こういうはっきりとした個性のある店を面白がるような人だから、大丈夫だと言ったんです。それで決心しまして、ここにしました」

「そこまでして頂いたんですね。どうして私に声を掛けようと思われたんですか？」

「どうしてもうちに欲しい人材だからです」

「でも私がレインでどういう仕事をしてきたかなんて、ご存知ないですよね？」亮子は尋ねる。

「すべてを知っているとは言えないでしょう。でもまぁ結構狭い業界ですからね。鷹野さんが開発したメニューはどれなのか、どの店舗のオープンに携わったのか、どの広告を担当したのかぐらいは把握していますよ。そういう情報は求めてなくても入ってくるもんなんです」

亮子はなんと返せばいいかわからなくて、サムゲタンの器を覗き込む。鶏肉に箸を入れてみるとすっと身が解《ほぐ》れた。

田中が続ける。「お客さんの目線に立てるのが、鷹野さんの素晴らしいところです。それだけでも充分凄いことですが、鷹野さんの場合はお客さんの気持ちを客観的に分析して、メニューや店舗開発などに落とし込めるのが強みでしょう。これまで何度やられた、と思ったかわかりませんよ」笑みを浮かべた。「それだけ優秀な鷹野さんが、レインさんで不遇の状態にいると聞いています」

不遇……そんな風に思われてるんだ、私。なんだか私が凄く可哀想な人みたいじゃない。私が開発したメニューはすべて無くなってしまうけど、売上が落ちているし時代と合わなくなったのだから、しょうがないと思っていた。そうやって自分を納得させるのにそこそこ成功していた。今までは。

それから田中は金額を口にした。アンバーが用意している報酬だという。それは今亮子が貰っている年収の一・五倍程度の額だった。

田中が説明を始める。「鷹野さんにどこか一つの部署を任せたいというのではないんです。様々な部署に対して、アドバイスと指導をして頂きたいと思っています。シニアアドバイザーという役職を用意するつもりです。企画、店舗開発、宣伝などすべての部署を横断的に見て頂きたいんです。鷹野さんの経験と知恵、発想法などを若い社員に伝授して頂きたいんです」

亮子は黙ったまま箸をスプーンに持ち替えて、サムゲタンのスープを口に運ぶ。

そうやってしばらくの間、亮子はテーブルに並ぶ料理を次々にお腹に入れていった。

そしてビールのグラスに手を伸ばした時、田中に目を向けた。

酒に弱いのかすでに赤い顔をしていた。

田中がお絞りを鼻の下に当てて横に擦った。「現場を知らない人が上に立つと会社はダメになります。下積みを経験していない人が上に立つと、碌《ろく》なことにはならないんです。どの世界もそうですが特に飲食業はダメですね。データには現れてこないところに、ヒントや宝が埋まっているんですから。お宅の三代目は大学を出た後、コンサルティング会社で働いていたそうですね。そういうのが一番厄介なんですよ。コンサルティング会社っていったら、高い金を取って理想を語るだけの人たちの集団ですよ。やることといったら社員の首を切りましょうとか、仕入れ値をもっと下げましょうと経営者に囁《ささや》くだけです。社員や取引先を泣かすことしかしない奴らです。そんなところで経験を積んだって、現場じゃなんの役にも立ちませんよ」

「…………」

「悪口じゃありません。事実を話しているだけです。いるんですよ、そういうジュニア社長っていうのはたくさん。その多くが失敗するんです。会社の組織や商品をいじくり回した挙句に、売上を下げてしまうんです。社員のモチベーションもね」

うるさいよ。なんだ、お前。私が三代目の悪口を言うのはいいけど、お前が言うな。あなたが必要だと言われたのは少し嬉しい。少しだけなのがちょっと不思議だけど。もっと前のめりに、引き抜きの話を聞いたっていいはずなのに。給料は上がるし、仕事も自由にやらせて貰えそうなのに気持ちは弾まない。どうしてだろう。もう働くことが、それほど重要ではなくなってしまったのかな。だとしたら寂しい。これまで私は仕事に情熱を注いできたんだから。無意識に定年までをカウントダウンしているのかも。どうせあと数年のことだからって。三代目がこれから会社をどうしていくのかにも、関心をもてなくなっているし。仕事への情熱がなくなってしまったのなら……私はこれからどんな風に生きていくのだろう。退屈な毎日を過ごすのかな。そんな毎日に私は耐えられるのか――。

田中が「お酒、頼みますか？」と聞いてきた。

亮子は頷き「ビールのお代わりを頂きます」と宣言した。

9

下手くそ。

亮子は心の中で呟きテーブルの上で腕を組んだ。

三十分ほど前から下手くそな説明をしているのは、ボランティア団体の代表、小《こ》池《いけ》秀《ひで》樹《き》だ。三十代ぐらいに見えた。

土曜日の夕方、亮子はボランティア活動をしている団体の、報告会に初参加している。たまたま見つけたこの団体のサイトは、ちょっとお洒落だった。この手の団体のホームページが、手作り感いっぱいで読みにくいものが多い中で、ハイセンスで目立っていた。ファッションブランドのサイトのようだったのだ。誰でも参加出来るという報告会の場所が、自宅から割と近かったので来てみたのだけど、こんなにぐずぐずの説明を聞かされるとは。

亮子は周囲に目を向けた。

三十人ほどの参加者たちは皆、正面のスクリーンに映し出される報告書を注視していて、居眠りしている人はいない。

この団体はアジアやアフリカの貧しい生活の子どもたちに、服や靴、文房具、オモチャなどを贈る活動をしているらしい。現金や品物の寄付を広く募りそれを届けているという。

ほの暗かった貸し会議室が明るくなった。

すべての電灯が点《つ》けられたのだ。

小池が言った。「えー、次は、あっ、えっと、ここまでが報告で、報告は終わりで、終わりです。それで次は、質問を受けたいんですが、えっと、質問のある人は手を挙げてください」

手を挙げる人は誰もいない。

小池が「なんでも、どんなことでも構いません」と続けた。「説明だけじゃ、わからなかったと思います。なので、質問してください。えっと、誰もいませんか？　えっと、そうしたら、そちらの方、水色の服の方」

私？

思いっ切りこっち見てるし。別に質問なんてないんですけど。なにこれ。私が質問するまで待つって顔しないでよ。いいわよ、わかったわよ。

亮子は口を開く。「服とか文房具とかを受け取った、子どもたちの笑顔の写真は見ましたが、子どもたちとの接点は品物を渡す時だけなんでしょうか？　品物を受け取った子どもが一ヵ月後、半年後、五年後にどうしているかといったことは、把握はしていなくて、あげたっ切りの関係なんでしょうか？」

小池はマイクを握ったままでなにも言葉を発しない。

そういうことはやっていないのなら、やっていません、その場限りですと答えればいいだけなのに、なんで固まっちゃってんのよ。大して聞きたいことじゃなかったけど、あんたが質問しろって言うから、そうしただけだからね。

しばらくしてから、ようやく小池が口を開く。「そうしたことは……調査ということも含めてですが、していません。長い関係を続けていくというのは、なんというかちょっと、その……あの、難しいように思うんですが、それは今思っているんですが、これまでそうしたことは考えなかったので、実際難しいかどうかは、わからないことで、あの、そういう長期的なサポートにした方がいいと思いますか？」

ただの参加者に聞くなよ。なんで答えを待ってるような顔してんだよ。結構メンドー臭いな、お前。

亮子は言う。「いいかどうかは私にはわかりません。私はこれまでボランティア団体の活動に参加したことがなかったので、質問したのは、こちらがどういう活動をしているのかを、確認したかっただけです。それだけです」

小池は困ったような、恥ずかしそうな顔をしただけだった。

それから二人の参加者から質問が出て小池が答え、お開きになったのは午後五時だった。

亮子はバッグを肩に掛けて会議室を出る。

エレベーターホールに向かって歩いていると、背後から「すみません」と声が掛かった。

振り返ると小池と女性がいた。

二人は亮子の前まで来ると足を止めた。

小池が言った。「今日は参加して頂いて有り難うございました。鋭い意見というか指摘がとても勉強になりましたし、参考にしたいと思いました」隣の女性に顔を向けた。

「ね？」

女性は頷いた。

小池が続ける。「今日みたいに活動を知って貰う報告会をしているんですが、その他にも色々やってます。寄付を募るイベントを開いたりとか、他のボランティア団体と共同の勉強会をしたりとかです。でもなんていうか人手が足りなくて。それで良かったらうちの会に、スタッフとして参加して貰えないかなと思いまして」隣の女性にまた顔を向けた。「ね？」

女性が口を開く。「ボランティアなのでスタッフに入ったからといって、参加を強制したりはしません。参加出来る時だけでいいですし、出来る範囲で構わないんです。スタッフのほとんどが働いている人たちです。だから休日の数時間とか、仕事が終わった後の一、二時間とか、それぐらいの負担で済むように考えてお願いするようにしています」小池に顔を向けた。「ね？」

今度は小池が頷いた。

お前ら、付き合ってるだろ。亮子は白けた気分になった。あんたたちがやっているのは、ただの自己満足なんじゃないのかと、言ってしまおうかと一瞬思ったが止めておく。

亮子は「検討してみます」とだけ言って軽く会釈をして、身体をエレベーターホールへ向けようとした。

すると小池が「これ」と言って名刺を出してきた。

そして「ちょっとでも興味があったら是非連絡ください。待ってます」と言った。

亮子は名刺を受け取り、もう一度会釈すると歩き出す。

エレベーターの中で倉田《くらた》菜穂子《なほこ》に、あと十五分ぐらいでそっちに着くとラインをした。

菜穂子とは大学時代に知り合った。学部は違ったが同じテニス部に所属した仲間だった。大学にはテニスは口実で飲み会が目当てのサークルがいくつもあったが、亮子たちが入っていたのは真面目に練習して、大会への出場を目指すような部だった。大学を卒業後も一緒に飲んだり旅行に行ったりして、付き合いは続いた。菜穂子が結婚していた五年ほどの間は疎遠になったが、二十年前に彼女が離婚してからは、また時々一緒に遊んでいる。

亮子は居酒屋の店内を見回した。すぐに菜穂子を見つけてそこへ向かう。

亮子は「どうも」と言いながら菜穂子の向かいに座った。「すでにやってるね」

「やってる、やってる」と菜穂子は笑顔で言ってジョッキを持ち上げた。

亮子がビールの注文を済ませると、菜穂子が質問を口にした。「報告会はどうだった？」

亮子は報告会のことを語って聞かせた。

そうしてから言った。「私はそこがやってることに興味をもてなかったのよ。それなのにそこの水色の服の人、なにか質問はありませんかって、ピンポイントで指してきたの。しょうがないから質問してあげたのよ。それなのにそうした方がいいと思いますかなんて、逆質問してきたんだよ。なんだ、それ、でしょ？」

「いつものように背筋ピーンとしてたからじゃない？」

「なにそれ？」

「亮子は姿勢がいいでしょ。ピーンとしてるから、ちゃんと聞いてるって感じに見えるのよ。真剣そうっていうかさ。本当は他のことを考えててぼうっとしてたとしてもね。それで指したんじゃない？」

「そうだったのかな？」

亮子の前にジョッキが置かれた。

すぐにそれを両手で持ち上げる。

そして二人で乾杯をした。

亮子はごくごくとビールを飲みぷはっと息を吐いた。

そして「もう私はなににも興味をもてないのかもしれない」と言った。

どうしよう。これからの人生。亮子は心配になる。あと三十年ぐらいなにしよう。趣味の一つもないってのが恥ずかしい。仕事が忙しかったから、その反動で休日は家でダラダラしているだけで充分だった。だから趣味がなくても平気だったけど……。オッサンではよく聞く話だけど女の私が同じとはなぁ。テレビドラマは好きだけど、休日に数時間見るのが楽しいんであって、ずっとどうぞという環境になったら飽きるだろうし。タイが好きで三回行ったけど、旅先として気に入っただけで移住とかそんな気はないし。結局、私は仕事を取ったら空っぽだった。それって……虚しい。

菜穂子が話し出す。「亮子はさぁ、先走り過ぎなんだよ。昔っからね。会社員になったばかりの頃、お正月に会ったら夏休みはどうするって聞いてきたからね、あなたは。先回りして準備しておきたい性格なのよ、亮子は。それは知ってるけどさ、焦り過ぎなんじゃない？　お母さんが亡くなって、死を身近に感じたのかもしれないけどさ。終活するのだってちょっと早過ぎると思うよ。ま、百歩譲って、いいよ、終活を始めても。

だけどさ、じっくり時間を掛けるべきでしょうよ。人生の閉じ方を考えるっていうのはさ、お墓をどうするかってこともあるけど、大事なのはお迎えが来るまでどう生きるかってことの方でさ、そっちはそんなに簡単に答えなんて、出ないもんなんだから」

「焦ってるのはさ、興味をもてるものがなくなったからなのよ」

「ライバル会社からうちに来ないかって話、あれ、どうした？」

「まだ返事してない」

「そうなんだ」

ビールをひと口飲んでから亮子は言う。「評価して貰ったのは有り難かったし、嬉しかったんだけどね。期待されてるって感じがちょっと重いなって。だからどうしようか迷ってる。昔だったら――せめて五年前だったら違ったかも。期待されてると感じたら、それがやる気に繋がったんじゃないかと思うんだよね。いい話なのに、迷ってる自分にちょっと驚いてもいたりしてね。なんか、もう私は仕事に興味をもてなくなったのかもって考えたら、急に不安になっちゃったの。他に興味があるものなんて一つも浮かばなくってさ。わっ、どうしようって、焦って、ボランティア団体の報告会に参加してみたりしちゃったんだよね」

「恋する気持ちが冷めたってだけよ。これまで亮子は仕事に熱烈に恋してたのよ。その恋がちょっと冷めただけ。だからって二度と恋が出来ないって訳じゃない。また恋するようになる。恋する相手が別の仕事かもしれないし、男性かもしれないし、犬かもしれないし、まったく新しいことかもしれない。必ず夢中になって、我を忘れるほどの恋が出来るようになる。そういうものと出くわす。突然にね」

「随分自信たっぷりに言うね」

「覚えてないの？　今のセリフ、私が離婚して落ち込んでた時に、亮子が掛けてくれた言葉よ」

「えっ？　そうだった？　全然覚えてない」

「私はとってもよく覚えてる。亮子はそういうこと言って励ましてくれる人なのよ。鷹野亮子はね、婉曲《えんきょく》な表現が出来なかったり、言わなくていいことを言っちゃったりする人なのよ。年を取って時々は言わずに、心の中に収めることが出来るようにはなってきたんだけど、顔にはしっかり気持ちが出ちゃってる人でもあるの。だから誤解されることもあるんだけど、真面目で一生懸命で頑張ってきた人なのよ。今は次の恋を見つけるまでの小休止だと思ったら？　その小休止を楽しめるようになると、きっと楽になるわよ」

亮子はじっと菜穂子を見つめた。

菜穂子は真顔で頷いた。

「なんか」亮子は口を開く。「胸に響いた。どうしてだろう」

「どうしてだろうっていうのが余計よ。まったく」と言って菜穂子が笑った。

つられて亮子も笑う。

菜穂子が言った。「焦るな、焦るな。それで今夜はとことん飲もう」

「わかった」頷いた。

菜穂子が自分のジョッキを持ち上げて、待つような仕草をした。

亮子は自分のを手に取り、待っている菜穂子のジョッキに当てた。

そして「かんぱーい」と二人で声を合わせた。

10

亮子は電光掲示板を見上げた。

午後六時。

新幹線が到着するまであと十分だった。

ベンチに座ると自分の肩に手を置いて軽く揉《も》む。

今日はちょっと疲れた。

F市にはレインの店が四店あり、その全店視察のための日帰り出張だった。四店すべての売り上げが落ちているので、問題点を見つけて改善を促すのが、この出張の目的だった。だがどの店にも大きな問題は発見出来なかった。亮子はスタッフたちに、頑張りましょうと声を掛けただけで終わった。

ホームには二十人ほどの客がいる。そのほとんどが男性で、どの人のスーツもちょっとくたびれている。

この人たちも仕事を終えて帰るところなのだろうか。疲れているのは私と同じだけど、彼らには待っている人がいて、私にはいない。

自分で選んだ人生を後悔はしていないけど、こんな夕暮れ時には少しだけ寂しくなる。

「鷹野さん」

声を掛けられてはっとした。

井上規与子《いのうえきよこ》が笑顔で横に立っていた。

さっきまで視察していたU町店の副店長だった。

「どうしたの？」と亮子は尋ねる。

「お店ではちょっと話せないことがあって、追いかけて来ちゃいました」と規与子は答えた。

規与子は勤続二十年のベテランだった。実質はこの四十歳の規与子が店を回しているとわかっているので、店長は必要ないのだが、そうは言えないので亮子が店に行った時には、店長を含めた三人で話をした。さっきもそうだった。

亮子は隣に座るよう勧めてから「お店では話せないことってなに？」と聞いた。

「店長にはまだ言ってないんですけど、私、お店を辞めます」

「えっ。そうなの？　どうしてか聞いていい？」

「実家がJ町にあるんですけど、近くにいい空き店舗物件が出たんです。そこを借りて喫茶店をやるつもりなんです」

「そうなんだ。おめでとう。レインにとっては井上さんを失うのは、はっきり言って大きな痛手だけど、井上さんが大きな挑戦をすると言うのなら、引き留めるのは諦《あきら》めるわ。そのお店が成功するよう祈ってる」

「有り難うございます。私、辞める前に鷹野さんに、どうしても直接お礼が言いたかったんです。あの、なんていうか……私、ただの店員じゃないですか？　でも鷹野さんは、井上さんはどう思うって聞いてくれるんですよ。そんなことするの、鷹野さんだけでした。他の本社の人たちは、私たちをただの飲み物を運ぶ道具ぐらいにしか思ってないんですよ。そういうの、わかっちゃうもんなんですよ。ちゃんとこっちに伝わるんです。でも鷹野さんだけは、スタッフ全員の名前を覚えてくれるじゃないですか？　それちょっと嬉しいんですよ。他の本社の人たちはそこの彼女とか、君とかしか言いません。鷹野さんに井上さんって声を掛けられて、この前の意見だけどって言われた時には驚いちゃいましたよ。前に私が話したことを覚えててくれたんだって。自分の意見が採用されなくっても、採用されなかった経緯を、鷹野さんは説明してくれるじゃないですか？そういうのも嬉しかったです。そんな風に検討はして貰えたんだって思えたら、なんか、ちょっと満足って思えました。お店での二十年間は、楽しいことばっかりじゃありませんでしたけど、喫茶店の仕事を嫌いにならずに続けられたのは、鷹野さんがいたからです。本社に私たちのことを理解してくれる人が、一人はいるんだって思えたことが大きかったなって。本当にこれまで有り難うございました」規与子が頭を下げた。

「こちらこそ。そんな風に思っていたなんて知らなくて、ちょっと驚いちゃったわ。ねぇ、お店がオープンする時、必ず連絡頂戴ね。東京から駆け付けるから。うちのライバル店になるんだから、ちゃんと視察しておかないといけないしね」

「ライバルなんてそんな。凄く小っちゃなお店なんですから。前を歩いていても気が付かないぐらいの小ささなんです。まぁ、一人でするお店なんでそれぐらいで充分かなと」

「頑張って」

「有り難うございます。これ、駅弁です。こんなものしかなくて申し訳ありませんが、一応地元では一番人気の駅弁なんです。どうぞ。あと、お茶もあります」

「有り難う。車内で食べるわ」

新幹線が間もなく来るとアナウンスが入った。

亮子が立ち上がると規与子も立った。

規与子が言う。「売り上げが落ちている理由は、フードメニューを変更したからです」

「えっ？」

「鷹野さんもわかってますよね。店長だって他のスタッフだってわかってます。ただ社長が決めたメニュー変更だから、それが理由だと誰も口に出来ないだけです」

亮子は苦笑いをするしかなかった。

新幹線がホームに滑らかに入って来た。

亮子は規与子に手を振ってから乗り込んだ。

チケットに書かれた数字の座席を探しながら車内を進む。

いつも亮子は窓側の席を予約する。今日もそうだった。

自分の席を見つけると腰掛けて、バッグを足元に置いた。

隣席には誰もいない。

窓外へ目を向けると規与子がホームに立っていた。

すぐに発車のベルが鳴り、亮子は規与子に向かって手を振った。

規与子が両手を左右に大きく振る。

新幹線がするりと動き出して、あっという間に規与子の姿は見えなくなった。

亮子は一つ息を吐いて、前の座席の背面に収納されているテーブルを倒した。そこに駅弁とお茶を載せる。

弁当の上に巻かれた紙には、市内にある城の絵が大きく描かれていて、太い字で特選和牛弁当と書かれていた。

その大袈裟な包装紙に思わず微笑んでしまう。

亮子はちょっと幸せな気分だった。規与子の言葉を聞いた時……アンバーの田中から褒められた時の何百倍も嬉しかった。田中の言葉は上辺を褒められている感じしかしなくて、居心地が悪いだけだった。でも規与子の言葉は胸に滲《し》みた。心の底から認めて貰っている感じがしたから。私が開発したメニューは消えたけど、これまでやってきた仕事のすべてが消えた訳じゃない。私の会社員人生は悪くはなかったと思えて――顔がにやける。

それに……気付いた。どうしてアンバーからの勧誘に乗り気になれなかったかを。私は現場の人たちから、これまでたくさんサポートして貰ってきた。私の発案だと知った途端、客にそのメニューを強力に勧めて、売上を伸ばそうと協力してくれた。そうやってあからさまな依怙贔屓《えこひいき》をしてくれたのだ。営業が終わった後で新しい機械の納入に立ち会っていた深夜に、ついでに店内の掃除をしていたら、差し入れだといって、一度自宅に帰ったスタッフが手作り弁当を持って戻って来たこともあった。そうやって所属が違うスタッフたちと一緒に働いてきたのだ。ライバル会社に移るとは、これまで応援してくれた人たちとの思い出を失うことだ。それは嫌だ。

心は決まった。

後で田中に断りの連絡をしよう。

亮子は弁当の蓋を開けた。

向こうが透けて見えそうなほど極薄の和牛が、白飯の上に載っている。

箸で一枚を摘《つ》まみ上げて口に運んだ。

甘味の強い味付けだった。

ふと、流れていく窓外の景色に目を向けた。

空が広く感じる。

東京とは違って高い建物がないせいだろう。

遮るものがないこんな田舎の景色を、車窓から眺める時にはいつも考える。もしこういうところに生まれていたら、どんな人生を送っただろうかと。同級生と結婚して子どもを三人ぐらい産んだだろうか。そういう人生の中でもきっと幸せを見つけただろう。多分。でも私は違う場所で生まれ、違う人生を選んで進んできた。これで良かったのかと心がぐらつく時もある。でも悪くなかったと今日は思える。

ラインの着信音がして、バッグからスマホを取り出した。

深田莉恵《ふかだりえ》が今夜の時間の確認をしてきていた。

亮子は約束の時間にお店に行けると書いて送った。それから資料作成用のアプリを立ち上げて、保存していたメモを呼び出す。

今夜の打ち合わせで検討する項目を、箇条書きにしてある。亮子は独身女たちの互助会を作ろうとしていた。ネットでそうした組織を探したが見つからず、だったら作ってみようかと考えたのだ。友人らに声を掛けたら知人たちを当たってくれて、興味があるという独身女二人に繋がった。その二回目の会合が今夜だった。

次に知人に宛てメールを書く。

互助会のサイトの制作を依頼しているその知人に、進捗状況を確かめる内容だった。

メールを送信すると、スマホをバッグに戻してお茶を飲んだ。

互助会が本当に出来るのかはわからない。そんな組織を作った経験などないから。だからこれからどんな大変なことが待っているのかも、わからない。でも……興奮している。こんな気持ちになるのは凄く久しぶり。互助会がないから作るしかないんだもの。寿命がくるまでは精一杯自分らしく生きたい。死ぬ日にちょうど貯金がゼロになればいいけど、そんな風にはいかない。だったら少ない金額だけど遺産を、私と同じような独身女たちの、老後を支える活動の費用に使って欲しい。入院や部屋を借りる時、保証人がいなくて困っている独身女を、サポートする仕組みを作りたい。必要な人は絶対いるから。

亮子は弁当に割り箸を力強く差し入れ、白飯をごっそりと挟む。大量の白飯を持ち上げると、大きく開けた口に押し込んだ。口いっぱいの白飯をがしがしと咀嚼する。

いいんだ。これが、私。私の生き方。

すべてを呑み下すとすぐに牛肉に箸を伸ばした。

11

「どうぞ」清は鷹野にコーヒーを勧める。

「有り難うございます」と鷹野さんが小さくお辞儀をした。

なんだか今日の鷹野さんは、すっきりとした表情をしている。紺色のスーツのせいだろうか。

清は満風会サロンのテーブルに着く、鷹野の向かいに座った。

鷹野さんが話し始める。「前にお墓の話をしたと思うんですが、それはちょっと先走り過ぎていました。まずは定年までどうするかを考えてみました。それで今の会社で定年まで働くことにしました」

「そうですか」

「定年までの間に独身女たちの互助会作りをして、定年したらそれを広げていく活動をしようと思っています」

「それは素晴らしいですね」と感嘆の声を上げた。「大きくて立派な目標ですね」

少し照れたような表情を浮かべる。「出来るかどうかはわかりませんが、目標をもてたことがちょっと嬉しいです」

清もちょっと嬉しかった。私はなにもしていない。ただ満風ノートを渡して、社長の受け売りで人生の見直しを勧めただけだ。それなのにまるで自分のことのように少し胸が弾む。それがとても不思議だった。

清は言った。「そうすると法律的なアドバイスが必要になりそうですね。弁護士の先生を紹介しましょうか？」

「お願いします」

清は背後の棚からファイルを一つ取り出した。弁護士のページを開けて、クリアシートの中の紙を抜き出しテーブルに置いた。

「これが連絡先です。お持ちください」清は言った。「今日中に弁護士の先生に連絡をして、鷹野さんの名前と、互助会作りをされる予定の方だと伝えておきます。明日以降お好きな時に、鷹野さんから先生に連絡を取ってみてください」

「はい。そうします。有り難うございます」

鷹野さんは紙をバッグに仕舞うと「いただきます」と言ってコーヒーカップに手を伸ばした。

ひと口飲んでから鷹野さんが話し出した。「自分の人生の見直しをしてみました」

清は頷いて話の続きを待った。

鷹野さんが言う。「他の人生があったんじゃないかって、時々思うことがあったんです。他の人に比べて私の人生は、とてもつまらない人生だったんじゃないかと思うこともありました。時々ですけど。でも満風ノートの空欄に文字を書き入れながら、これまでの人生を振り返ってみたら、私はとっても恵まれていたんだと気付きました。そうしたら生まれてからの五十五年間が、愛おしく思えました。いいんだ、これでって」

「はい」

「これまでの人生に満足出来たら、これからのことも前向きに考えられるようになったみたいなんです。それで定年後の目標をもてた気がします」

「それは良かったです。本当に」

「自分の人生を見直してこれからのことを考えて——でもまだなんていうか、これからの見通しがちょっと甘い感じなんです。自分で言うのも変なんですけど」

「見通しが甘いんですか？」清は尋ねる。

「はい。自分が六十歳になった時、七十歳になった時、八十歳になった時を想像してみるんです。でも頭に浮かぶ自分は健康で、今と変わらずに動ける人なんです。実際は身体を動かすのが大変になって、持病をいくつか抱えているでしょうに」

「そういう想像を始めると、脳がストップをかけてきますよね」

「そうなんです」少し前屈《まえかが》みになった。「本当は最悪の場合の予想も立てておかないといけないと、わかっているんですけど、なかなか」

「難しいですよね」

「はい」鷹野さんが頷いた。「それに、一人では日常生活を送れなくなった時、どこかの施設に入所することになると思うんですけど、団体生活を送れるのか——そういうことを考え始めると、暗い気持ちになってしまいます」

「それで万事オッケーなのかもしれませんよ。目標への期待と将来への不安とで、プラマイゼロでトントンで」

「プラマイゼロでトントンですか？」

「はい」

鷹野さんが笑い声を上げた。

そして「トントンだったら、まぁ、いいですかね」と言った。
「はい。いいとしましょう」と清は答えた。

第二章　森本喜三夫　六十八歳

1

森本喜三夫《もりもときみお》は電信柱の周りに置かれた花を見下ろす。
二、三十個はあるだろうか。メッセージの書かれたボードや、スナック菓子の袋なども置かれている。
喜三夫は持参した紙袋から、白いカーネーションの花束を取り出した。屈《かが》んでその花束を一番手前に置こうとするが、横滑りして倒れてしまう。そこで他の人が手向《たむ》けたペットボトル飲料に手を伸ばす。大きさの違う二本のペットボトルを、少しだけ間隔を空けて配置し直し、それを支えにして中央に花束を入れ込んだ。次に紙袋から猫のぬいぐるみを取り出し、花束の前に置いた。空になった紙袋を畳み脇に挟んで両手を合わせた。目を瞑《つむ》り心の中で声を掛ける。

さぞや怖かったろう。可哀想に。痛みもあったのかい？　命を奪われるなんてな。口《く》惜《や》しいよな。これからいっぱい笑って楽しんで、人生をまっとうするはずだったんだから。天国で友達を作ってくれ。その友達と思いっ切り遊べ。そっちで幸せにな。

喜三夫は目を開いた。すっと零《こぼ》れた涙を指で拭《ぬぐ》う。ゆっくり立ち上がり、カーネーションと猫のぬいぐるみをしばし見下ろす。それから身体を後ろに回した。

すっとマイクを握った女が近付いて来た。

その背後には大きなカメラを肩に担いだ男がいる。

女が「S局の者ですがお話を聞かせて頂いてもいいですか?」と聞いてきた。

「あぁ、いいよ」と喜三夫は答える。

「お顔を撮らせて頂いても構いませんか?」

「あぁ。構わないよ」

「有り難うございます。それでは。お花を手向けられていらっしゃいましたが、それはどういうお気持ちで?」

「痛ましいと思ってさ。いや、知り合いじゃあないんだけどね。テレビで知ったんだよ。事故のニュースをさ。まだ三歳の女の子だっていうからさ、可哀想じゃないか。運転手は酒を飲んでたっていうんだろ? ぶつけといて手当てをするだとか、救急車を呼ぶだとかしないで、逃げたっていうのが腹立たしいよ。犬畜生にも劣るだろ、それは。それで同い年の娘がいる父親だったっていうんだからさ、嫌になるよ。自分の娘が同じ目に遭ったらどう思うんだって、言ってやりたいよ。あんたもそう思うでしょ? あぁ、そう。えっ? 俺の孫は十一歳と九歳。俺の仕事? もうとっくに引退したよ。六十八歳だから。住まいはK区。近所って訳じゃないよ。そうだね。電車で一時間半ぐらい掛かったね。あんたは結構距離がありますねっていうけどさ、俺にとっちゃ距離や時間は関係ないんだよ。この足で現場に行って花を手向けてさ、天国での暮らしが穏やかでありますようにって、祈りたいって気持ちが湧き上がってきたんだから。名前？　森本喜三夫。三本の木の森に、ブックの本、喜ぶ三つの夫だ。いやいや、どういたしまして。それじゃ」

喜三夫はテレビ局のスタッフに別れを告げて、駅へ向かって歩き出す。

十分ほどで駅に着いた。

ホームに上がると、立ち食い蕎麦《そば》店から甘いつゆの香りが漂ってきた。ベンチに腰掛けて、ジャンパーのポケットから手帳を取り出した。来週の予定が書かれたページを開き、裁判の日時を確認する。

来週火曜日の午前十時の開廷だが、傍聴券を求めて多くの人が来るだろうから、裁判所には午前八時には着いておきたい。

知り合ったばかりの女を次々に八人も殺した男の裁判は、随分とテレビで取り上げられた。その男はごく普通の会社員として働いていて、妻も子どももいたという。平凡な男が起こした猟奇的連続殺人事件は、世間を怖がらせて話題になったのだ。

恐らく傍聴券の競争倍率はかなり高いだろう。先月に行われた、実の子どもを虐待死させた父親の裁判も競争倍率がとても高く、喜三夫は抽選に外れてしまって傍聴出来ず、残念だったこともあり、来週のは是非とも当たりたいとの思いが強かった。

満風会のサロンに着いたのは、午後三時を少し過ぎた頃だった。

応《こた》えた。

カウンターにいた三崎が「いらっしゃいませ」と声を掛けてきたので、片手を上げて
喜三夫がこのサロンに来るのは二度目だった。前回来た時、三崎に終活をしようと思ってるんだと言った。終活のやり方をあれこれと説明されるんだろうと予想していたが、三崎は生まれはどこだだの、奥さんとはどこで知り合ったんだだの、終活とは関係なさそうなことばっかり聞いてきた。なんでだよと思いはしたが、三崎が聞き上手なもんだから、つい色々と喋《しゃべ》ってしまった。それが思いのほか楽しかった。いつでも気軽に遊びに来てくれと三崎が言ったので、寄ってみたのだ。

喜三夫は出てきたコーヒーをずずっと音をさせて啜《すす》った。

三崎が言った。「この前、森本さんご自身が亡くなられた後の様々な手続きを心配されていると仰《おっしゃ》っていましたよね」

「そうそう。なんだか色々あるらしいからさ。テレビでやってたんだよ。旦那《だんな》が死んで、その妻がやらなきゃいけない手続きは、百ぐらいあったっていうのをさ。それ見てさ、そりゃ大変だと思った訳よ。俺があの世に行った後で、女房にそんな思いをさせるのは忍びないからさ。大体うちの女房、そういうの、からっきしなんだよ。大雑把な性格なんだよ、O型だしね。そういう手続きの書類っていったら、大抵わかり難《にく》いもんだろ？だからさ、どうしたもんかねって、聞いたんだったな」

「そういうご要望があった時には、そういう業務を代行してくれる人のお話をするべき

でした。大変失礼しました。つい森本さんのお話が面白くて、聞き入ってしまいまして。後で上司から注意を受けました」

「そうなの？」

「はい。今日はちゃんと説明をさせて頂きますね。森本さんが仰るように、しなくてはいけない手続きはたくさんあります。銀行口座、健康保険、年金、スマホなど、あれこれとたくさんです。手続きに慣れていればひとつひとつはそれほど難しくはないんですが、数が多いのと、申請手続きに期限が決められているものがあるのが、遺族の方にとっては大変な点なんです。どれから先に手続きをしたらいいかの順番も大事になりますが、わかっていないとこの期限内に終えられなくなってしまいます。そうすると貰《もら》えるお金が少なくなったり、手数料を余分に払ったりしなくてはいけなくなります。全部を一人でやるのは大変です。それで最近は手続きを代行してくれる専門家に依頼する方が増えているようです。勿論《もちろん》有料になります。こうした代行業務は、行政書士さんや、司法書士さん、それから弁護士さんがされます。あと信託銀行さんの中にも代行業務を請け負うところがあります。代行業務を依頼するタイミングなんですが、どなたかが亡くなられて、ご遺族の方が依頼するというケースもありますし、生前にご本人が依頼を済ませておくというケースもあります。森本さんのようにご自身が天国に行かれた後の奥様を心配されている場合は、生前に依頼を済ませておく方ですね。生前に依頼をする場合には、代行者と死後事務委任契約という契約を交わしておくのがいいと思います。この契約をきちんと交わしておけば、旅立たれた後、直ちに代行業務を始められるからです。料金ですが、代行者が独自に値段を設定していまして、かなり幅があります。低価格を売りにしている人もいますし、スピードを売りにしている人もいます。手続きごとに細かく料金設定をしているところもありますし、丸ごとお任せパックと称して、包括の料金制度を取っているところもあります。この両方の料金制度のどちらか希望の方を選べるようになっているところもあります」

説明を終えた三崎は、ほっとしたような表情を浮かべた。

習った通りのことをつっかえずに言えたからか？　この前、実は入社してまだ日が浅いんですと言っていたから、この程度のことでも嬉《うれ》しいのかもしれねぇな。

三崎が参考までにと言って、いくつかの代行業者の料金比較表をテーブルに置いた。

喜三夫は眼鏡を掛けてからそれに目を通す。

事務手続き一件あたり、最低でも五千円は掛かるようだった。丸ごとお任せパックの方では七十万円からとなっていて、遺産の額によって変動するらしい。

安いとは思わないが高いって金額でもない。まぁ、妥当な金額だろう。面倒な手続きを、一気に引き受けてくれるっていうんだから。女房にやらせたりしたら、ヒステリーを起こすに決まっている。ここはやっぱりプロに頼むのが良さそうだ。ただ……すぐに決めちまっていいんだろうか……どうかな。

喜三夫は口を開いた。「今は決められないから検討しておくよ」

「はい」と頷いた。

自分の満風ノートを開く。「ノートのさ、どこからやっつけようかと思ったんだけどさ、まずは家系図からにしたんだよ。これだよ。なんだか凄《すご》いよな。こうやって空欄に名前を入れてさ、家系図を完成させてみたら、俺に繋《つな》がっている人がこんなにいるんだよ。わかってるよ、親戚《しんせき》がどれくらいいるかっていうのはさ。だけどこうやって図にしてみると、目でもわかるんだよな。そうすると、これまでとはちょっと違うんだよ」

「繋がりを強く感じましたか？」

「そうなんだよ」喜三夫はページを捲《めく》った。「家系図の次のページは家族について書くページだ。急に難しくなったんだよ。生年月日や連絡先は書けるよ。調べればな。問題は思い出やエピソードを書く欄だ。一生懸命思い出そうとしてみたんだけどさ、くっだらねぇ話しか、思い出せないんだよ。あまりにくだらなくって、文字で残す必要なんてない話ばっかりでさ。どうしたもんかね」

「どんなことでも構わないんじゃないでしょうか。それも立派な思い出ですから」

「そうかい？」

「はい」

「それとさ、これからの暮らし方を書く場所がやけに広いんだよ。なんだよ、このこれからの暮らし方って」

「これからの暮らし方の欄が広いのはですね、お客様にご自分の人生の見直しをして頂こうと考えているからだと思います。見直しをして頂いて、これからどうしていくかというのを、たっぷり書けるようにと、そう考えたのかもしれません」

「人生の見直し？」喜三夫は聞き返した。

「はい」

「見直しったってさぁ、若いもんだったら、見直しをして、変更も出来るだろうけどさ、こっちはもう六十八だよ。今更変更出来ないだろうよ」

一瞬困ったような顔をした。「弊社の社長が言うにはですね、人生の見直しは定期的にする必要があって、何度でもいくつになってもすればいいと。こう考えていまして、ですから、六十八歳でも全然見直しをして頂いて……あれでしょうか。森本さんは、思っていた通りの人生をずっと過ごされてきましたか？」

喜三夫は腕を組んだ。「そう改めて聞かれると、答えに困っちまうが、まぁ、大体こんなもんだろうなってところで収まってるよ。予想範囲内にな」

「それは凄いですね」

「凄いか？」

「凄いですよ」と三崎が強い口調で繰り返した。

2

喜三夫は箸《はし》を置き「ご馳走《ちそう》様」と言った。

向かいで朝食を食べていた妻の定子《さだこ》が立ち上がった。ポットの湯を急須に入れると、喜三夫の湯吞《ゆの》みに緑茶を注ぐ。それから喜三夫の前に湯吞みを置くと、再び椅子に腰掛けた。そして食事の続きに戻る。

喜三夫は湯吞みを摑《つか》み口元まで運ぶ。そうしてからゆっくりフーと息を吹き掛ける。ひょいと顔を左に捻《ひね》った。

隣のリビングに置かれたテレビでは、七時からのニュース番組が始まっていた。

喜三夫は大体毎朝、このニュース番組が始まる前後に朝食を食べ終わる。これは寝具メーカーで働いていた頃と同じだった。三年前に六十五歳で定年退職してからも、起きる時間、朝食の時間は変わらない。食べるのが遅い定子を待って、緑茶を飲みながらテレビを眺めるのもずっと続いている。

安月給だったが一戸建てがどうしても欲しくて、通勤に片道一時間半掛かるのを承知でここに家を建てた。３ＬＤＫの建坪二十坪の自慢の我が城だ。だが建てて三十七年も経つと、あちこちにガタがきていて、どうしたもんかと思っている。アクセスに関しては急行が停まるお蔭《かげ》で、今もあっちこっち出向くが特に不便は感じていない。

「ご馳走様でした」と定子が言って席を立った。

そうしてテーブルの皿を重ねて盆に載せていく。

喜三夫は背後の棚から満風ノートを引き抜いた。そしてページを捲る。

洗い物を始めた定子に、キッチンカウンター越しに声を掛けた。「終活ノートにさ、看護と介護のページがあるんだよ。お願いしたい人の第一希望欄に、定子の名前を書いておいたから、よろしく頼むよ」

「あら、そうなんですか？」

「そうなんですかって、そうに決まってるだろうよ」

「お父さんが先に介護が必要になった場合は、そうなるんでしょうけど、私が先にあの世へ行った場合はどうするんですか？」

喜三夫は衝撃を受けて固まる。

俺が残される……確かにその可能性は五分五分だ。だが今の今までそんなこと、考えもしなかった。定子が先に……それは困るぞ。大分困る。

喜三夫はノートに目を落とす。

介護の希望欄には自宅で過ごしたいのところに、チェックマークを入れてあった。

これも定子をあてにしたものだ。もし仮に万が一定子が先に逝ったら、俺はどうすればいいのか……看護も介護も誰に頼めば……子どもだろうな。そうだろうな。それが筋ってもんだろう。育てたんだからな、こっちは。琢磨《たくま》か麗子《れいこ》か。やってくれるだろうか。

二人共嫌がりそうな気がするんだが。

喜三夫は緑茶を飲んでから言う。「俺より長生きしてくれ」

「こればっかりは、はいとは言えませんねぇ。寿命はいつまでか、わかりませんから」

「定子は書いてるのか？　終活ノート。定子の分も貰って来て渡したろ？」

「私はまだいいですよ」

「そうなのか？」

「そういう気持ちになった時に書きますよ」

喜三夫はペン立て代わりの空き瓶から、鉛筆を一本抜き取った。そうしてページを一枚一枚捲っていく。旅の思い出とタイトルが付けられたページで手を止める。

思い出に残る宿、ホテル、旅先での思い出、忘れられない景色について書くページだった。

旅の思い出か。子どもたちが小さかった頃には、家族旅行に行ったりしたもんだが、こう改めて聞かれると、すぐにはなにも浮かんでこない。金と時間を掛けて行ったというのに。

喜三夫は鉛筆の先をノートにトントンと当てながら、記憶の中を探る。

そして定子に問い掛ける。「旅の思い出っていったらなんだ？」

「えっ？　旅の思い出ですか？　そんなことも終活ノートに書くんですか？」

「あるんだよ、書くページが。前半は自分史だからさ、旅の思い出も書いておけってことなんだろう。頻繁にとは言わないがそこそこ行ったよな、旅行に」

「昔々ですけどね。まだ二人が小さかった頃ですから」水を止めると布巾《ふきん》を手に持った。

「私が思い出すのは……そうそう、あれだわ。旅館の襖《ふすま》を壊してしまったことですよ」

「襖を？　お前が？」

「どうして私なんですか。お父さんと琢磨ですよ。旅館で――あれは確か伊豆《いず》の」難しそうな表情を浮かべて指でこめかみの辺りを叩《たた》いた。「熱海《あたみ》だわ。そう。熱海の旅館でした。仲居さんが部屋に布団を敷いてくれたんですよ。そうしたらお父さんが、相撲を取ろうと言い出したんです。それでその布団の上で、お父さんと琢磨が相撲を取り出して。私と麗子は頑張れーなんて応援してたんです。そのうちに琢磨がお父さんの足にしがみついて、なかなか離れなかったんですよ。それでお父さんがバランスを崩して、二人でバターンって。襖の上に倒れ込んで壊してしまったんです。弁償したんですよ。それが結構ないい金額で、それほどの襖じゃなかったのにと思いましたけど、そこで値切るのも恥ずかしかったので、言われた通りの額を払いました。ちょっと悔しかったんですけどね」

喜三夫は思わず腕を組む。「なんでだろうな。今の話、全然覚えていないよ」

「全然？」

「全然だ。定子の話を聞いているうちに一つ思い出したよ。あれは……東北の方だったと思うんだが、皆で博物館に入った時のことだ。入ってすぐのところに、でっかい仏像が二体あってさ、それが怖いっていうんで、二人が泣き出したことがあったろ。そこの造りのせいなのか泣き声がやけに響いてさ、窓がビリビリいうぐらいだったんだよ。それですぐに出たんだよ。一、二分ぐらいだったんじゃないかな、中にいたの。穏やかな顔の仏像だったから、なにがそんなに怖かったのか、不思議に思ったのを覚えているよ」

首を捻った。「それは覚えていませんね」

「そうなのか？」喜三夫は驚く。「物凄い泣き声だったんだけどな」

「千葉に行った時のことを思い出しました。夕焼けがとっても綺麗《きれい》だったんですよ。浜辺で水平線に太陽が沈むのを四人で眺めていたんです。とっても美しくて息を吞んで見ていたんです。それなのに、お父さんがもういいだろと言って、帰ろうとしたから、水平線に太陽が隠れるまで見ていましょうよと、私は言ったんです。そうしたらお父さん、太陽なんて明日もお目に掛かれるんだから、なにもそんなにじっと見る必要はないだろって。そんなこと言ったら、旅に出る意味がないのにと思いましたよ。それを思い出しました。がっかりした気持ちもね」

「覚えてないなぁ、今のも。太陽が沈むのを……やっぱり覚えてないな。そういや、温泉で琢磨が蚊に刺されて大変だったのを思い出したぞ。男湯に琢磨と入ってさ、で、出て、脱衣所で着替えていたら、琢磨が痒《かゆ》いと言い出したんだよ。見たら、あっちこっち蚊に刺された、丸くて赤い跡がいくつもあったんだ。露天風呂《ぶろ》だったから蚊がいたんだろう。だけど俺は一つも刺されてなかったんだぜ。身体の小さな琢磨だけが狙い打ちされたんだ。それで掻《か》き始めたから、掻いちゃダメだ、却《かえ》って痒くなるから我慢しろと言って、冷やした方がいいんじゃないかと思って、水を掛けたんだよ。そうしたら痒みが消えたようで大人しくなったんだけど、それは一瞬でな、また痒みがぶり返すようでさ、掻き出したからダメだって俺は言ったんだ。そうしたらこんな風に手を振って、ふにゃふにゃと身体を動かし出したんだ。痒くてじっとしてられなかったんだろう。変な踊りを踊っているようで、可笑《おか》しくってさ。可哀想なのに可笑しくってな。だから笑わないようにしたんだ。俺も我慢したんだよ。だけどフルチンでくねくねして踊ってるからさぁ、笑っちゃったんだよ。そうしたら笑いが止まらなくなってさ。笑い過ぎて涙が出たんだった。覚えてないか？」

「男湯でのことはわかりませんよ」

「男湯から部屋に戻って報告したよ。今、こういうことがあってさって。泣きながらだったと思うぞ。確か旅館の人から痒み止めの軟膏《なんこう》を貰って、部屋で琢磨の全身に塗ってやったんだ。そうしたらバタンと布団の上に倒れて、すぐに寝息を立て始めたんだ。疲れたんだろう。それも可笑しくって大笑いしたんだよ。定子も笑ってたぞ、確か」

「そうですか？　今の話は記憶にありませんね。一緒に旅行に行ったのに、覚えていることは全然違うもんですね」

「そうだな」喜三夫は頷いた。

喜三夫は立ち上がり、電話機の横のメモ用紙を一枚取って席に戻った。その紙に『仏像で泣いた』『くねくね踊り』と書いて、旅の思い出のページに挟んだ。

そのうち他のことも思い出すだろうから、そうしたものの中から書き残すものを選ぶつもりだ。

喜三夫はページを一枚捲った。

そして定子に声を掛ける。「うちに色鉛筆ってあったっけ？」

「色鉛筆ですか？　なんでです？」

「ノートにさ、行ったことがある都道府県に、色を塗ってみましょうと書いてあるんだよ」

「赤いのなら確かあったはずですよ」

定子が探し出してくれた赤鉛筆を握り、喜三夫は日本地図に向き合う。これまでに行ったことがある都道府県に色を塗った。電車で通過したのではなく、その地に降り立った場所だけを塗る。

なんだ。こんなもんか。喜三夫はもっと真っ赤になるかと思っていたのだが、実際は塗れたのは半分にも満たない。小さいと思っていた日本だが、行っていない場所はたくさんあるとわかった。

それから近所のスポーツジムへ一人向かった。

午前八時過ぎのジムは、いつものように年寄りばかりだった。

何人かの顔見知りに挨拶《あいさつ》をしてから、ウオーキングマシンの上に乗る。速度と時間を設定してからスイッチをオンにする。

歩き出してすぐ、出張先で利用した宿の部屋が頭に浮かんだ。真っ赤な部屋だった。いかがわしさを演出するためだったのだろう。なにもかもが真っ赤だった。

あれは……三十年以上昔のことだ。出張先での仕事が終わったのは午後六時頃だった。翌日の午前中に、近くの街にある別の会社に行く用事があったため、一泊することになっていた。普段なら同じ日に、この二つの会社の仕事を入れるようにして、日帰りするのだが、相手の都合でこの日はそうは出来なかった。土地勘のない場所で、一人ふらりと目についたスナックに入った。古さのせいなのか、床に敷いてある薄いカーペットが所々波打っていた。そこに二十代半ばぐらいの女の子がいた。マリコと名乗った。確か小さな子どもがいて一人で育てていると言った。本当かどうかはわからないと思いながらも、苦労してるんだねと言った覚えがある。マリコから星座を聞かれた。喜三夫が蟹座だと答えると、マリコは喜三夫の太腿《ふともも》に手を置き、私は魚座で蟹座と相性が一番いいのよと言った。喜三夫はその時、蟹座で良かったと生まれて初めて思った、とかなんとか発言した気がする。マリコの仕事が終わるのを待って、二人で連れ込み宿に行った。そこの五十歳は超えているように見える女将《おかみ》が、真っ赤な着物を着ていた。喜三夫に目を当てるとにやっとして「ごゆっくり」と言った。マリコは慣れた様子で階段をトントンと上がっていき、喜三夫は彼女の後をついて行った。マリコに続いて入ったその部屋が真っ赤だったのだ。赤いライトを使っていたのか、それとも普通のライトに、赤い布やセロハンでも被《かぶ》せていたのかはわからない。そういえば部屋の隅に孔雀《くじゃく》の剝製《はくせい》があったのだが、それも赤く見えていた。喜三夫はいくらかと聞いた。マリコはしっかりと金額を口にした。喜三夫は子どもさんになにか買えるようにと、言われた金額より少し多い金を布団の上に置いた。一時間後に二人で真っ赤な部屋を出た。宿の前でマリコは言った。またこの街に来たらお店に寄ってねと。喜三夫は勿論だと半分本気、半分お愛想で答えた。半年後、その街に出張に行く機会が訪れた。喜三夫は敢《あ》えて日帰り出来ないように予定を組んだ。そしてマリコがいた店に向かった。だが何度ネオン街を往復しても、その店を見つけられなかった。なくなっていたのだ。がっかりしてとぼとぼ歩いていると、あの連れ込み宿を見つけた。あの赤い着物を着ていた女将に、尋ねてみようかと思い付いた。だがすぐに、それはやっちゃいけないことだと考え直した。結局その日は女っ気のない居酒屋で、軽く飲んだだけで終わった。

これまでの人生の中で、一番思い出に残っている宿といったらあの赤い部屋だが、そんなことを終活ノートに書く訳にはいかない。自分が死んだ後でも定子を悲しませたくないし、琢磨や麗子から嫌われたくないからな。

その時、隣のウオーキングマシンに顔馴染《なじ》みの男が乗った。

「お早うございます」と声を掛けられた喜三夫は右手を小さく上げた。

森本さんが言った。「いつもコーヒーをタダでご馳走になってるからさ。今日は手土産を持って来たんだよ」

そして手提げ袋から、煎餅《せんべい》の入った大きな袋を取り出してテーブルに置いた。

清は「頂戴して宜《よろ》しいんですか?」と確認した上で、「有り難うございます」と礼を述べた。

「お持たせをお出しするのをご勘弁頂いて、早速いただきましょう。今日はお茶の方がいいですかね」と話して清は立ち上がった。

森本さんはこのサロンが気に入ったのか、十日に一度は顔を出すようになっている。清は森本の話を聞く時間をそこそこ楽しんでいた。取引も商売もせずただ話を聞いているだけで、給料を貰っているのが後ろめたくなることもあったが。

清が緑茶の入った湯呑みを森本の前に置くと、「ま、煎餅食ってよ」と勧めてきた。

「いただきます」と答えて清は小袋に手を伸ばした。

そして小袋の中で煎餅を割ってから開封した。ひと欠片《かけら》を摘《つ》まんで口に運ぶ。

森本さんも小袋に手を伸ばして一つ摑んだ。ビリッと袋を裂く。それから煎餅を袋から半分ほど出して、それに歯を立てた。バリバリと景気のいい音をさせながら煎餅を食べる。

そうしてしばし煎餅を味わってから、森本さんが口を開く。「自分史を書こうとしてさ、昔のものを仕舞ってた押入れを開けたんだよ。年によって、なにがあったか全然覚えていない年もあったりするもんだからさ、昔の写真を見たら思い出すんじゃないかと思ってな。そうしたら小学生の頃の日記帳が出てきたんだよ」

「それはそれは。どんなことが書いてありましたか？」

「くだらないことばっかりなんだけどさ、その中に何度も探検家になりたいと書いてあったよ。そういやそんな夢があったなぁと思い出した。なんの影響なのかはわからないんだ。テレビなのか漫画なのかはさ。ただ大きな字で何度も俺は探検家になると書いてあった。子どもってのはでっかい夢や、途方もない夢を見るもんだろ？　それをいつどんな風に諦《あきら》めるんだろうな。徐々に消えていったのかな？　そんな夢があったことさえ忘れてしまうのは、どうしてなんだろうな。あんたが言ってた、人生の見直しを、俺は無意識にしてたってことなんだろうか」

「あぁ、そうかもしれませんね」

「そうだ。俺には兄貴が二人いてさ。二人もこのノートを書いた方がいいと思ってね。もう二冊貰えるかい？」

「はい。それではこちらを。袋に入れましょうか？」清は尋ねる。

「いやいや、この持って来た袋に入れるから大丈夫だ」

「二人のお兄さんはおいくつなんですか？」

「長兄は七十八歳で、次兄は七十三歳。小さい頃からいいようにからかわれてたよ、二人から。たん、たん、単細胞の喜三夫がまた怒ってるとか言ってさ。怒らすようなことをわざとやっといてだよ」

「今はどうなんですか？」

「今もだな。からかわれっ放しだ」森本さんが満風ノートに手を置いた。「俺よりも年上なんだから普通に考えりゃ、お迎えが来るのは兄貴たちの方が早いんだから、ちゃんとノートに書き残しておくべきだろうと思ってさ。でさ、兄貴たちにノートを渡す時に、ちゃんと教えてやろうと思ってるんだよ。これは残された者が読むものだから、ここになにを書くか、なにを書かないかってことに、くれぐれも注意しろよとね。このノートには真実の歴史は刻まれないんだ。書いちゃマズいことは書かないからな。ここにあるのはあくまでも俺の余所《よそ》行きの歴史だ。そう気付いたら、このノートの価値がちょいと下がったよ」

「確かにこのノートには余所行きの面がありますね。誰かが読むものですから。ですが、ここに書いておけば、伝えられるということでもありますよ。面と向かってはなかなか言えない気持ちを、ここに書いておけば確実に伝えられます。私はどうも思っているとを言葉にするのが苦手な方で、肝心なことを伝えきれていない気持ちでいるもんですから、このノートは有り難いと思っているんです」

清は別れた妻と暮らしている翼とたまに会う。その度に翼を大切に思っていること、その成長ぶりを見守っていることを伝えたいと思う。だが相応《ふさわ》しい言葉を思い付けなくて、気持ちを伝えられていない。そんな自分が歯痒かった。

先月もそうだった。翼に十六歳の誕生日プレゼントはなにがいいかと尋ねたら、ワイヤレスイヤホンだと答えたので、二人で家電量販店に行った。翼が小学生の頃は月に一度だった面会は、中学生になった途端、忙しいからとの理由で断られることが多くなった。今では誕生日プレゼントと、クリスマスプレゼントを買う時にだけ会って貰えた。買い物が予定より早く終わり、レストランの予約時間までまだ少し時間があったので、家電量販店内の喫茶店に入った。

＊＊＊

清は尋ねた。「学校はどうだ？」

「フツー」と翼は答えて、アイスココアの上に載っている生クリームを、細長いスプーンで掬《すく》った。

「普通なのか。クラブはどうだ？　IT部は楽しいのか？」

「フツー」

「IT部も普通なのか。翼は普通のことに囲まれているな。あれはどうなったんだ？

ＩＴ部の皆でゲームを作ってると言ってたろ。完成したのか？」

「あぁ、あれね。完成したんだけど、部員じゃない生徒にやって貰ったら、あんまり評判が良くなかったんだよね。だから今手直しをしてる」

「そうか。なにがいけなかったんだ？」

翼はテーブルの一点を見つめ、考えるような表情を浮かべた。

清は翼の答えを待つ。

しばらくしてはぁと息を吐き出すと「全部」と言ってストローを銜《くわ》えた。

「全部か。手直しが大変だな」と清はコメントした。

翼が頷いた。

さぁ、どうする。もう会話のネタは尽きてしまったぞ。小学生の頃は好きな女の子や友達のことなどを、自ら話してくれたので、清は聞き役に徹していれば良かったのだが、最近の翼はずっと黙っているだけになった。だから私が質問を続けないといけないというのに、もうなにも思い付かない。ダメだ。思い付かないなどと言っていないでなにか考えろ。そうじゃないと気詰まりな時間が続くんだぞ。そう自分に発破をかけるのだが、なにも下りてこない。早くなにか……焦るばかりだった。

その時だった。

「早かったんだね」と言いながら由里子がするりと翼の隣に座った。

「そうなんだよ」と清は答える。

由里子とはレストランで落ち合うことになっていたのだが、翼の買い物が早く終わったので、来られるようだったら、喫茶店の方にとラインをしておいたのだ。

由里子がウエイトレスにアイスティーの注文を済ましたところで、翼が口を開いた。

「お姉ちゃんが早く来てくれて良かったね。お父さん、ほっとしたんでしょ」

「えっ？」清は慌てて言う。「なんだよ、ほっとって」

「ほっとした顔をしたじゃないか」翼が大人びた口調で話す。「お父さんとボクの二人じゃ間が持たないからだよね。いいんだよ、別に、それで」

「そんなことは……ないよ」

「いいんだって」さっと前髪をかき上げた。

そして翼は由里子に顔を向けて「これ、買って貰ったんだよ」と言うと、ワイヤレスイヤホンをテーブルに置いた。

由里子はそのワイヤレスイヤホンと、清の顔に交互に目を当てる。

少しの間、それを繰り返していたが、やがて「音、全然違うの？」と翼に尋ねた。

翼は殊更気軽な口調で「聞いてみる？」と言った。

平気そうに精一杯振る舞っている翼を目の当たりにして、清は自分が大失敗をしでかしたと知る。

由里子がそのワイヤレスイヤホンを耳に装着した。

翼がスマホに指を置く。

忙《せわ》しなく動くその指を清はただ見つめた。

＊＊＊

それから三人でレストランに行き食事をした。翼は何事もなかったかのように終始振る舞っていたが、内心では父親の態度に傷付いていたはずだ。私はダメな父親なのだ。森本さんが緑茶に口を付けてから言った。「あんたが言うように、ここに文字で残しておけば、伝えられるっていうのは大きいな。そうだな。このノートのいいところだ」

森本さんが自分の言葉に納得したかのように、何度も頷いた。

4

清は社用車の助手席からロータリーを眺める。中央には円形の植え込みがある。その真ん中に設置された花時計が、正午だと知らせていた。

駅前のロータリーにある花時計が素敵なのよ。

そう言っていた為谷晴子《ためがいはるこ》の笑顔を思い出し、清はしんみりとした。

入社して間もない頃に木村社長に連れられて、晴子さんが暮らす老人ホームを訪ねた。

八十歳の晴子さんは、すでに満風ノートを書き終えていた。社長のアドバイスを受けながら少しずつ書いたそうで、一年掛けたと言っていた。完成してスッキリしたわと語った晴子さんは、満足そうで穏やかな表情を浮かべていた。

社長はほとんど速度を落とすことなく玉戸《たまど》ホームの駐車場に進入し、急ブレーキで車を停めた。

三階建ての玉戸ホームの外壁はベージュで、ガラス製の自動ドア越しにエレベーターホールが見える。

清は自動ドアの横に設置された、パネルの中のボタンを押した。

スタッフからゲストと書かれた名札を貰い、教わった二階の部屋へ社長と二人で向かう。

社長が白い扉をノックすると中から「どうぞ」と女性の声が聞こえてきた。

部屋の中央にはテーブルがあり、左右に女性が二人着いている。

右の七十代くらいの女性が、鋭い視線を清と社長にぶつける。

そして「あなたも所長さんと同じように、訳のわからないことを言いに来たの？」と言った。

社長はその問いを聞き流して、清に左の女性がここの所長だと紹介した。

所長は小さくお辞儀をするとすぐに、右の女性が晴子さんの妹の西村游子《にしむらゆうこ》さんだと説明する。

所長と游子の間に清と社長は並んで座った。

社長は游子さんに身体を向けて口を開いた。「私は満風会の代表をしております、木村と申します。こちらは三崎です。満風会は終活のアドバイスをする会社です。生前晴子さんにお目にかかり、お話をさせて頂きました。この度はご愁傷様でした」

社長がゆっくり頭を下げるのに合わせて、清もお辞儀をした。

すると游子さんが尖《とが》った声を上げた。「終活のアドバイスですって？　そんな話、聞いてませんよ、わたくしは。いったいどうなっているの。この施設も。あなたたちも。こっちは姉を亡くして哀しくて、動揺しているんです。それなのに所長さんからもう葬儀会社は決まっているだとか、お墓ももう買ってあるだとか、そんなことを言われたって、そんな話、信じられませんよ。わたくしはなんにも聞いてなかったんですから。冗談じゃありませんよ」

社長が言う。「今こちらに行政書士さんが向かっていますので、その方から詳しい話をお聞き頂くのが一番ですが、先に私から説明をさせて頂きます。私どもは晴子さんから終活のご相談を受けていました。そのご相談の中で晴子さんから、ご自身が亡くなられた後の手続きを、代行して欲しいとのご要望がございました。そこで行政書士さんをご紹介致しました。その行政書士さんと晴子さんは、死後事務委任契約を結ばれました。後でサインと捺印《なついん》のあるその書類を、行政書士さんから見せて貰ってください。晴子さんにはご自身の葬儀も、事前に決めておきたいとのご希望がございましたので、私どもから複数の業者に見積もりを依頼し、その中から晴子さんがお決めになりました。お墓も購入しておきたいとのことでしたので、ご予算とご希望に合致した候補を私どもが絞り込みまして、その中から晴子さんが選ばれました。こうした事前契約の書類につきましては、行政書士さんが保管していますので、後程ご確認頂けると思います」

游子さんがテーブルに手を置いて、少し身を乗り出した。「そんなのおかしいわよ。妹のわたくしにひと言もないなんて。きっとちゃんとした考えが出来ない状態だったのよ。認知症ではなかったけれど、年を取れば判断力が衰えますからね」

所長が口を挟んだ。「晴子さんは最期の瞬間まで、頭はしっかりされてましたよ」

「だとしたら」游子さんが大きな声を上げる。「この人が姉をそそのかしたのよ。お金儲《もう》けをしようとして姉に上手《うま》いことを言って、サインをさせたんだわ。そうに決まってるわよ」

こんな風に揉《も》めることもあるのかと、清は内心驚いていた。社長から正式な書類があっても、遺族が納得しないケースがあると聞いてはいたが、それを目の当たりにするのは初めてだった。社長はどうやって游子さんを納得させるのだろう。こんなに感情的になっているのに、そんなこと出来るのだろうか。

社長が游子さんに尋ねた。「お姉さんはどんな方でしたか?」

游子さんがゆっくり瞬《まばた》きをした後で、胸を張るようにして答える。「しっかり者で頼りがいのある姉でしたよ。わたくしたちは母を早くに亡くしましたのでね。だから姉は十四歳の時から、家の切り盛りをしてくれました。わたくしの母親代わりでもあったんです。わたくしは尊敬していました」

社長が頷いた。「そういうしっかりした方だったからこそ、ご自分が天国へ行かれた後のことも、きっちりと決めておこうと考えたんじゃないでしょうか。ご本人様のご希望がわからないために、ご葬儀やお墓をどうするべきか悩まれるご遺族が、とても多いんです。妹さんの手を煩わせたり困らせたりしないようにと、すべて決めておこうと考えられたんじゃないでしょうか。お姉さんらしいと思われませんか？」

游子さんは不満そうに唇を歪《ゆが》めた。

社長が続ける。「晴子さんに会いにこちらに何度もお邪魔しました。私は晴子さんから昔話を聞くのが楽しかったんです。犬の太郎《たろう》の話とか、初めてお化粧をした時の話とか。それは晴子さんの満風ノートですよね？」所長からノートを受け取って表紙を撫《な》でた。「この終活ノートを晴子さんに渡したのは、一年ぐらい前です。晴子さんは一年を掛けて、このノートを書き上げたんですよ。どうぞご覧になってください」

游子さんはとても嫌そうな顔をして、ため息を一つ吐《つ》いてからノートを開いた。

游子さんがパラパラとページを捲り始めると、社長が「ご葬儀関係のことが書いてあるのは百ページです」と声を掛けた。

游子さんがそのページを開いたところで、社長が尋ねた。「ご葬儀の希望欄にはなんて書いてありますか？」

游子さんはじろっと社長を見てから「行政書士の藤岡雅彦《ふじおかまさひこ》さんに依頼済みと書いてあるわね」と答えた。

「そうそう」社長が明るい声を上げた。「確か妹さんへのメッセージが書かれているページがありましたよ。晴子さんから見せて貰いました」

「わたくしに？」

「はい。伝えたいレシピのページだったと思います。もう少し前の方ですね。そこです。なんて書いてありますか？」

「あら。ジャガイモの肉みそ掛けのレシピが書いてあるわ。あぁ、ここね。游子へ、肉みそにはお酢を入れると、お母さんの味になるわよ、ですって。お姉さんったら。こんなところに書いて。聞いても教えてくれなかったのよ。ずっとよ。お姉さんが作るような味にならないとわたくしが言っても、愛情を入れるのよなんて言って、ちゃんと答えてくれなかったのに」

游子さんが急に興味を覚えたかのように、満風ノートを捲り始める。

その様子を社長はなにも言わずに見つめた。

しばらくして游子さんが「まぁ」と声を上げた。

「どうしました？」と社長が尋ねた。

「年表に寛伸《ひろのぶ》さんの名前があるの。昭和三十五年のところに、豊島寛伸《とよしま》さんが急逝と書いてあるわ」游子さんがハンカチを目元に当てる。「その翌年のところには、寛伸さんが生きていたら二十三歳と書いてある。その翌年には寛伸さんが生きていたら二十四歳って。こんな……まぁ、今年まですべてのところに書いてあるわ」

「寛伸さんというのは？」

「姉の婚約者だった人なの。姉はずっと想っていたのね。だからこんな風に毎年毎年寛伸さんの年を数えて……どんなにいい見合い話がきても姉は全部断ってしまって。結局、姉は結婚しなかったのよ。だから寛伸さんを忘れられないのかもしれないと、思ってはいたのよ。でもここまで強い気持ちでいたとは知らなかったわ。口惜しいわ。寛伸さんが天国へ行く時に、姉の人生までもって行ってしまったってことだもの」

「その終活ノートは晴子さんが時間を掛けて、何度も書き直して完成したものです。そこには晴子さんの歴史と遺志が記されていると、理解して頂けたんじゃないでしょうか。誰かに書かされたものではありません。晴子さんがこれまでのご自分の人生を振り返り、最後をどう締めくくりたいかを書かれました。事務手続きもご葬儀もお墓も、行政書士さんに依頼済みと書いてあるのは、それが晴子さんのお考えだからです。晴子さんのご希望通りにして宜しいですね？」

　游子さんはパタンと満風ノートを閉じた。そしてその表紙を右手でゆっくり撫でる。それから唐突に動きを止めると、ノートから手を離した。自分の膝《ひざ》の上に手を戻し、じっと満風ノートを見つめた。そうしてから小さく頷いた。

　社長は凄いと清は思う。あんなに気が昂《たかぶ》っていた游子さんをあっという間に落ち着かせ、更に説得してしまった。晴子さんがちゃんと満風ノートを書いていたからであったにせよ、社長の話の進め方が上手だったからでもある。もし私が一人でこんな場面に出くわしたら、オタオタしてしまうばかりで、遺族を説得出来るかどうか心許《こころもと》ない。

コンコンと扉をノックする音がして、全員がドアに顔を向けた。

「行政書士さんかしら」と所長が言って「どうぞ」と大きな声を上げた。

5

「これだよ」

喜三夫は長兄の宏一《こういち》に満風ノートを渡した。

「なんだ、これは？」大きな声で宏一兄さんが聞いてくる。

耳が遠くなった宏一兄さんは、ちょっと驚くほどの大きな声で話す。

喜三夫は言った。「前に話したろ。終活ノートを書き始めてるって。宏一兄さんが自分もそろそろ用意しなくちゃいけないなぁって言ってたからさ、貰って来てやったんだよ」

「そうか」

「ノートの前半は自分史を書いて、後半は遺族が困らないように、書き残しておくページになってる」

ノートをぱらぱらと捲った。「こりゃあ有り難い。早速取り掛かってみるよ」

「あぁ、そうしてよ」

宏一が住んでいるのは、喜三夫たちの生家を建て直した一軒家で、保育園と時間貸し駐車場に挟まれている。

居間の窓は開いているが、日曜日の今日は子どもたちの声は聞こえてこない。

喜三夫の家からは電車で三十分ほどの距離だった。

棚の上の写真立てに目を留めた喜三夫は「敦君《あつし》はたまには帰って来るのか？」と聞いた。

「敦は大学に行っているよ」

「大学？　アメリカの大学で教えてるのかい？」

「教えている訳がないじゃないか。勉強しに行ってるんだ」

「なにを？」喜三夫は尋ねる。

「経済学部なんだから経済のことだろうなぁ」

「五十歳過ぎてアメリカでまた大学生になるなんて、勉強熱心なんだな。凄いもんだ」

「誰が五十歳過ぎなんだ？」

「敦君だよ」

「なに言ってる。敦は二十歳になったばかりだぞ」

喜三夫は衝撃を受けて言葉を失う。なにを言ってるんだ、宏一兄さんは。

喜三夫は言った。「やだな。しっかりしてくれよ。敦君は五十歳を過ぎているじゃないか」

宏一が不思議そうな顔で、じっと喜三夫の顔を見つめる。

その時、宏一兄さんの妻の富士子《ふじこ》さんが盆を持って現れた。

喜三夫は小声で富士子に尋ねる。「宏一兄さん、ちょっとおかしいんじゃありませんかね？　敦君が二十歳だと言ってますよ」

「えっ？」富士子さんが目を丸くした。「そんなことを？」

「もしかすると」喜三夫は囁《ささや》く。「こんなこと、あれだけど、認知症なんじゃないのかな？」

顔を曇らせた。「時々なんだけれど、おかしなことを言うから、一度病院で診て貰いませんかって提案したんですよ。でもふざけたことを言うんじゃないって、叱られてしまって」

「富士子さんから敦君の年を聞いてみてくださいよ」

「そうですか？　それじゃ。あなた、敦はいくつになりましたかね？」

「あ？」宏一兄さんが大きな口を開けた。

富士子さんが自分の口の両脇に手を当てて、メガホンのようにして大きな声でもう一度言う。「敦は、いくつに、なりましたかね？」

宏一兄さんが怪訝《けげん》そうな顔をした。「母親が息子の年を忘れたのか？　五十二歳だろうが。大丈夫か、お前？」

　喜三夫は富士子と顔を見合わせる。

　富士子さんが一つ頷き「合ってますね」と小声で言った。

　トルルルルと電話が鳴った。

　富士子さんが「どっこいしょ」と言いながら立ち上がり居間を出て行った。

　宏一兄さんが卓の上の湯呑みに手を伸ばす。そしてゆっくりと口元まで運ぶと、ずずっと音をさせて啜った。

　喜三夫と宏一は十歳年が離れている。喜三夫が物心ついた時には、宏一はすでに大人だったような感覚がある。父親は遠い存在だった。喜三夫は滅多に話し掛けられなかったし、父親の方からも用がある時以外は声を掛けてこなかった。だから喜三夫にとっては宏一の方が近しい存在で、生きる見本だった。勉強を見て貰ったし新しい遊びを教わった。なんでも出来る宏一兄さんは憧《あこが》れの人でもあった。

　宏一兄さんが再び満風ノートを捲り始めた。

　少しして宏一兄さんが言った。「その年の流行歌が書いてあるぞ。『東京ブギウギ』は憶えていないが、『買い物ブギー』ならよく覚えている。流行《はや》ったんだ。学校の行き帰りに皆で歌った記憶があるよ。雄治《ゆうじ》や克芳《かつよし》なんかとな」

「それは誰？」

「幼馴染《おさななじみ》だ。近所に住んでいたんだ。喜三夫だって会ってるはずだぞ、家が近かったししょっちゅう遊びに来ていたんだから。雄治はここに黒子《ほくろ》がある子だ。克芳は出っ歯だ」

首を捻る。「覚えてないなぁ。宏一兄さんはよく覚えているんだね」

「よく一緒に遊んだからな」

宏一兄さんがゆっくりページを捲り、突然それにぐっと顔を近付けた。次に今度は腕を伸ばして、ページから顔を離すようにする。

そうしてから言った。「その年の世相の欄に、マリリン・モンローの来日と書いてあるな。これは覚えているよ」

「色っぽいネエちゃんだろ？　知ってるよ。日本に来たってのは記憶にないけどさ」

「お前はまだ小さかったから、そうだろう。日本中の男たちが浮足立っていたよ。マリリン・モンローが新婚旅行先に、日本を選んだっていうのが嬉しいし、誇らしい気がしてたんだろう」

「そうかい？」

「あぁ。この頃だったんじゃないかな。喜三夫が肩を脱臼《だっきゅう》したのは」

「俺が？」喜三夫は自分の鼻を指差した。

「なんだ、覚えてないのか？」

「覚えてないな」

「まぁ、そうかもしれんな。哲二《てつじ》が喜三夫をおんぶしたんだよ。背負わせたのは俺だ。

だがまぁ、子どもだからしっかり紐《ひも》を結べていなかったんだろう。哲二の背中からごろっと喜三夫が落ちたんだよ。よく」

「よく？」喜三夫は確認する。

「そう。それでお前はよく泣いてた」

「当たり前だろ。落ちてるんだから」

「まぁ、そうだな。ある日、いつものようにお前が哲二の背中からごろっと落ちて、泣き出したんだ。だからあやしたり、高い高いしたりして機嫌を取ったんだが、その日ばっかりはなかなか泣き止まないんだ。今日はやけに泣くなぁと思ってたんだよ。その晩中ずっとだった。朝になってもまだ泣いてるから、ようやくお袋がどこか身体を痛めているのかもしれないと言い出して、病院に連れて行ったんだ。そうしたら肩を脱臼してたんだ。落ちた時に外れたんだろう。道理で泣き続ける訳だと納得したよ」

「ひでぇ兄貴たちだ。今だったら虐待だぞ」

「本当だな」宏一兄さんが頷く。「だがさ、そんなことをされたら、俺たちと一緒にいるのを避けるべきだろ、動物として。命の危険があるんだからさ。それなのにお前は、いっつも俺たちの後をついて回っていたんだ。ダメだろ、動物として」

「動物としてダメだとか言うなよ。物凄くダメな気分になるだろ」

喜三夫は菓子受けを覗《のぞ》き、クッキーの小袋を一つ持ち上げた。袋を裂いて口に入れる。料理好きの富士子さんは、昔は手作りのものをご馳走してくれたもんだったが、いつの頃からか市販されているものを、堂々とテーブルに出すようになった。年を取ると作るのも大変になるんだろう。女房もやがてそうなるのかもしれない。せいぜい今の内に、女房の手作りのものを味わっておきたいもんだ。

宏一兄さんがパタンと満風ノートを閉じた。そして表紙をじっと見つめると裏返した。今度は裏表紙を眺める。

そうしてから口を開いた。「このノートをどこで手に入れたんだったかな」

えっ？

喜三夫は説明する。「俺が持って来たんだよ。俺が宏一兄さんにその終活ノートを渡したんだよ。二十分ぐらい前に」

「あぁ、そうだったな」

「宏一兄さん……」

喜三夫は思わず目を瞑った。

認知症なのか？　そうなのか？　待ってくれよ。なんだよ、それ。ダメだよ。宏一兄さんは変わらずにいてくれなくちゃ。壊れないでくれ。そんな姿を見るの辛《つら》過ぎるよ。宏一兄さんはダメだって。憧れの兄貴なんだから。ずっとそのままでいてくれなくちゃ。俺が子どもだった昔のことを、そんなに細かく覚えているのに、二十分前のことは忘れちゃうのかよ。そんなの……哀しいよ。それに不安だよ。

喜三夫はゆっくり目を開けた。

宏一兄さんが自分の親指と人差し指をぺろりと舐《な》めてから、満風ノートを捲った。

6

喜三夫は雨に打たれる樹を眺める。

寺の本堂の縁側に腰掛けた喜三夫の隣には、次兄の哲二がいた。

この寺は生家に近く、子どもの頃にはここでよく遊んだものだった。

今日は雨だからなのか、それとも最近の子どもはこんな所では遊ばないのか、喜三夫と哲二しかいなかった。

哲二兄さんにノートを渡した。「これ。前に言ってた、終活ノート。哲二兄さんの分も貰っておいたんだ。やるよ」

「終活ノートか。そうだな。そういうのをちゃんと書いておくべきだな。まだ頭がはっきりしているうちに」

喜三夫と哲二は、宏一を訪ねた帰りだった。

哲二兄さんが続けた。「ここに書いておいたって、その希望通りにはなりゃしないんだろうがね」

「希望通りにするべきだよ。本人の希望通りにさ。施設に入るなんて、絶対に宏一兄さんの希望じゃないはずなんだよ。なんだって、宏一兄さんは富士子さんの言いなりになってるんだ？」

「そう怒るなよ。お前が言うことは尤《もっと》もだが、現実はそうはいかないもんだ。富士子さんが言ったように、年寄りが一人で、認知症の年寄りの面倒を見るっていうのは大変だ。息子はアメリカなんだから手伝っちゃ貰えない。夫婦で同じ施設に入るっていうのは、満更酷《ひど》い話ってもんでもないんだよ」

「だからってさぁ」

「わかるよ、お前の言いたいことは。俺だって宏一兄さんを施設に入れるなんてのは嫌だよ。施設にいる宏一兄さんを想像しただけで胸が痛いよ。だがさ、最後の瞬間まで自分らしくなんてのは夢物語だ。宏一兄さんのことだ。ちゃんと現実を見て最善の策だと判断したんだろう。施設に入るのがどういうことか、わかってるようだったろ？　他のことじゃちょっと話がズレる時もあったが、施設への入所についちゃ会話は成立してたろ」

「なんだよ。哲二兄さんらしくもない。年を取ってすっかり丸くなったな。俺は気に入らないね。たとえ宏一兄さんが納得していたとしたって俺が嫌だよ。施設に入ったら、ただの認知症のジジイになっちゃうんだぞ。尊敬されてきた人で立派な人なのに、そういう扱いをしてくれないだろ、ああいう所じゃ。大きな栗の木の下でって、振り付きで歌わされたりするんだよ。宏一兄さんのそんな姿、俺は見たくないね」

「世の中にはどうにもならないことがあるんだよ」哲二兄さんがしんみりとした口調で

言う。「宏二兄さんはまだましな方だぞ。富士子さんと一緒に同じ施設に行けるんだからな。女房に先立たれた俺なんか施設に行く時は一人だ」

「そんな話が出てるのか？」

「まだ出てはいないが遠からずってやつだ。一人娘は女房が死んでからは寄り付かなくなったからな。俺が認知症になったら、即座に施設送りにするつもりだろう。結婚に反対したのを根に持ってるのか……子どもの頃に厳しく躾《しつ》けたのがいけなかったのか……まぁ、理由はわからんが、俺を大切に思ってくれてはいないんだ。これが俺の現実だ」

喜三夫は思わずため息を吐いた。それから哲二兄さんから目を離し門へ目を向けた。雨に濡《ぬ》れそぼった門は、くたびれた雰囲気を醸し出している。

昔はもっと威厳のある佇《たたず》まいだった気がするのだが。

喜三夫はぼんやりとその門を眺め続けた。

ふと我に返って哲二兄さんに顔を戻した。

哲二兄さんは終活ノートを捲っていた。

喜三夫は言った。「それを書いている時に思い出したんだよ。子どもの頃、俺は探検家になりたかったってことをさ。だけど探検家どころか、まだ行ったことがない県がたくさんあってさ、その日本地図の行ったところを色で塗ってみたんだよ。そうしたら白いままのところばっかりだった」

「お前が探検家だって？　どっちかというと怖がり屋だったじゃないか」

「そんなことないよ」

「そんなことあるよ。ほら、あの時だよ。二人であそこの六角堂に隠れたことがあっただろ。夜になったら兄ちゃん、怖いよぉと言って泣き出したじゃないか」

そんなこと……あった。思い出した。

あれは喜三夫が小学生の時だった。学校からの帰り道で哲二兄さんと出くわした。どこに行くのかと聞いたら、哲二兄さんは「俺は今、家出をしてきたところで、どこへ行くかはまだ決めてない。お前は家に帰れ。ここで俺に会ったことは誰にも言うな」と話した。喜三夫は「それじゃ、俺も家出する」と宣言した。帰れと言われ続けたが、喜三夫は構わず哲二の後をついて歩いた。喜三夫は正しいことは宏一から、悪いことは哲二から学んできた。やんちゃ坊主と両親から言われていた哲二を、喜三夫は慕っていた。ぐるぐると歩き回った後で、哲二がこの寺の六角堂に隠れたので、喜三夫も中に入った。隙間から陽が射していた時は大丈夫だったのだが、夜になったらたちまち心細くなった。六角堂の中は真っ暗で恐ろしくなったのだ。しくしく泣いていると、だからお前は来るなと言ったんだと哲二兄さんに叱られて、益々《ますます》泣いた。なんで家出したのかと喜三夫は尋ねた。哲二兄さんは言った。漬物は弁当に入れないでくれと頼んだのに、今日もまた入っていたんだと。そのせいで同級生たちから、漬物臭いとまた揶揄《からか》われてしまった。頼みを聞いてくれない母親とは、一緒に暮らせないと説明した。喜三夫はそんな理由で家出したのかとがっかりした。そんなに泣くなら、お前だけ家に帰れと哲二兄さんに言われたが、一人で夜道を家まで戻るのも恐ろしくて、それも出来なかった。それからどれくらい経った頃か、戸の向こうから宏一兄さんの声が聞こえてきた。哲二兄さんが戸を開けると、宏一兄さんが一人で立っていた。宏一兄さんは「やっぱりここだったか」と言い、「腹空いているだろう」と握り飯をくれた。喜三夫は宏一を見てほっとして、握り飯を食べながらまた少し泣いた。宏一兄さんは「父さんと母さんが心配して捜している」と説明し、「遊んでいて眠り込んでしまったことにしろ」と考えを口にした。すると哲二兄さんはあっさり頷いた。哲二兄さんも実は、家出をすっかり後悔していたのかもしれない。六角堂を出て三人で自宅を目指した。自宅まであと少しといったところで、哲二兄さんの足が止まった。「怒られるかな?」と哲二兄さんは宏一兄さんに尋ねた。宏一兄さんは「少しは怒られるだろうが、俺が口添えしてやるから二人は黙っていろ」と指示を出してきた。家の玄関扉を開けた途端、両親が飛んで出て来た。喜三夫たちを目にした父親は「こんな時間までどこに行っていたんだ」と大きな声を上げた。喜三夫と哲二は身を竦《すく》めた。すぐに宏一兄さんが寺で遊んでいて眠ってしまったんだから、許してやってくれと話し、もうこれからは時間に気を付けるだろうからと付け加えた。それから宏一は一緒に風呂に入ろうと、喜三夫と哲二に声を掛けて、仁王立ちする父親の横を通り抜けた。喜三夫と哲二は急いで宏一の後に続いた。宏一兄ちゃんは格好いい。喜三夫はそう思った。

その格好いい憧れの兄は認知症になってしまい、今日は喜三夫と哲二を見て「ご苦労様です」と言った。誰と間違えたのか。

哲二兄さんが口を開いた。「お前のところの奥さんならお前が認知症になっても、自宅で面倒を見てくれそうだな。子どもたちも協力してくれそうだし」

「どうだかね」

「違うのか？」

「これまで行ったことがない県に行こうと思ったんだよ。まだ元気なうちにさ。せっかく日本人に生まれたっていうのに、日本を知らないっていうのは勿体《もったい》ないからさ。だからキャンピングカーを買うか、借りるかして、日本を回る旅をしようって女房を誘ったんだ。そうしたらお一人でどうぞだってさ」

哲二兄さんが笑った。

喜三夫は口を尖らせる。「笑いごとじゃないんだよ。趣味だとか、友達と遊びに行くだとかで忙しいんだと。俺と日本を回る旅なんかに行ってる時間はないってさ」

「俺たちはなにか間違いをしたのか？」

「どうだろうな」

喜三夫は六角堂へ目を向けた。

屋根の一部が壊れているのか、右の一ヵ所から雨が小さな滝のように集まって落ちている。

あの六角堂……もっと大きかったような気がするが、こっちが小さかったからだろうか。

哲二兄さんが言う。「俺が一緒に行こうかな」

「はぁ？　なんだって？」

「だから日本を回る旅だよ。俺もまだ行ってない県がたくさんあるから」

驚いて確認した。「本気か？」

「時間ならあるからな。体力だって今ならなんとかだ。来年じゃ、身体がどうなっているかはわからない。だから行くならすぐだ」

「行ってない県ってどこだ？」

哲二兄さんが考えるような表情を浮かべた。

「行った県を塗った方がわかり易いぞ」と喜三夫は言って、終活ノートの日本地図が描かれたページを探して、哲二に見せた。

哲二兄さんは手帳に挟んでいた鉛筆で、行ったことのある県を塗り始めた。

喜三夫は言う。「宏一兄さんも連れて行きたいな」

「富士子さんが反対するだろう」

「するかもしれないな。いや、するだろう、きっと」

「そうだろうな」

「宏一兄さんはいつから、富士子さんのものになってしまったんだ？　結婚してからか？　結婚すると、なんでもかんでも女房の言う通りにしなくちゃいけないのか？　なんだよ、それ」

「そう荒れるな」

「荒れちゃいないよ。嘆いているんだ」喜三夫は説明した。

「一つ方法がないでもないぞ」

「方法？」

ニヤリとした。「誘拐するんだ」

「はぁ？」喜三夫は大きな声を上げる。

「富士子さんにお伺いを立てたら、ダメだと言われるに決まってるんだから、言わないんだよ。言わずに連れて行けばいい。誘拐してキャンピングカーに乗せるんだ」

「それは……そうか？」

「そうだよ。宏一兄さんを連れて行くならラストチャンスだ。連れて行ってもその旅のことは記憶に残らないだろう。そもそも俺たちのことを、時々しか弟だと思い出してくれないんだからな。だが時々でもいいじゃないか。切れ切れの思い出でも。昔のことはまだしっかりと覚えているようだから、皆で昔話をすればいい。どうだ？」

「どうだって……そりゃあ、三人で行きたいけど、黙って連れ出すってのは大丈夫かな？」

「途中で富士子さんに手紙を出せばいいんだ。日本を旅してますってな。身代金を要求する訳じゃないんだから、警察に連絡したりはせんだろう」

そうだろうか。行きたい。兄弟三人だけで旅行なんて——最初で最後だ。問題は富士子さんだ。大騒ぎしないでくれればいいんだが。うちの女房はどうだろう。哲二兄さんと二人旅なら、行ってらっしゃいと送り出してくれるだろうが、宏一兄さんを連れてとなると賛成するか、反対するか、どっちだかわからんな。宏一兄さんが宏一兄さんである時間は残り僅《わず》かだ。その少ない時間を一緒に過ごしたい。

喜三夫は一つ頷いてから口を開いた。「よし。宏一兄さんを誘拐しよう」

7

喜三夫は「この下だ」と言って崖《がけ》を見下ろした。

哲二兄さんが聞いてきた。「なにがあったんだ？」

喜三夫が説明する。「若い女が二人の男に拉致《らち》されて、殺されて、ここから捨てられたんだ」

宏一兄さんが口を開く。「気の毒なことだ」

喜三夫は少し歪《ゆが》んだガードレールの手前に、花束を置いた。そして手を合わせた。

哲二兄さんと宏一兄さんも同じように手を合わせた。

少しすると宏一兄さんが言った。「そろそろ会社に行かないと」

喜三夫は「宏一兄さんは十七年前に定年になって、もう会社勤めはしてないんだよ」と告げた。

すると宏一兄さんは困惑したような表情を浮かべた。「そうなのか？」

哲二兄さんが言う。「そうだよ。宏一兄さんは今、誘拐されている途中なんだよ」

宏一兄さんが目を丸くする。「私は誘拐されているのか？　誰にだ？」

「俺たちにだよ」と喜三夫は教える。

宏一兄さんが真面目な顔で「それじゃ、よろしく頼む」と口にした。

喜三夫と哲二は声を上げて笑った。

喜三夫たち兄弟はE県の北部にいる。国道を外れて山道を十キロほど走ってきたが、その間、対向車とは一台もすれ違わなかった。

間もなく正午になる時分だが、高い木々で陽は遮られ辺りは薄暗かった。

哲二兄さんが「街に出てなんか食おう」と言い、皆で車に乗り込んだ。

哲二がキャンピングカーの運転席に、喜三夫は助手席に座る。運転室の背後のキャビン内には四人掛けのテーブルがあり、そこに宏一兄さんが着いた。

車が動き出すとすぐに、喜三夫のスマホに電話が入った。

誰からの電話か画面で確認してから、スマホを耳に当てた。「はいはい、どうも」

「満風会の三崎です」

「どうも。どうかしましたか？」

「いえ、特に用事はないんですが、逃避行はいかがかと思いまして」

「ちょっと、人聞きの悪いことを言わないでよ。場所は言っちゃいないが、それぞれの家族には定期的に写真を送ってるんだよ。元気で旅をしてると、ちゃんと知らせてるんだからさ」

「ご家族の皆さんはなんて言ってるんですか？」と三崎が聞いてくる。

「最初の頃はキャンキャン言ってきてたんだよ。ラインでな。だけど最近はなんにも言ってこなくなった。見てはいるんだ。既読になってるから。スルーってやつだ」

「日本地図はどれくらい塗り潰《つぶ》せたんですか？」

「まだ一つぐらいだ。移動するだけじゃつまらないからな、名所旧跡を回ってるんだ。有名な事件や事故の現場に行って、花を手向けたりもするから時間が掛かる。まぁ、急ぐ旅でもないから、のんびり進んでいるといったところだ」

「兄弟喧嘩《げんか》をせずに仲良くやってますか？」

「そういや、兄弟喧嘩はしてないな。上の兄貴がクッションのようになってるのかもしれないな」

「それはなによりです。運転には気を付けていい旅を続けてください」穏やかな声で三崎が言った。

「あぁ、そうするよ。いつになるかわからないが、旅を終えたらそっちに行くから、その時はよろしくな。その頃には終活ノートも大分埋まっていると思うからさ」

喜三夫は電話を終えると、スマホをダッシュボードに置いた。

哲二兄さんが言った。「この臭い、なんだ？」

喜三夫は鼻をひくつかせた。

これは……。

はっとして上半身を後ろに捻った。

宏一兄さんは横の窓から外を眺めている。

喜三夫はシートベルトを外して、上半身を思いっ切り後ろに捻った。そうしてから頭を下げてテーブルの下を覗く。

あっ。

喜三夫はショックを受ける。

咄嗟《とっさ》に身体を戻して前方へ目を向けた。

ほの暗い山間の道が続いている。

少ししてからゆっくり顔を右に捻って、喜三夫は小声で言った。「宏一兄さんが……宏一兄さんが漏らしたんだ」

哲二兄さんの横顔に険しさが浮かんだ。それはすぐに哀しそうな表情に取って代わった。

喜三夫は窓を開けてシートベルトを締め直す。

それから「どうすればいいんだ？」と哲二兄さんに囁いた。

哲二兄さんは自分の頬を左手で何度か撫でた後で「近くの銭湯を探せ」と言った。

喜三夫はスマホを手に取った。

だが手が震えてしまい上手くタップ出来ない。

なにやってんだ、俺は。こんな時に。情けない。

そう思ったら涙が出て来た。

喜三夫は言った。「出来ない。手が震えて出来ないよ、哲二兄さん」

「お前が泣くなよ。宏一兄さんが動揺するだろ。なんでもないって顔をしてろよ」

「そうだな」指で涙を拭う。「そうしたいんだが、どうにも手が震えてさ」

「しょうがねぇなぁ。停められそうな所で車停めるから、待ってろ」
四、五分走ると国道にぶつかった。右に進路を取った。二百メートルほど走りコンビニの駐車場に車を停めた。
哲二兄さんがスマホを器用に弄《いじ》ってから声を上げる。「近くにスーパー銭湯があるようだ。ひとまずそこに行くぞ」

十分でスーパー銭湯に着き、広い駐車場に車を乗り入れた。

哲二兄さんが言った。「俺は宏一兄さんを風呂に入れる。お前はこの先にドラッグストアがあるようだから、大人用の紙おむつを買ってから俺らに合流してくれ」

喜三夫は首だけを後ろに捻る。

宏一兄さんがしょんぼりとうな垂れていた。

見てはいけないものを見てしまった思いがして、喜三夫は急いで身体を戻すと哲二に向けて頷いた。

ドラッグストアは広かった。とにかく明るくしたいのか、眩《まぶ》しく感じるほど電灯が点《つ》けられている。若い女の歌声が天井のスピーカーから落ちてくる。曲の合間には新色のルージュが、なにかのランキングで一位になったと報告していた。

喜三夫はゆっくり店内を歩く。

天井から吊るされた札に、介護用品と書かれているのを見つけた時、思わず喜三夫の足は止まった。

「介護用品か」と呟いてからその札がある場所へ向けて歩き出した。

目当ての棚の前に着いた。

こんなにあるのか。

喜三夫が驚くほど、棚にはたくさんの大人用紙おむつがあった。

どうやって選べばいいんだ？　『下着のようなソフトな肌触り』『ムレ防止機能』『全方向ガッチリガード』『スキマ漏れ無し』……なんだよ、それ。テープタイプってのはパンツじゃないのか？　なんでこんなにあるんだよ。皆穿《は》いてるのか？　宏一兄さんだけじゃないんだよな？　大勢の人が穿いてるんだよな。だからこういうのを穿くのはどうってことないんだよ。そうなんだよ。全然普通なんだ。だから泣くなよ。なんで涙が出てくるんだよ。畜生。

喜三夫は店で一番売れているというポップが付いていたのを掴み、レジに向かった。支払いを済ませて駐車場に戻り、スーパー銭湯に入った。宏一兄さんに大人用紙おむつを渡すと、一瞬顔を顰《しか》めたがなにも言わずに穿いた。なんだか一刻も早く出なくてはいけないような気がして、喜三夫たちは急いでキャンピングカーに戻った。

スーパー銭湯を後にしてしばらく走っていると、電信柱や店先に提灯《ちょうちん》が飾られているのに気が付いた。

喜三夫は首を後ろに捻った。「祭りみたいだな」

宏一兄さんが「あ?」と聞き返してきたので、さっきより大きな声で「祭り。祭りだよ」と言った。

赤信号につかまり哲二兄さんが車を停める。

横断歩道を十歳ぐらいの男の子が、母親らしき人と手を繋いで渡っていく。

喜三夫があの子ぐらいの頃は、指折り数えて祭りの日を待ったものだった。前日からワクワクして、当日の朝は親に起こされる前から起きていた。小遣いを握り締めて、友達と屋台を覗いて歩くのが楽しかった。あれはいくつの頃だったか、いつものように友達とぶらぶらしていた時、人だかりがしている屋台を見つけた。近付いてみたら、人だかりの中心にいたのは宏一兄さんだった。宏一兄さんは金魚すくいをしていた。次々に金魚をすくって自分の椀《わん》にいれていく。その見事な手わざを、子どもたちだけでなく大人たちまでもが、息を呑んで見守っていた。宏一兄さんが持っている針金製のポイに貼られている紙は、まだまだ破れる様子がない。野次馬たちの凄いなという囁き声が聞こえてきて、喜三夫は誇らしさでいっぱいになった。喜三夫は野次馬たちを掻き分けて宏一に近付いた。なんとか隣に入り込み「兄ちゃん」と声を掛けた。宏一兄さんは「喜三夫か」と言った。喜三夫が「兄ちゃん、凄いね」と話し掛けると、「コツがあるんだよ」と宏一は答えた。だから「どうするの？」と喜三夫が尋ねると、「後でこっそり教えてやる」と宏一は約束した。兄ちゃんは特別格好良くて、その兄ちゃんが俺にだけコツを教えてくれると言っている——最高に嬉しかった。その後、本当にコツを教えて貰ったのかどうかは覚えていない。ただ宏一兄さんがとにかく格好良かったことだけ、記憶に刻まれている。

せっかくだから祭りを楽しもうと哲二が言い、喜三夫は賛成した。臨時的に用意されたらしい駐車場に車を停めて、三人は降り立った。

駐車場を囲むようにカラーコーンが置かれ、それぞれの間にはビニール紐が渡されている。その紐には祭と書かれた紙が結び付けられていた。

「そういや、俺は腹が空いていたんだよ」と哲二兄さんが言った。「宏一兄さんはなにが食いたい？」

「祭りの日は母さんのちらし寿司《ずし》と決まっている」と宏一兄さんが答えた。

哲二兄さんが「そうだったな。だが母さんのちらし寿司、ちょっと酸っぱ過ぎなかったか？」と聞いた。

喜三夫は声を上げる。「そうだったよ。だけど言えなかった」

宏一兄さんが頷いた。「料理自慢でなんでも旨《うま》かったが、あのちらし寿司だけはダメだったな」

「なんだ」哲二兄さんが言う。「皆、そう思っていたのか。店に入って食べるんじゃなくて、屋台でなにか買ってにするか？　宏一兄さん、屋台でなに食べる？」

「あ？」

「屋台で、なにを、食べる？」と哲二兄さんが大声で繰り返した。

「森本家の者は祭りの屋台では、お好み焼きを食べることになっている」と宏一兄さんは真顔で答えると歩き出した。

哲二兄さんが「そうなってるんだってさ」と言って、宏一兄さんの後に続いた。

喜三夫も二人の後を追う。

宏一兄さんはしっかりとした足取りで先頭を歩く。やがてお好み焼きの屋台の前で足を止めた。

そして「ここにしよう」と宣言し三つ注文した。

それからポケットに手を入れ始めたので、喜三夫は急いで自分の鞄《かばん》から財布を抜き出して宏一に渡す。

その財布は三人から同額を集めた金を入れていて、そこから様々なものの支払いをしていた。だがそうしたことを宏一兄さんは忘れてしまうので、支払いの段になると、大抵弟たちに奢《おご》ってやろうとして自分の財布を探す。そんな時には共有の金を入れている財布を、宏一兄さんに渡す。そして宏一兄さんがその財布から支払いをした。こうすれば実際は割り勘なのだが、宏一兄さんは自分が奢っていると思って満足するのだ。兄としての意識はまだ残っているようだった。

隣の店でコーラも買い、広場に置かれたパラソル付きの円形のテーブルに着いた。電信柱に付けられたスピーカーから、祭囃子《ばやし》が流れてくる。

隣のテーブルに外国人の四人組が着いた。四人とも浴衣姿だった。たこ焼きをスマホのカメラで撮影している。

カタンと音がして喜三夫が顔を正面に向けると、宏一のコーラが入った紙コップが倒れていた。

喜三夫はすぐにテーブルに広がった氷とコーラを、手で紙コップに戻す。哲二兄さんが手拭いを渡してくれたので、それで手を拭《ふ》いた。

宏一兄さんが「これは失礼しました」と謝った。

哲二兄さんが自分の紙コップを宏一兄さんの前に置き「いいよ。こんなことは誰だってやることなんだから」と言った。

宏一兄さんが真剣な表情を浮かべた。「またうちのチビたちがなにかしましたか？」

喜三夫と哲二は顔を見合わせた。

誰と勘違いしているのかがわからなかった。

宏一兄さんが続ける。「少しばっかりやんちゃではありますが、根は素直でいい子たちなんです。哲二は頭の回転が速いんです。それはいいことですね？　ちょっと生意気なことを言ったりしたとしても、悪気はないんです。大人にこれはしてはいけないと言われると、どうしてしてはいけないのかと考えるようです。それでやってみてしまう。実際にやってみて、そうか、だからやっちゃいけなかったのかと理解出来たら、もうやりません。しっかりしたもんです。喜三夫は単細胞です。お調子者でもあります。友達や、近所の人やなんかから影響を受けてしまって、深く考えずに行動するところが欠点でしょう。でもですね、優しい子なんです。正義感が強くて、弱い者苛《いじ》めしている人を見ると黙ってません。可哀想な境遇にいる人の気持ちに寄り添って、手を差し伸べられる子なんです。ですからね、校長先生、今日のところは兄の私に免じて、許してやって頂きたいんです」

宏一兄さん……。

喜三夫は胸の奥が痛いのに、それが嫌ではない——そんな気分だった。

哲二兄さんが言った。「宏一兄さんはずっと兄さんなんだな」

「そうだな」と喜三夫は同意した。

8

喜三夫は自宅の玄関ドアを開けた。

すぐに旨そうな匂いが鼻に入ってきた。

これはもしかすると。

廊下を進み「ただいま」と台所の定子に声を掛け「オムライスか？」と聞いた。

「そうです、オムライスです」と答えた定子は「お帰りなさい」と続けた。「三ヵ月ぶりのご帰還ですからね。あなたの好物のものをと思いましたので」

「そりゃあ有り難い」

喜三夫は手洗いとうがいをしてから、ダイニングテーブルに着いた。

定子が言う。「元気そうですね」

「そうだな」

宏一兄さんを誘拐して旅を始めてから三ヵ月が経った。宏一兄さんは認知症の薬が、哲二兄さんも持病の薬が必要なため、旅を一旦《いったん》中断して各自病院に行くことにした。医者の診断で問題がなければ、一週間後にまた旅を再開させるつもりだ。今日は宏一を自宅に送り届け、哲二の家の駐車場にキャンピングカーを置き、そこから喜三夫は電車を使って帰宅したのだった。

オムライスが出来上がるのを待ちながら、喜三夫は庭に目を向けた。窓越しに花壇の赤い花を眺める。

あれはなんて名前の花だったか……。定子から何度も聞いているのだが、ちっとも覚えられない。

少ししてオムライスが喜三夫の前に置かれた。たっぷりと赤茶色のソースが掛かっている。

ケチャップとソースを混ぜたというこのソースが喜三夫は好きだった。

すぐに「いただきます」と喜三夫は言ってひと口食べた。

「旨い。あー、旨いなぁ。定子の料理は天下一品だ」

「どうしたんです、そんな。私の料理にコメントなんてしたことなかったのに」

「テーブルに着いたら旨いもんが出てくるのが、当たり前だと思ってたんだろうな。だがさ、毎日料理するってのは大変だよ。最初は外で食事を摂ることが多かったんだけどさ、それも飽きるんで料理をするようになったんだよ。キャンピングカーには台所が付いているからさ。そしたら大変なんだよ。野菜だって皮を剝《む》いたり、色々しなくちゃいけないだろ。そういうのをわかってみたらさ、こんな手の込んだ旨いもんを作って貰って、感謝しなくちゃいけないと思ってさ」

「大変さをわかって頂けたんでしたら、ようございました」笑顔で言った。「そうそう。今夜、琢磨と麗子が来るって言ってました。旅を終わりにするよう、お父さんを説得するつもりだと言ってました」

「なんだよ、それは」

「心配してるんですよ」定子がスプーンを持ち上げた。「旅はどうだったんですか？」

「いい旅をしているよ。昔話ばっかりだがそれが楽しくてさ」

＊　＊　＊

宏一兄さんが乾燥機の中からTシャツを一枚取り出し、背後の哲二兄さんに渡した。哲二はそれをテーブルの上で畳み、隣の喜三夫の前に滑らせる。受け取った喜三夫はそれを袋の中に収める。

コインランドリーでのいつもの流れ作業だった。ここは国道を走っている時にたまたま見つけた。

洗濯機と乾燥機はそれぞれ十台ぐらいあるが、今動いているものはなく、客は喜三夫たち三人だけだった。

「ちょっとちょっと」と哲二兄さんが声を上げる。

喜三夫が顔を上げると、宏一がコインランドリーのガラス扉を開けようとしていた。

哲二兄さんが「喜三夫、頼むよ」と言ったので、「あいよ」と答えて宏一兄さんを追いかけた。

コインランドリーの前の駐車場で、喜三夫は宏一の左腕を掴んだ。

「どこへ行くんだよ」と喜三夫は声を掛ける。

宏一兄さんが右手を上げて、真っ直ぐ前方を指差した。

その指先が指し示す方へ顔を向けると、遠くの山の稜線《りょうせん》に太陽が沈もうとしていた。

圧倒的に美しかった。

すげぇな。

思わず呟《つぶや》いた。

喜三夫はコインランドリーに戻り、ガラス扉を開けて「ちょっと来てよ」と哲二に声を掛けた。

「どうした」と言って哲二兄さんがすぐに出て来た。

喜三夫は「夕陽が綺麗なんだよ」と説明する。「宏一兄さん、夕陽の綺麗さに圧倒されたみたいだ」

哲二兄さんは宏一兄さんの顔を覗き込み「そうみたいだな」と言った。

コインランドリーの前に置かれたベンチに、三人並んで腰掛けた。

そうして夕陽が稜線を照らす様を眺めた。

夕陽が姿を隠そうとしている右側の稜線は、金色に輝いている。所々でなにかが発光するかのように輝きが増す。そしてその輝きのおこぼれが麓《ふもと》の家々を照らし、街をオレンジ色に染めていた。

喜三夫は口を開いた。「俺たちもあれぐらいかな。もう少しで沈む、その手前って感じだろうか」

哲二兄さんが言う。「人生になぞらえているのか？　お前にしちゃ珍しいな。まぁ、大体そんなところだろうな」

喜三夫は尋ねた。「あと何回こんな綺麗な夕陽を見られるんだろうか？」

「わからんが一回一回を大事にしたいもんだな」

「そうだな」

突然宏一兄さんが歌い出した。「夕焼け小焼けで　日が暮れて」

喜三夫も一緒に歌う。「山のお寺の鐘が鳴る」

哲二兄さんも声を合わせた。「お手て繋いで皆帰ろ　烏《からす》と一緒に帰りましょ」

その時、宏一兄さんが咳《せ》き込んだ。

背中を丸めて苦しそうな顔をする。

喜三夫はその背中に手を当てて擦《さす》った。

徐々に咳《せき》は治まっていった。

「洟《はな》が出ちゃってるよ」と哲二兄さんが言い、スラックスのポケットからティッシュペーパーを出して、宏一兄さんに差し出した。

それを宏一が見ているだけなので、喜三夫は「チーンして」と声を掛ける。

すると宏一兄さんはティッシュペーパーを一枚引き抜き、鼻に当てた。そうして洟をかんだ。

喜三夫が手を差し出すと、宏一がそこにティッシュペーパーを置く。

喜三夫はすぐに立ち上がり背後のゴミ箱に捨てた。

そして続きを歌い始めた。「子どもが帰った後からは」

宏一兄さんと哲二兄さんも一緒に歌い出す。「丸い大きなお月様　小鳥が夢を見る頃は　空にはキラキラ金の星」

＊　＊　＊

喜三夫は定子に言った。「夕陽が綺麗だったんだよ。昔、旅先で家族で見た時は、夕陽の素晴らしさに気付かなかったんだろうな。自然の凄さとか、迫力とか、そういうのに人は感動するんだと知ったよ。気付いたといや、他にも気付いたことがあるぞ。これまで俺は人や運に恵まれて、幸せに暮らしてきたんだってことにさ。旅ってのは普段当たり前だと思って、見過ごしていたものの大事さに気付かせてくれるもんなんだな。それにさ、随分と介護が板についてきたんだよ。介護ってのはやっぱり大変だよ。生半可な気持ちじゃ出来ないと身に染みた。どんどん子どもになっていくんだよ。なんでも出来る憧れの人がさ。育児も大変だったが、毎日出来ることが増えていくから喜べることもあるだろ。だから楽しいんだよ。だが介護は逆だ。どんどん出来ることが減っていく。

その度に哀しくってな。だがそのうちにさ、今が大事だと思うようになったよ。明日はどうなっているかわからないから、今この瞬間を大事にしたいとな。そういう大変な介護をさ、定子にやらそうと決めて掛かっていたってのは、よくなかったよ。反省した。もし俺の介護が大変になったら、老人ホームに放り込んでくれて構わないからな。恨みはしないよ」

定子が目を丸くした。

喜三夫は続ける。「もし定子に介護が必要になったら、俺がちゃんとやってやる。随分慣れたからさ。安心して認知症になっていいぞ」

そう言ってから喜三夫は笑い声を上げた。

喜三夫はチキンライスの小山にスプーンを突き刺し、一旦手前に搔き出す。そこに皿の周囲に零れているソースを、スプーンで掬って掛けた。そうしてから口に運んだ。ふと、顔を上げると定子と目が合った。

しげしげと喜三夫を見つめている。

喜三夫は尋ねる。「どうした？　俺の顔になんか付いているか？」

「いいえ。なにも付いてはいませんよ。この旅で随分と色んな経験をされたみたいですね」

「まぁ、そうかもしれないな」

「琢磨と麗子が旅を続けることに反対して、色々言うんでしょうけど、私はお父さんの味方ですよ」

「そうかい？」

「はい」

「定子が味方なら心強いや」と喜三夫は言った。

少しして喜三夫がオムライスを食べ終わると、定子がテーブルに手をつき立ち上がる素振りを見せた。

喜三夫は「お茶は俺が淹れるよ。定子はまだ食べてるんだからさ」と声を掛けてポットの湯を急須に注ぐ。

二つの湯呑みに緑茶を注ぎ、小さい方の湯呑みを定子の前に置いた。

それから喜三夫は自分の湯呑みを持ち上げて、フーフーと息を吹き掛けた。「満風会の三崎さんがさ、人生の見直しを定期的にしましょうだとか言ってたんだよ。ピンとこなくてさ。俺の人生は予想範囲内だし、これから大きく変わるとは思えないからと答えたんだ。だが三崎さんの言う通りだった。俺が予想している範囲ってのは狭過ぎた。これまではたまたまその中で収まっていたが、そこから飛び出るような事態にならないとは限らないんだよな。今とこれから先を大切に考えて、金と時間の使い方を、定期的に見直すってのは大事だとわかったよ」

「お金と時間の使い方の見直しですか。確かにそれは大切ですね」と言って定子が頷いた。

9

清は温泉饅頭《まんじゅう》をひと口食べてから言った。「美味《おい》しいです」

森本さんが満足そうに頷く。「温泉街には必ず温泉饅頭があるが、それは文豪のSが気に入って、わざわざ取り寄せていたっていう饅頭なんだ」

「そうなんですか。それほど気に入ったのがわかりますよ。美味しいですから」

清は饅頭の残りを口に押し込みゆっくり咀嚼《そしやく》をする。そうしてから緑茶を飲んだ。

森本さんは兄弟たちとの旅から、三日前に一旦戻ったそうだが、四日後にはまた旅を再開させるという。今日はお土産の温泉饅頭を、満風サロンに持って来てくれた。

清は声を上げた。「元気そうにお見受けしますから、楽しい旅をされたんでしょうね。溌剌《はつらつ》とされているように見えますし」

「溌剌かい？　どうかな。自分じゃわからんが旅は楽しいよ。楽しいが切なくなることもある。色々あるが、そういうのも含めて、いい旅だ。今しておかなきゃいけない旅でもある」

こんな風に仲がいい兄弟もいるのか。清は森本が少し羨《うらや》ましくなる。子どもの頃ならまだしも、森本さんぐらいの年齢になっても仲がいいというのは凄い。私は兄さんと二人で旅行に行きたいとは思わないし、これから先も行くことはないだろう。特別仲が悪いというのではない。ただ私が兄さんに対して、複雑な気持ちをずっと抱いているのだ。

清は尋ねる。「これまで行かれた温泉で、一番良かったのはどこでしたか？」

「どこもいい湯だったから、一番とか二番とか順番は付けられないな。そういや、日本を旅していて気付いたのはさ、どこにもチンピラってのはいるってことだ。小さな町でもいるんだよ、チンピラが。Kって街で俺が一人で買い物をして歩いてたんだよ。そうしたら向こうからアロハシャツを着た、チンピラが歩いて来たんだよ。すれ違う時にさ、肩がぶつかったんだ。それほど狭い道じゃなかったから、向こうがわざとぶつかってきたんだろう。そうしておいて、ジジイなにしてくれてんだと大声上げたんだよ。やるのか、この野郎とか、落とし前付けろとか喧嘩を吹っかけられて、弱ったなぁと思っていたんだ。そうしたらキャンピングカーの中で待っていた下の兄貴が、俺に気が付いて車から出て来たんだ。チンピラとしちゃ予想外だったんだろう。俺が一人だと思ったから絡んだのに、もう一人登場してきたんだからな。二対一になった途端、それまでの威勢が弱くなったんだよ。こりゃあ、すぐにも退散しそうだなと踏んだんだ。ところがだよ。いつの間にか上の兄貴が車から降りていて、気が付いた時にはチンピラの背後に立ってたんだ。杖《つえ》を振り上げた格好で。あっと思った時には、その杖を思いっ切り振り下ろしちゃってさ。背中にパシーンと。そうしたらチンピラは歩道に倒れ込んじまったんだよ」

「えっ。それでどうなりました？」

「チンピラはもう倒れてるのに、上の兄貴がまた杖を振り上げてもっと叩こうとするから、下の兄貴と二人で慌てて止めたんだ。だがさ、凄い力なんだよ。二人で腕を摑むんだけど、押さえ込むのが大変でさ。しょうがないからチンピラに、早く逃げろって声を掛けたんだ。そうしたら一目散に逃げてったよ。交番に駆け込むような人種には見えなかったが、万一そうなると厄介だからさ、急いでそこを離れたよ」

「それはそれは。そういった冒険もある旅だったんですね」

「稀《まれ》にそういう目に遭ったりもするが、静かに過ごせる夜もあってさ。そんな時にはこの満風ノートを広げて、書き足したりしたんだよ」森本さんがテーブルに置いた満風ノートに片手を置いた。「結構ページが埋まってきたよ。そうそう。こちらさんは墓の手配もしてくれるんだったよね？」

「はい。ご希望はどういうものでしょうか？」

「なに、今すぐじゃなくて先の話なんだけどさ。旅が終わる頃には、満風ノートも完成していると思うんだよ。そうしたら、こちらさんにお願いすることも整理出来ているはずだ。それからの話なんだ。俺は三男坊だから、両親が眠っている墓には入れないんだよ。自分で墓を建てなきゃいけないってことなんだ。旅に出る前は、子どもたちが墓参りし易い場所にしようと考えていたんだ。だが旅行中に具体的に考えてみたら、息子はC町に住んでいて、娘はF町に住んでいるんだよ。かなり離れてるんだよ。その中間にしたら、東京の中心地の墓にしなくちゃならない。高いよ。調べてみなくたって、それぐらいはわかるよ。娘は嫁いだ先の墓に入るんだから、息子が住んでいるC町の近くにしてやるのが、親切ってもんかもしれないと考えてもみたんだが、俺はその辺りに思い入れがある訳じゃないからさ、どうも気乗りしないんだよ。だったら今俺が住んでいる近くで、こちらさんに探して貰おうかと思ってさ」

「かしこまりました。それでは旅が終わって、満風ノートが完成した際にご相談くださ い。森本さんのプラン内容によって、私どもが直接承る部分と、専門家が行う部分があると思いますので、それを区分けした上で対応させて頂きますので」

「よろしく頼むよ」

「こちらこそよろしくお願い致します」清は頭を下げた。

森本さんが二つ目の温泉饅頭に手を伸ばした。そしてゆっくり包み紙を剝《は》がすと、ぱくりとひと口で食べた。

そうしてから森本さんが言う。「あんたが言っていた人生の見直しを始めたよ。女房もそれは大事だって言うから、二人で少し話したんだ。まずはこれからの金と時間の使い方についてだ。まだ最終決定じゃないんだ。こっちは旅の途中だしさ。ただささ、俺の考えに女房が賛成してくれたんだよ。ちょっと意外だったんだがね。それはさ、金を子どもたちに残すという考えは、なしにするってことなんだ。俺と女房がフツーに暮らしていたって、金はどんどん出ていくばかりだ。だからって貯め込むんじゃなくて、俺たち夫婦のために使っていくようにしようって、そういう話が出てる。高価な物を買うっていうんじゃないんだよ。二人でちょっと豪勢な食事をしに出掛けたり、家が古くてあちこちガタついているから修繕したりとかだ。ついでに年寄りが暮らしやすいように、段差を無くしたりとか、手摺《てす》りをつけたりとか、そういうのをやろうかと思ってさ。子どもたちは自分たちでなんとかやっていけているようだからさ、金と時間は俺と女房の二人の毎日の生活のためと、この先のために使っていこうと思ってさ」

「そうですか。ご夫婦のこれからが楽しみですね」

「まぁ、そうだな。一日一日を大切にして過ごさないとな」

森本さんが自分に言い聞かせるように言った。

第三章　神田美紀　三十二歳

1

清はハンカチを取り出そうと鞄《かばん》を覗《のぞ》き込んだ。

中のスマホの画面が光っていた。

見知らぬ電話番号からの着信だった。

急いでハンカチで手を拭《ふ》きスマホを耳に当てる。「はい、三崎です」

「えー、三崎清さんですか?」と男性が言う。

「はい、そうです」

「ハッピーマートのW町店の、店長をしております吉村《よしむら》と言いますが、篠山《しのやま》敏子さんの件で電話しました。篠山さん、ご存知ですか?」

「はい。元妻です」

「あぁ、そうらしいですね。その元奥さんがうちの店で商品を盗みましてね」

「はい?」驚いた清は思わず大きな声を上げた。

「篠山さん、反省してるようには見えないんですよ。それで家族に来て貰《もら》うように言いましたら、元旦那《だんな》さんの三崎さんの名前を出されたもんですからね、連絡させて貰ってます。こっちに来て貰うことは出来ますか？」

「あっ、はい。えっと、はい、行きます。すぐに」

清は急いで図書館のトイレを出た。

いつものように休日の午後を図書館で過ごし、スーパーへ買い物に行くつもりだったが、急遽《きゆうきよ》指定されたディスカウント店に向かう。

電車を二度乗り換え四十分ほどで店に到着した。店員に事情を説明すると店長室まで先導してくれた。

清は部屋のドアを開ける。

敏子が座っていた。

本当だったのか――。

思わず清は立ち竦《すく》む。

なにかの間違いで、行ってみたら、敏子の名前を騙《かた》る別人がいるのではないか……ここに来るまでの間、そう考えていた。そう思いたかった。

清は敏子の隣に座り店長と向かい合う。

清たちと同世代ぐらいの店長が、敏子を万引き犯として捕らえるまでの経緯を説明した。

それからテーブルに置いてあるものを指して言った。「これが盗んだ品物です。乾電池と冷却シートとサプリ。合計千三百七十円。財布には三万円の現金がありましたから、金がなかったんじゃありませんね。クレジットカードだって何枚も持っているし。使えるかどうかはわかりませんが」

清は敏子に尋ねた。「本当なのか？」

敏子は頷《うなず》いた。

「どうして？」清は質問を重ねる。

敏子は難しい顔をして、テーブルの一点を見つめるだけだった。

店長が言う。「奥さんは──失礼、元奥さんは、ついうっかりしたと言い張ったんですよ。ついうっかりして籠《かご》に入れるべきところを、自分のバッグに入れてしまったと。中学生の万引き犯でも、もう少しまともな言い訳しますよ。電話でも言いましたが、反省しているようには見えないんですよ。だから、だったら警察にこのまま引き渡しますよと言ったんです。そうしたらやっと、すみませんでしたと謝りました。渋々ね。このまま帰しちゃ、またやりますよ、この人。反省してないんだから。初めてだと言ってますが怪しいもんです。だから家族に連絡して、迎えに来て貰いましょうと提案したんです。そうしたらそちらさんの名前と連絡先を言ったんです。元ご主人じゃなくて、今のご主人の方が良かったんですがね、こっちも忙しいもんで、そうそう元奥さんに拘《かかず》り合ってる訳にもいきませんのでね」

清はテーブルに額がつくほど頭を下げた。「申し訳ありませんでした。やってしまったことに自分でも驚いていて、動揺しているのかもしれません。この品は勿論《もちろん》すべてお支払いさせて頂きますし、今後二度とこちらの店には伺わせませんので、ご迷惑をお掛けすることは金輪際ないと約束致します。本当に申し訳ございませんでした」

隣の敏子が申し訳程度に頭を下げた。

それから敏子は、二度と来店しないという誓約書へのサインと支払いをした。

従業員用の出口から清と敏子は外に出る。

にわか雨でもあったのか路面が濡《ぬ》れていた。

敏子が二、三歩先に進むとくるりと身体を回した。

清に向き合うとゆっくり頭を下げた。「謝らせて、すみませんでした」

「どこか喫茶店にでも入ろう」

「お説教なら聞きたくない」

「事情を聞きたいんだ」

「事情なんてないわよ」

「ないってことはないだろう」

「ないのよ」敏子が強い口調で主張する。「気が付いたらバッグに入れていたってだけなんだから」

「これまでもあったのか？」

敏子は答えず身体を戻すと歩き出した。

清は敏子の後を追う。「いつからだ？　いつから万引きするようになったんだ？」

「覚えてない」

「覚えてないって……そんなに前からなのか？」

足を止めた。「苛々《いらいら》するのよ。むしゃくしゃして、二十四時間腹が立っているような感じなのよ。ホルモンのせい。更年期だから。それでなのよ」

「篠山さんと上手《うま》くいってないのか？」清は尋ねる。

「どうしてそういう話になるのよ。更年期だからって言ってるでしょ」

「だったらどうして篠山さんじゃなかったんだ？ 店長さんが家族に連絡すると言った時だよ。篠山さんじゃなくて私に連絡するようにしたのは、篠山さんには知られたくなかったからだろ？ 万引きする理由が更年期ではないと、自分でもわかっているからだろ？」

「はいはい」拍手をした。「お見事よ。あなたのそういうところが嫌いだったのよ。なんでもお見通しっていうところが」

「…………」

「あなたは幸せ？ 幸せよね。あなたはそういう人だもの。今日食べた餃子《ぎょうざ》が美味《おい》しかったからってだけで、今日は幸せだと言えちゃう人だものね。そういうところも嫌だったわ。今に満足してないで、もっと上を目指しなさいよって思ってたわ。にこにこして、今日も無事に過ぎたといって、安心しちゃう人なのよ、あなたは。あなたには――そういうあなたには、私の気持ちなんて、絶対にわからないわよ」

再び敏子が歩き出したので清もその後に続く。

敏子は大きめの黒いバッグを肩から下げて、少し前屈《まえかが》みで歩く。

その姿は久しぶりに見るものだった。敏子は平坦《へいたん》な道でも一歩一歩確かめるかのように、靴を地面にしっかり置いて歩くのだ。

歩き方なんてものは、ずっと変わらないものなんだなと、清はそんなことを思った。

赤信号で足を止めた。

角にあるラーメン屋から、豚骨スープの匂いが漂ってくる。

敏子が横断歩道の先に顔を向けたまま口を開いた。「私に興味がなくなったのよ」

「えっ？　なに？」

「だから篠山が私に興味をもたなくなったのよ」

「……そうなのか？」

「そうなのよ。結婚生活が長くなれば、そういうもんだって言うのよ、周りの人たちは。そういう関係でいいと思える人ならいいんでしょうね、それで。でも私は嫌なのよ。ちゃんと向き合いたいの。空気のような存在になんかなりたくないの。同志だとか、親友だとか、そんな関係も嫌なの。女と男でいたいのよ。でも篠山は私を同居人としか見なくなってしまって」顔に怒りを浮かべた。「腹が立つのよ。それが」

信号が変わり敏子が歩き出す。

敏子は毎日幸せに過ごしていると思っていたんだが……違ったようだと清は思う。敏子は篠山さんを愛しているんだろう。だから同じように愛されたいと願っている。こっちはある意味、ノロケ話を聞かされたようなもんだ。敏子は終活ノートになにを書き、なにを書かないのだろう。万引きをしたことはまず書かないだろうな。私との結婚生活はどうだろうか。敏子の自分史の中に私は登場するのだろうか。私に未練はないが、彼女の自分史に私を登場させて欲しいと思う。それはどうしてなのか——。

清は声を上げる。「私じゃなく篠山さんを呼び出せば良かったんだよ。そうすれば敏子の気持ちに否《いや》が応でも気付くだろ？」

「嫌われちゃうかもしれないじゃない」

「そうか？　まぁ、そうかもしれないな。その危険性はあるな」

「そうよ。危険よ」

「それじゃ、次も私を呼び出すつもりなのか？」

「もうしないわよ。絶対に」敏子が言い張った。

「よくわからないが、金に困っている訳でもないのに万引きする人の相談を、受けてくれるようなところがあるんじゃないか？　ＮＰＯとか、そういうところだよ。そういうところに相談してみたらどうなんだ？」

清の提案に敏子はなにも答えず歩き続ける。道路にしっかりと靴の底を当てるようにして。

駅前で敏子が立ち止まる。そして駅舎の壁に掛けられた大時計を見上げる。

その姿勢のままで敏子が言う。「今日のことは誰にも言わないで」

「あぁ」

「誰にもよ。由里子にも翼にも言わないで」

「言わないよ」

「私、大丈夫だから」敏子がはっきりとした口調で言った。

「…………」

「今日はアレだったけど私は大丈夫だから。離婚した元夫なのに来てくれて有り難う」

敏子の横顔には困惑が浮かんでいた。

それは初めて見る表情だった。

2

神田美紀《かんだみき》は自分の腕時計に目を落とした。

午後〇時。

約束の時間から一時間が経った。

三崎が言う。「申し訳ありません」

「いえ。三崎さんが謝る必要ありませんよ」美紀は言葉を掛けた。「市村《いちむら》さんでしたか？　そのお客さんが約束をすっぽかしたんですから」

困ったといった表情を浮かべる。「どうしちゃったんでしょうかね。約束を破るような人には見えなかったんですが。留守電にメッセージを入れても、コールバックがないというのは、なにか突発的なことが起こったのかもしれませんね。事故だとか、そういうものに巻き込まれていないといいんですが。神田さんにわざわざ来て頂いたのに、時間を無駄にさせることになってしまいまして、本当に申し訳ありませんでした」

謝り続ける三崎に暇《いとま》を告げて、美紀は満風会のサロンを出た。

駅へ向かって歩き出す。

赤信号で足を止めた時「はぁ」と思わず声が漏れた。

すっぽかされるなんて、やれやれだわ。でも……本当にすっぽかされたのかな。三崎のせいじゃないと一応言ったけど、怪しいんだよな、あの人。結構ぽんこつっぽいから。三崎が日時を勘違いした、なんてことがありそうなんだよね。一緒に仕事をしたのは数回程度だけど、年食ってる割に使えないなと、言いたくなった時がすでに何回かあったから。いい人なのは間違いないし、年寄りの扱い方が上手いと思った時はあったけど、書類のミスが多過ぎるんだよね。満風会の社長からは、仕事を教えてあげてねなんて言われたけど、おかしいでしょ、それ。同じ会社の人間じゃないんだし、こっちは大分年下なんだし。それにこっちだって、行政書士として終活業務の経験が豊富って訳じゃないんだし。

電車に乗り込んだが、このまま自宅に戻るのは哀し過ぎると思い、二つ隣のターミナル駅で降りた。

駅前の漫画喫茶店に入ると、カウンターに会員証を置いた。それからカウンターに置かれたメニューに目を落とす。

「神田……美紀ちゃん？」と声がして美紀は顔を上げた。

カウンターの向こうで制服姿の女性スタッフが、懐かしそうな顔をしていた。

えっと、誰だっけ？

女性スタッフが言う。「私、吉岡里奈《よしおかりな》。高校の時同じクラスだったんだけど覚えてない？」

「あー。里奈。里奈ね、全然わからなかったよ。随分変わったから。久しぶりだね」

「ホント、久しぶりだね」笑顔で頷いた。

里奈が質問してきた。「今、なにしてるの？」

「行政書士の仕事をしてるんだけど、今日はドタキャンされちゃって。時間が空いちゃったんで、ここに」

目を丸くした。「行政書士なんて凄《すご》いねぇ」

「いやいや全然。里奈はここでずっと働いてるの？」

「うーん。二年ぐらいかな」

「何度か来てるんだけどこれまで会わなかったね」

里奈が頷く。「週に三日だけのバイトだから、すれ違ってたんだろうね。本業は声優なの。でもそれだけじゃ全然食べられなくって、ここでバイトしてるの」

「声優なんて凄いじゃん」

「凄くないからここでバイトなんだよ。オーディションを受けて、落ちて、がっかりして、たまーに受かって、大喜びしてって感じなの。落ちる方が全然多いんだよ」

「大変だね」

「大変なんだけど自分でやりたいと思った道だから」きっぱりと言った。

美紀は書棚へ行き漫画を選んでブース席に着いた。選んだのは、最近気に入っているもので、美紀と同い年の女性が三百年前の架空の街に行き、たくさんのイケメンたちと恋をしながら、女王の座を狙う物語。その突拍子もない設定が現実逃避にはもってこいだった。

美紀はいつもオープンスペースの中にある、透明の仕切りボードで囲われたブース席を利用する。個室は料金が高いし、一番安いオープンスペースの席はすぐ隣に人がいるので、落ち着かなかった。それでオープンスペースの隅に並ぶブース席を選ぶのだ。

右のブースは空いていて、左のブースでは十代ぐらいの女の子がヘッドホンを付けて、頭を前後に揺らしている。

仕切りボード越しに里奈を窺《うかが》うと、笑顔で接客をしていた。

高校生の時、里奈は苛《いじ》められてはいなかったが、皆から馬鹿にされていた。トロかったし、すぐにごめんねと謝るところも、当時の美紀たちからは不評だった。

そういえば三年生の時に音楽の授業で、里奈とコンビを組まされたんだったと思い出す。十五年前のことだ。

試験がリコーダーの二重奏になり、組む相手は教師が決めた。それで美紀は里奈と二人で試験に臨むことになった。

＊＊＊

「ごめんね」と里奈が謝った。

美紀は言う。「謝らなくていいから、ちゃんとやってよ。そんなに難しいところじゃないと思うけど」

「ごめんね。私、本当にトロくてごめん」

三年三組の教室には美紀と里奈の二人だけがいた。夕陽が教室の半分ぐらいまで射し込んでいた。カキーンとボールが金属バットに当たる音が、窓から流れてくる。

グラウンドで野球部員たちが練習しているのだ。

「もう一度いくよ」と美紀は声を掛けた。

それからリコーダーを銜《くわ》えて、指で穴を塞《ふさ》ぎドの音の準備をする。

美紀は唇の端を使って「せーの」と言い演奏を始めた。

十秒もしないうちに里奈が変な音を出して、演奏を止めてしまう。

マジでこの人、勘弁。

里奈が「ごめんね」とまた謝る。

「合わせるっていう段階じゃないよね。一人で家で練習してきてよ」

「ごめんね。練習したんだけど全然出来てなくて……もっと練習するから。本当にごめんね。私、他の人が簡単に出来るようなことも、全然出来なくって。他の人の何倍も練習したり、勉強したりしなくちゃダメで、だからもっともっと練習するから。美紀に迷惑掛けないように頑張るから」

「私、推薦狙ってるから音楽の成績だって大切なんだよね。今回酷《ひど》い成績になったらどうしようって、思っちゃうんですけど」

「………」

「本番で里奈がミスっても、私はどんどん先にいくからね」

「うん」里奈が力強く頷く。「そうして。私のことは無視して演奏して。それに私が失敗しても、美紀が失敗したんじゃないんだから、成績は別に付けてくださいって先生に言うから。絶対そうするから」

里奈が先生にそう言ったとしても、ちゃんと別々に評価してくれるのかな。美紀は心配になる。里奈とのコンビなんてついてない。酷い相手と組まされてしまって大変な目に遭ったんだから、苦労した分、他の子より点数を多めに付けて欲しいぐらいなんだけど。それにごめんねって言うの止めて欲しい。ごめんねって謝られる度に却《かえ》ってイラッとするから。言われれば言われるほど、私の中の意地悪な部分が大きくなっていっちゃうから、そういうのもひっくるめて気分が悪くなる。

美紀はリコーダーをケースに仕舞って立ち上がった。

そして言った。「帰る。一人で練習しといて」

「わかった。ごめんね」

里奈は涙目だった。

それでまたイラッときた。私が泣かしてるみたいじゃない。悪いのは里奈なのに。

美紀は鞄を勢いよく持ち上げると「じゃ」と言って歩き出した。

教室のドアを開けて振り返ったら、里奈の小さな背中に夕陽が当たっていた。

＊　＊　＊

確か本番では、里奈は最後まで間違えずに吹けていたんじゃなかったかな。相当に下手だったけど。

あそこまで強い言葉をぶつけなくても良かったのにと、今になると思う。たかが笛のテストであんな冷たい態度をするなんて……私ってちっさい人間なのかも。覚えているだろうか、里奈は。出来れば忘れていて欲しいけど。あの時さぁなんてこの話を持ち出されたら、どんな顔をしたらいいかわからないもの。

美紀はコンビニで買った冷やし中華の蓋《ふた》を開ける。上のトレイに分別されていた具を麺《めん》の上に載せる。タレの小袋を裂いてそこに回し掛けた。くっ付いてしまっている麺を、解《ほぐ》すように割り箸《ばし》を小刻みに動かして掻《か》き回す。そうしてから麺を引き上げ口に運んだ。

酸っぱい。

コンビニの冷やし中華は、年々味が酸っぱくなっているように感じるのは私だけだろうか。

麺を啜《すす》りながら里奈に目を向ける。

受話器を耳に当て誰かと話をしている。笑顔で。

高校時代より十キロは痩《や》せたんじゃないだろうか。昔のようなおどおどしていたところはなくて、堂々としている。なんで？　バイトしなけりゃならないぐらいのレベルの、声優なんでしょ？　それほどじゃないんだよね？　上手くいっていないのは私と一緒でしょ。なのにどうして、そんなに生き生きとしてるのよ。

結婚してるのかとか、子どもはとか、そういった話題はお互いに見事に避けたけど、里奈はどうなんだろう。里奈は右手の中指には指輪をしていたが、左手の薬指にはなかった。そこは勿論チェック済み。

他の人の何倍も練習して声優になったのかな？

美紀は思いっ切り強く麺を啜った。

麺が口に入る直前に暴れて、絡んでいたタレが頬に飛んだ。

そんなことがちょっと口惜《くや》しくて、ハンカチで強く拭いた。

里奈に手を振って店を出ると急行電車に乗った。

F駅に着いたのは一時間後だった。

土曜日のせいか駅前はいつもより静かだった。

自宅を目指して歩き出す。

美紀が住むF町は雑多な雰囲気の街だった。それは商業地区、住居地区などの区分が曖昧《あいまい》なせいではないかと思っている。そもそも商店街のような場所はない。F町の商店は街の中に突然のように発生していた。住宅と商店とオフィスがごちゃ混ぜになっているのだ。鈴木《すずき》さんの家、山田《やまだ》さんの家、肉屋、小泉《こいずみ》さんの家、立花《たちばな》株式会社、佐藤《さとう》さんの家……といった具合だった。古い街らしいから、そのせいかもしれない。

カフェの前に三台の自転車が停まっている。すべての前籠には、F町のパトロール隊だと書かれたプレートが、結び付けられていた。

通りを渡り反対側の歩道を進む。

左に象さん公園が見えてきた。

公園の正式名称は知らないが、象をイメージしたすべり台があり、その鼻がすべり台になっていて、ここらの住人は象さん公園と呼んでいる。

その公園の横を歩きながら、なんとなく生垣越しに中を覗いた。

ベンチに美紀の父親、哲夫《てつお》の姿があった。

パパがゆっくりボールを転がす。

そのボールの先にいたのは美紀の息子の北斗《ほくと》だった。

ボールは北斗の足に当たって止まった。

北斗はしゃがみボールに両手を伸ばす。

一歳半の孫を美紀の父親は可愛がっている。北斗の方もジィジと呼んで懐いていた。

美紀はそのまま公園の横を通り過ぎる。しばらく歩き和菓子屋の手前で右に折れた。

すると向こうから隣家の奥さんがやって来るのが見えた。

互いに「こんにちは」と挨拶《あいさつ》をしてすれ違う。

美紀の父親が今の家を買ったのが三十年ぐらい前で、ほぼ同時期にお隣さんも越してきたらしい。その一家とは仲良くしていたらしいのだが、数年で引っ越してしまったという。それからは新しい家族が住み始めては、数年でどこかへ引っ越して行くばかりで、何故か隣に住む人たちは居着かない。美紀の母親、明子《あきこ》はそういう呪われたような土地ってあるのよと言う。

自宅に辿《たど》り着き玄関ドアのロックを外すと「ただいま」と声を上げた。

廊下を進みリビングにいたママにもう一度「ただいま」と言う。

「お帰り」とママが答え、「パパたち、象さん公園に行ったのよ。見かけなかった?」と聞いてきた。

美紀は「見てない」と返事をして廊下を戻る。

階段を上り一番奥の自分の部屋のドアを押し開けた。

バッグを足元に置くとベッドにダイブした。

3

美紀は警察署の門を抜けて建物に向かって進む。

建物のドアの左右には男性警察官が立っている。

立ち番の警察官の左の方はまぁまぁタイプだった。

三段のステップを上り切り、自動ドアの前で足を止める。ドアがゆっくり開く間、美紀は左の警察官をじっと見つめた。そうしてから中に入った。

入ってすぐのところにある発券機のボタンを押して、出てきた紙を摑《つか》む。それから長椅子に腰掛けた。

警察署内はいつものように混んでいた。三、四十人ぐらいの人が長椅子で、自分の番がくるのを待っている。多くの人がスマホを弄《いじ》っている中で、一人だけ新聞紙を大きく広げて読んでいるオジサンがいた。

美紀が今日申請するのは二台分の車庫証明だった。中古車販売店からの依頼仕事だ。客の代わりに警察署に申請に行って、それを数日後に受け取りに行く。この二回の代行業のギャラは一台分が五千円。今日は二台だから一万円の売り上げになる。こんな楽な仕事は滅多に入らない。中古車販売店を経営している友人から、たまに貰える仕事だった。結構ハードな受験勉強をして行政書士の資格を取ったものの、仕事はまったく入ってこなかった。こうした楽なものだけではなく、難しいものも、手間のかかるものも全然だった。ホームページを作ったりもしてみたが、そこからの問い合わせはゼロの記録更新中。

美紀が持つ紙に書かれた番号が、カウンターの上のモニターに表示された。

立ち上がり窓口に進む。

美紀が持参した書類を差し出すと、男性警察官がそれに目を落とした。

俯《うつむ》く警察官の頭頂部はかなり薄い。

顔はまだ三十代ぐらいなのに。

気の毒に思いながら警察官の左手に目を移したら、薬指には指輪がキラリ。

結婚してるなら薄くたって構わないか。

急に興味を失って、警察官の背後の壁に掛かっている額の中の、誠と書かれた筆文字をぼんやり眺める。

少しして警察官が二通の納入通知書を、カウンターに置いた。

美紀はそれを持って、隣の会計窓口の列の最後尾につく。バッグからスマホを取り出して、会計アプリを立ち上げる。

今回の売り上げの一万円を入力し、今月の売上金額を確認するとたったの五万円だった。

事務所を借りたりせずに自宅でやっているし、その自宅は実家なので家賃も払わなくて済む。だからこんな売り上げでも暮らせているけど、この先もずっとこんな調子なのかもしれないと思うと、物凄く不安になる。

美紀は腕時計で時間を確認してから、首を伸ばして会計窓口の様子を探った。

高級ブランドのロゴが入った、ジャージの上下を着た二十代ぐらいの男性が、窓口の警察官となにやら話をしていた。

サンダル履きで靴下は眩《まぶ》しいほど白い。

ああいうヤンキー上がりをここではよく見かける。

美紀の仕事が上手くいっていないと知った父親は言った。終活がらみの仕事を取った方がいいと。パパの言うことはいつも正しいので、癪《しゃく》ではあったけど、終活をビジネスにしている企業に、片っ端から電話をして営業をした。誰も相手にしてくれなかった中で、満風会の社長だけが会ってくれた。そこからぽつりぽつりと入る仕事は有り難かった。

やっと美紀の番になり、会計窓口で二件分の手数料を支払い領収書を受け取った。

すぐさま隣の窓口の列に並ぶ。

一人の担当者でささっと済ませられそうな作業量なのに、いくつもの窓口を渡り歩かされると、美紀が愚痴ったことがある。その時パパは言った。お上の手続きなんてものは無駄で煩雑なものばかりだ。だからこそ、そういったものを代行する行政書士が必要になる。もし手続きが誰にとっても簡単なものだったら、行政書士の商売はあがったりじゃないかと。確かにその通り。パパはいつも正しいのだ。

美紀が子どもを産むと宣言した時もそうだった。意地で産もうとしているようだが、そんな動機じゃ、その子を愛せないだろう。愛せない子どもを育てるのは、大変になるぞとパパは予言した。パパの言う通りになった。美紀は北斗を愛せない。憎くはない。時々可愛いと思うこともあった。でも……大事な存在ではなかった。他の母親であれば、息子に対して絶対的な愛情をもつのだろう。だが美紀はそうしたものを北斗に対して抱けなかった。そんな自分は最低だと思う。そんな最低の自分が嫌いだった。

大林理《おおばやしおさむ》とは行政書士を目指す専門スクールで知り合った。美紀より五つ年下だった。二人共会社員だったため土日の授業を選択していた。コツコツと努力する人で美紀がわからないと言うと、優しく教えてくれたし、その教え方はとても上手だった。すぐに交際が始まった。そして合格したら二人で一緒に行政書士の事務所を開こうと、未来を語り合った。二人揃って合格したとわかった日、お祝いをしようと行ったレストランで、美紀は妊娠を告げた。てっきり喜んでくれるものと思い込んでいた。だが理は喜ばなかった。青ざめた顔をしてそれは困ったと言った。君は僕の最高のパートナーだと言ったじゃない、と美紀は大声を上げた。それはビジネスパートナーの意味であって、人生のパートナーとは考えていなかったと、理はぼそぼそと反論した。美紀はショックを受けて泣きながら一人店を出た。その日も、翌日も、理からの連絡はなかった。このままバックレるつもりじゃないだろうなと怒りをたぎらせていると、一週間後に突然、理が母親の朝子《ともこ》と二人で美紀の家にやって来た。

＊＊＊

正座をしている朝子が身体をぺたんと折り、畳に顔をつけるぐらい頭を下げた。

その隣の理は泣きそうな顔で俯いている。

美紀の父親はそんな二人を腕を組んで見つめている。

そして美紀の母親は、落ち着かない様子で、自分が座っている座布団の端を擦《こす》ってばかりいた。

そんな中にいて美紀は腹を立てていた。妊娠を喜んでくれなかったこと。これまで私に連絡してこなかったこと。突然家に来たこと。母親を連れていること。まるで自分が被害者だといった顔で目の前にいることに。

朝子が頭を下げたままで口を開いた。「この度は息子が大変なことをしでかしまして、なんとお詫《わ》びを申し上げたらいいのか。本当に申し訳ございません。バカな息子でございます。バカな息子がバカなことを致しまして、こちら様の大切なお嬢様を傷つけることになりました。私の育て方が間違っていたのでございます。申し訳ございません」

それって……。

美紀は息が苦しくなる。朝子の話の続きを聞きたくないと思った。

パパが声を発した。「今日は謝りに来たということなんですか？」

朝子が言う。「お嬢様とお父様、お母様にお詫びを申し上げまして、大変心苦しいのではございますが、厚かましいお願いをしに参りました。息子は二十五歳ではございますが、年の割にしっかりしておりません。未熟者でございます。親になれる器ではございません。子どもを育てることはバカ息子には無理でございます。このようなことをお願いするのは大変……本当に申し訳ない気持ちでいっぱいでございますが、どうか、子どもは堕《お》ろして頂きたいのでございます。このようなことを図々しくもお願いに上がりました。私も女でございます。自分がどんなに酷いことを言っているかは、重々承知しております。ですが、ここは何卒《なにとぞ》私どもの願いを、聞き入れてくださいますようお願いする次第でございます。どうかお嬢様のこれからのことをお考えくださいませ。こんなバカ息子の子どもをお産みになって、お嬢様がお幸せになれるでしょうか。お嬢様には明るい未来がございます。近い将来、お嬢様はきっと素晴らしい方と出会われて、その方と家庭を築かれることになるものと存じます。その時、バカ息子の子どもは、いない方が宜《よろ》しいのではないでしょうか。お嬢様のこれからの人生をお考えになりまして、子どもは諦《あきら》めて頂けませんでしょうか？　お腹立ちでございましょう。悪いのはこのバカ息子でございます。そして私はバカな母親でございます。どうか、どうか、バカな親子の願いをお聞き届けくださいませ」

朝子の独壇場になってるじゃないの。

美紀は舌打ちをしたい気持ちだった。

美紀は尋ねる。「母親に全部言わせて、自分はなにも言わないつもりなの？」

その日初めて理は声を出した。「申し訳ありません」

そして理は畳に両手をついて深く頭を下げた。

美紀はその綺麗《きれい》に揃えた指を見ているうち、むしゃくしゃしてきた。

美紀は立ち上がり「私は産むわよ」と宣言した。「この子にあなたの父親はサイテーな男で、どうしようもない男で、あなたを殺してくれと自分で言わず、母親に言わせるような酷い男なのよと言うわ。そう言いながら育てるわ。この子は父親を憎みながら成長していくのよ」

気が付いたら美紀は自分のお腹に手を当てていた。

無意識にしていたことに少し動揺する。

パパと目が合った。

強い視線を向けられて思わず逸《そ》らした。

＊　＊　＊

結局、美紀は意地で子どもを産むことにした。未婚で母親になると決めたのだ。理は認知はしないが、慰謝料として二百万円を渡すと言った。そんなお金はいらないと美紀は言った。でもパパが子ども名義の口座を作って、そこに入れておけばいいといって、受け取ってしまった。

当時はそんなパパに腹を立てたけど、今になると、もっとお金を奪ってやれば良かったと思う。なにかとお金が掛かることばかりだから。そのほとんどをパパが払ってくれているんだけど。

美紀の番になり、窓口の女性警察官に納入通知書を渡した。

その警察官から交付予定の日を聞いた美紀は「わかりました」と言って窓口を離れた。

4

清はスポンジを水で濡らし、そこに食器洗剤を垂らした。皿を摑みスポンジを当てて円を描くように動かす。

清は一人キッチンで昼食の後片付けをしている。

カウンターの向こうのダイニングテーブルには兄の駿《はやお》が着いていて、その向かいには由里子と翼が座っていた。

アフリカのN国から一時帰国した兄さんは、今日から一週間我が家に泊まることになっている。

兄さんは中学高校で卓球部に所属していた。全国大会で優勝するなど将来を嘱望されていた。当時卓球は他のスポーツに比べて地味な方だったが、それでも学校や地元で兄さんは目立っていたし、期待の星だった。勉強も出来たし生徒会長も務める人気者だった。だが大学生になると兄さんは卓球を止めてしまった。どうしてと清が尋ねると、兄は飽きたと答えた。大学を卒業した兄さんは証券会社に入り、社長賞を貰ったり、敏腕営業マンとして、テレビ局から取材をされたりするぐらいの活躍を見せた。バブルが弾けると兄さんは会社を辞めて、これからはダイヤモンドだと言い置いて、アフリカのN国に渡った。その数年後にはダイヤモンドの専門店を、銀座にオープンさせた。景気は悪かったがその店は繁盛した。それから数年後に、兄さんが突然店を閉めると言い出した。商売が上手くいっているのにどうしてと聞くと、この時も飽きたからと答えた。そして兄さんはアフリカの困っている人たちを助けると宣言して、日本を出国した。今年五十五歳の兄さんは、N国で色々なことをしているらしい。それがボランティアなのか商売なのかはわからない。

兄さんは人生の見直しを、定期的に行っているようだった。兄さんにはいくつもの才能があり、それを使って様々な世界で頂点を極める。カリスマ性があって常に光が当っている人だ。そんな兄さんがずっと眩しかった。

翼が聞いた。「伯父《おじ》さんも危険な目に遭ったことあるの？」

「あるよ。強盗に遭ったことがある」

「えー」と由里子が高い声を上げた。

兄さんが話し出す。「一度だけな。車で走ってたんだ。車には俺の他に、現地で雇ったアシスタントが一人乗っていた。周りは砂漠でなんにもないところを、ひたすら走ってた。対向車が見えてきたんだ。段々その車が近付いて来て、そのジープに武装した男たちが乗っているとわかった時マズいと思った。俺たちには選択肢が二つだ。Ｕターンして逃げるか、このまま走り続けるかだ。その時乗っていた車はそれほどスピードが出ないものだったから、逃げても捕まると思った。だから俺たちはそのまま走り続けることにした。彼らが急いでいて俺たちになにもせず、黙って行かせてくれるかもしれないという可能性に賭《か》けたんだ。ところがだ」

「行かせてくれなかったの？」と翼が尋ねた。

「そうなんだ」兄さんが頷く。「俺たちの車の進路を塞ぐように、ジープを停められてしまってね。ジープから銃を持った三人の男たちが降りて来て、金を出せと言うんだ。だから財布の中の現金を渡したんだが、それだけじゃ満足してくれなくてな。腕時計も外せと言われた。それから後部座席に置いていた着替えの服と靴と、音楽ＣＤも奪われた。一人の男が、俺の胸ポケットにささっていた万年筆に気付いたんだ。それも渡せと男が言ってきた。だから俺はこれは壊れていると嘘を吐《つ》いた。だったらなんで胸ポケットに入れているんだと聞いてきたから、父親から貰ったものだから、壊れてもお守りとして持ち歩いていると答えた。父親から貰ったというのは本当だ。就職祝いに貰ったんだよ。俺は男に言ったんだ。俺にとっては大切なものだが、あんたたちにとっては壊れた万年筆なんか、価値がないよと。男が疑うような顔をしたから、俺は書いてみせようと言った。その万年筆は長年使っていたから、ペン先が少し潰《つぶ》れていて、この角度じゃないとインクが出ないという癖が付いていたんだ。だからわざとインクが出ない角度でペン先を紙に当てて、書けないことを示した。それで男たちは万年筆は諦めてくれた。後で現地の人たちにその話をしたら、殺されなかったのは奇跡だと言われたよ。強盗に出くわしたら抵抗してはいけないし、交渉してもいけないというのが現地の常識だそうだ」

翼が「危なかったんだね」と興奮したような顔で言い、由里子は「無事でよかったね」とコメントした。

翼と由里子があんなに夢中な様子で、私の話を聞いてくれたことなんて一度もないんだが。

清は心の中で愚痴をこぼし、フォークをまとめて摑んでスポンジで擦る。それから水道の栓を開けた。流水の下でフォークを擦り洗いする。

洗剤と汚れを洗い流すように、兄に対するざらっとした気持ちも流してしまいたいと清は思った。だがそうはいかず、私の胸にしばらく居座りそうな気配がした。こういう気持ちは厄介だ。

あの時もそうだった。

兄さんが銀座で店を開いていた頃だった。呼び出されてその店の近くのレストランに行った。

＊＊＊

「なんだか随分高級な店だね」清は向かいに座る兄に言った。

そこは天井からシャンデリアが下がっている、高級感溢《あふ》れるフランス料理店だった。赤色のベルベットのカーテンが、金色のタッセルで束ねられていた。外国の映画の中に登場しそうな豪勢な雰囲気の店で、十階の窓からは銀座の夜景を広く見渡せた。ピアノを演奏している女性は、ロングドレスを着ている。

そして女性客たちも皆着飾っていて、清は少し気後れしていた。

だが兄さんは来慣れているようで、ワインの注文もさらりと済ませていた。

兄さんが答える。「この程度なら大したことないよ。銀座じゃ、もっと上のクラスの店はゴロゴロあるさ」

「……そうなんだ」

「今日は清と相談したくてさ。電話じゃなんだから来て貰ったんだよ」

「相談って？」

「来月の母さんの誕生日のことだ。いつもプレゼントをあげて終わりだろ。今回はなにかサプライズをしようと思ってさ」

「サプライズってどんな？」清は尋ねる。

「それを相談しようと思ってるんだよ」

兄さんがスープ皿にスプーンを入れた。それから清のスープ皿を覗き込んだ。

そして声を上げた。「お前のスープにピーマンが入ってるじゃないか」

「そうだね」

「お前がピーマン苦手なんで、入れないでくれとちゃんと俺は頼んだのになぁ。そうだろ？」

「そうだったね。でもうっかりしたんだろう」

「さっきのサラダには？」

「ピーマンは入ってなかったよ」

「文句言ってやるから待ってろ」と兄さんが手を挙げかけた。

急いで清は言った。「いいよ。避《よ》けて飲むから」

「はぁ？　お前ってやつは。お前にびっくりだよ」

「なんだよ」

「お前が人から嫌われたくない性分だというのは知ってたよ。兄弟だからな。だがウェイターからさえ嫌われたくないってのには、びっくりしたよ。そこまでだったとはな。

こっちは悪くないんだぞ。ミスしたのはウエイターの方だ。もしくはシェフだ。どっちにしろ店側のミスだ。それなのに俺が指摘するのを、止めさせようとするのはなんでだ？　嫌われたくないんだろ？　だからだよな。遠慮するなよ。お前はどうして遠慮して生きようとするんだ。堂々としてろよ」

清はショックを受けて固まった。

兄さんの言う通りだった。私は誰からも嫌われたくない。ウエイターからも店からも。だから自分が我慢すればそれでいいと考えた。

だがそれは……遠慮しているということなのか。だからって、そんな言い方をしなくたっていいじゃないか。

ざらっとした気持ちになる。兄さんへの反発心が一気に胸に湧き上がる。それなのに兄さんをがっかりさせてしまったのが哀しくもあった。

兄さんが手を挙げた。そしてウエイターを呼び寄せた。

＊　＊　＊

清は布巾《ふきん》を摑んだ。皿を拭き始める。

兄さんに指摘されてからも、私は無意識に遠慮しながら生きてきた。そんな生き方しか出来ないからだ。兄さんのスケールの大きな人生と比べて、私の人生のなんて小さなことか。兄さんと接する度に燻《くすぶ》る劣等感を、持て余してしまう。

無邪気な様子で翼が尋ねた。「他には？　危険な目に遭ったのはその時だけ？」

兄さんが答える。「俺はな。だが現地スタッフは……あれは五年前だ。現地で雇っていたスタッフが逮捕された。誤認逮捕だ。俺は弁護士を雇ってなんとか取り戻そうとした。警察官に賄賂《わいろ》を渡したし、口を利いて貰えそうな部族長に頼みにも行った。奔走したんだ。だが間に合わなかった。彼は獄中で死亡したよ。警察は自殺だと言ったが、俺はそんな話は信じない。彼の身体にはたくさんの暴行の痕《あと》があったからね。口惜しかったよ。救ってやれなかったことが申し訳なかったし」

「どんな人だったの？」と由里子が質問をした。

「最高の笑顔の持ち主だった。純粋で優しい男だったな。三崎と発音するのが難しかったようで、俺のことをミーサと呼んでた。ミーサ、なんとかなるよ。ミーサ、大丈夫。ミーサ、スマイル。よくそういう言葉を俺に掛けてくれたよ。そうだ、写真があるよ」と兄さんは言ってスマホを弄り出した。

それからスマホをテーブルに置いた。

由里子と翼が身を乗り出して、そのスマホを覗き込んだ。

兄さんが続ける。「彼を失ってなにもかもが嫌になって、俺は現場を放り出して発作的に帰国したんだ。俺の話を聞いた父さんが言ってくれたよ。自分の無力さを知ることは大切だぞって。お前は子どもの頃から、やりたいことをやって、すべて成功させてきたように見える。だからなんでも出来ると思っているのかもしれないが、人は皆、無力なんだ。出来ないことの方が多い。頑張るなとか諦めろと言っているんじゃない。どうやっても結果を変えられないことはある。それをわかっておけ。誰もお前を責めない。その青年もお前を恨んではいないさ。だから自分を責めるな。それから弱音を吐きたくなったら、いつだって話を聞いてやるから連絡してきなさい。失敗したって、無一文になったって、お前が私の誇りであることに変わりはないんだから。そう言ってくれた。あの言葉は俺の一生の宝物だ」

兄さんには父さんとのとっておきの言葉や、特別な思い出があるのか。私にはそんなものは一つもない。

今、清が思い出す父親の姿は、認知症を患い怒りまくっているものだ。入院した途端、父さんの認知症は進行してしまい、医師や看護師に怒声を浴びせた。だから清は病院に見舞いに行く度に、医師や看護師だけでなく、同室の患者たちにも謝って歩いた。父がご迷惑をお掛けして申し訳ありませんと。そういう負の思い出は清が、いい思い出は兄が貰ったのだ。N国にいた兄さんは、父さんのそんな姿を知らないのだから。

兄さんが自分のコーヒーカップを覗き込んだ。

そして大きな声で「コーヒーのお代わりが欲しい人」と言って右手を挙げた。

すると由里子と翼も手を挙げる。

三人が清に顔を向けた。

「はいはい。お代わりね」と清は答えてサーバーに手を伸ばした。そしてサーバーをシンクに置き、水道の栓を大きく開ける。

水が凄い勢いで流れ出し、あっという間にサーバーから溢れた。

5

リビングに足を踏み入れた美紀は「ただいま」と言った。

ママが自分の唇の前に人差し指を当てた。「今、寝たところだからシーね」

美紀は隣の和室のベビーベッドへ顔を向けた。ベッドの桟《さん》の隙間越しに北斗の頭が見えた。

そのベッドは六畳の部屋の右端に置いてある。その周囲にはオムツや服、オモチャの入った箱が積み上げられていた。部屋の最奥には窓があり内庭と接している。左には仏壇が設置されていて、その前の座布団には、アンパンマンのぬいぐるみが載っていた。

美紀はダイニングテーブルに、買って来た肉まんの袋を置いた。紙製の袋の端を指で裂いて広げる。

ママが急須に緑茶葉を入れながら「並んでた？」と小声で聞いてきた。

肉まんを買った店の行列のことを言っているのだろう。

「今日は四、五人だった」と美紀も小声で答えた。

F駅から十分ほどのところにある、その中華料理店のラーメンはそれほど美味しくない。餃子も炒飯《チャーハン》も今一つ。ただ店の前で売る肉まんだけは奇跡的に美味しかった。だからいつも店内はガラガラで、店の前には肉まんを買うための行列が出来ている。

その中華料理店のはす向かいに小児科医院があった。

その病院に北斗を連れて行ったのは先月のことだった。熱を出した北斗をベビーカーに乗せて、ママと三人で向かった。そこは入り口の横にベビーカーを置いて、子どもは抱っこして入らなくてはいけないルールだった。美紀が北斗を抱き上げると、火がついたように泣き出した。どうしてこんな小さな身体から、そんな大きな声が出るのかと思うほどの大音量だった。肉まんを買うために並んでいる二十人ぐらいが、一斉にこっちを見てきた。それまでも美紀に嫌がらせをするためだけに、泣いているんじゃないかと思うことがあったのだが、この時もそんな感じがした。身体を揺らしてあやしたが全然泣き止まない。そのうち北斗が大きく身体を反らして、ママに向かって手を伸ばした。それで北斗をママに渡した。するとママが抱っこした途端、ぴたっと泣き止んだ。病院に入り受付を済ませて待合室の長椅子に腰掛け、ママの腕の中にいる北斗を眺めた。まだこんなに小さいのに、母親から愛されていないと、本能的にわかっているのかもしれないと思った。意地で産んだものの今はこの子がいなければ、もっと自分は身軽で、フツーの幸せを、手に入れていたかもしれないと考えてしまう。北斗は成長していく。いろんなことを学び知っていく。そんな北斗に愛していない事実を、上手に隠せるだろうかと不安になった。名前を呼ばれて診察室に三人で入った。北斗を抱いたママが医者の前に座った。美紀は二人の隣に立ち熱が出たと医者に説明をした。医者からは様々な質問が出た。食事、体重、アレルギー、尿や便の回数や状態などだった。美紀はそれに答えられなかった。それでママが代わりに答えた。風呂《ふろ》に入れたり、オムツを替えたりは美紀もやっている。ママから言われた時に。でもママのように、北斗の状態を詳細に把握していなかった。もう北斗はママの息子ってことでいいんじゃないの、懐いているんだしと思った。

ママが「やっぱりここの肉まんは美味しいわね」と感想を口にした。「パパは可哀想ね。出掛けててこれを食べられないいんだもの」

「パパの分も買ってあるよ」

「そうだけど、出来たてじゃなくてチンすることになるでしょ。やっぱり出来たてじゃないと。一度冷めたのをチンしても、この出来たての味にはならなくて、ちょっと落ちるでしょ」

「まぁ、そうだね」

「ママさ、お葬式の後に出す食事で、この肉まんを出そうかと考えたのよ。ちらっとね。でも出来たては出せないじゃない？　チンすることになるでしょ。でも精進落としの場所にレンジがないかもしれないからね、候補から落としたのよ」

「誰のお葬式の話をしてるの？」

「私のよ」ママが言った。

「えっ？　自分のお葬式の後に出す食事を、なににするか考えているの？」

「そうよ。だって美紀から貰った満風ノートの中にあったのよ。自分の葬儀に関するリクエストを書くページが」

ママは食べかけの肉まんを一旦《いったん》袋の上に置いて、立ち上がった。

そして背後のチェストの引き出しを開けると「ここに入っているから覚えておいてね」と言った。

椅子に戻ると満風ノートを置いた。そうしてテーブルの端の眼鏡スタンドに手を伸ばす。そこから眼鏡を引き抜いて鼻に載せた。パラパラとページを捲《めく》る。

しばらくしてからママが言う。「あった。ここよ。このページ。ほら、霊柩車《れいきゅうしゃ》のランクでしょ、火葬料のランクの希望を書くところもあるのよ。それから骨壺《こつつぼ》も希望のタイプを選んでおけるのよ。びっくりよね」

「それ、葬儀会社が作ったノートだからね」

「あらっ。だからなの？　そっかぁ。だからお葬式に関するリクエストを書くページが多いのかぁ」

ママは眼鏡を外すと肉まんに再び手を伸ばした。

家族のためにも、きちんと終活ノートに書いておいた方がいいですよと美紀は客に言う。だが本心は違う。そんな風には全然思ってない。どんなに細かくリクエストをしておいたって、それを実行するかどうかは遺族が決めるんだもの。願い通りにしてくれるかどうかは、わからないんだし。それに、ちゃんとやってないじゃないと文句も言えない。死んでるんだから。お金のことは生前にしっかりどうするか、正式な書類に残しておくべきだと思うけど、それ以外のことは意味がないでしょ。パパが終活がらみの仕事を取った方がいいと言ったからやっているだけで、正直、終活をしようとする人の気持ちは、まったくわからないんだよね。無駄になる可能性のあるリクエストをたくさん書き残して、どうすんのよって思っている。

美紀が肉まんを食べ終え、湯呑《ゆの》みに手を伸ばした時だった。

北斗の泣き声が聞こえてきた。

美紀はうんざりして「ママお願い」と頼んだ。

ママがすぐに立ち上がり、ベビーベッドに向かう。そしてベビーベッドの横から北斗を覗き込んだ。すぐに北斗を抱き上げた。

ママが話し掛ける。「どうしたの？　おっきしたの？　あー、いい子だねー。北斗はいい子。よしよし」

美紀は一つ欠伸《あくび》をしてから緑茶を飲んだ。

6

美紀は人差し指に力を入れてドアチャイムを押す。

するとボタンの上にあるライトが緑色になった。

だが応答はない。

もう一度押す。また押す。更に押す。

一歩後ろに下がり、ドアの上部にある電力メーターを見上げた。

円盤が回転していないので、中で電気は使われていないみたい。だからといって中にいないとは限らない。在宅なのに電気を消して息を潜めているのかもしれない。

美紀は拳《こぶし》でドアを叩《たた》く。

ドンドンドン。ドンドンドン。

少しして男性がマンションの共有廊下を歩いて来た。

二十代ぐらいの男性は不思議そうな顔をしながら近づいて来て、美紀が叩くドアの隣室の前で足を止めた。

美紀は声を掛ける。「ここに住んでる人のこと、知ってますか?」

鍵《かぎ》を鍵穴に入れながら男性は答えた。「二、三日前に引っ越しましたよ」

「引っ越した?」

「ええ。結婚するそうで新居に引っ越すと言ってました。荷物を出している時、たまたま僕が帰宅して声を掛けられたんです。引っ越すんだけど、もしよかったらここに並んでいるもので、欲しいものがあったら持ってってくださいって。壊れてないんだけど、新居用には新しいものを買ったから、捨てるだけなんでって言うんで、コーヒーメーカーを貰いました」

ショックを受けて美紀は言葉を失くす。結婚して新居に引っ越す？

男性が部屋の中に入ってしまいそうになって、美紀は慌てて尋ねる。「引っ越し先はわかりませんか？」

小さく首を左右に振った。「知りません」

「お金を貸してたんですよ。この人に」と言ってドアを拳で叩いた。

「……僕は知りません。じゃ」と小声で答えた男性は部屋の中に消えた。

がっかりして美紀はうな垂れた。だがすぐに顔を上げるとドアを足で蹴《け》る。

「ふざけんな。お金を返せ。ドロボー」喚《わめ》いて足でドアを蹴り続けた。

そのうちに足首が痛くなり蹴るのを止めた。

それから「あー、もうヤだ」と吐き捨てると歩き出した。

怒りで全身が熱い。

マンションを出て駅へ向かう。

前を歩くカップルがウザイ。別れて不幸せになれ。

カップルを追い越して尚《なお》も歩き続ける。

やがて大通りに出た。

辺りをぐるっと見回し、カフェバーのチェーン店に入った。

店内には一人の客しかいなかった。

カウンターでハイボールを頼み、自分でグラスを受け取り隅の席に座る。

すぐにハイボールを喉《のど》に流し込む。半分ほどを空けてグラスをテーブルに戻した。

そして「あぁ、口惜しい」と呟いた。

古関玲《こせきれい》とはマッチングアプリで知り合った。やり取りをしていく中で写真をねだったら、アイドルなみのイケメンの写真が届いた。あまりに格好いいので、別人の写真を貼り付けてきたんじゃないかと、疑ったぐらいだった。待ち合わせ場所に行ったら、写真よりももっとイイ男がやって来たので、心の中で万歳をした。その日は漫画の話で盛り上がって、楽しい時間を過ごした。急にやってきた幸せに我を失いそうだったが、念のためと思って玲がトイレに行った隙に、財布の中の運転免許証を盗み見た。本名を名乗っていたとわかり、ほっとした。しっかりしている自分が偉いとも思った。玲には行政書士であることは隠して、普通の会社員だと話した。なんとなく行政書士はモテなそうな気がしたからだ。当然子どもがいることは話していない。

二回目に会った時だった。喫茶店で待っていると玲からラインがきた。二十分ぐらい遅れるというメッセージだった。やがて現れた玲は「遅れてごめんね」と言った後で、

「財布を落としちゃってさ」と理由を口にした。クレジットカードやキャッシュカード、運転免許証、健康保険証などが入っていたため、紛失の連絡と再発行の依頼をしていて、遅れたのだという。だから美紀は大変だったねと声を掛けた。玲は言った。「クレジットカードの新しいのが届くのは、一週間後だって言われちゃってさ、参ったよ。最近はスマホ決済することも多かったんだけど、それもクレジットカードと連携させてたから、使えなくなっちゃって。悪いんだけど今日のここの支払い、全額出して貰っていいかな？」と。美紀は勿論だよと答えた上で、良かったらいくらか貸そうかと申し出た。玲はちょっと驚いた顔をしてから「本当に？　助かるよ」と感謝の言葉を口にした。美紀の財布には三万円が入っていた。そのうちの二万円をテーブルに置き「これで一週間足りる？」と聞いた。なんとかするよと話す玲に、美紀は「ATMで下ろせばもう少し貸せるけど」と告げた。だったら五万貸してくれないかなと言うので、美紀はいいよと答えた。すると玲が言い出した。「あっ、でも明日弟と、その婚約者と一緒に、結婚祝いの品を買いに行くことになってるんだった。二人ともコーヒー好きでさ、エスプレッソとか、ドリップとか、ラテとか、色々出来る全自動のコーヒーメーカーが欲しいと、言われてるんだよ。下調べしたら結構な値段がしたんだよね。悪いんだけどもう少し貸して貰うことって出来るかな？」と。

結局、美紀は玲に十万円を貸した。玲の話をまったく疑わなかった。どっちかというとケチ臭い女だと思われたくなくて、もっと貸した方がいいんじゃないかとさえ考えていたぐらいだった。一週間後に同じ喫茶店で同じ時間に会う約束をした。だが玲は来なかった。どうしたのとラインを送ったが既読にならなかった。電話をしたら呼び出し音が鳴り続けるだけで、留守番電話に繋がらなかった。美紀は二時間待ったが、この日、玲は現れなかった。

そこで今日になって、運転免許証を盗み見た時に暗記した住所にやって来たのだった。グラスを両手で持ち上げ喉を鳴らして飲む。そうしてからグラスをテーブルに置いて、ふうっと息を吐く。すぐに財布と空のグラスを持って、カウンターへ向かった。

二杯目のハイボールと枝豆の皿を手に、テーブルに戻った。

親指と人差し指で鞘《さや》を押して、飛び出てきた枝豆を口で拾う。そうやって一つひとつ枝豆を口に入れていく。

なんだよ、結婚って。コーヒーメーカーはお前と新妻が欲しかったって話かよ。私の十万で買ってんじゃやねぇよ。どうしてこんなに簡単に騙《だま》されちゃったんだろう。もろタイプだったからかなぁ。イケメンが私の目をじっと見て話を聞いてくれて……胸が弾んじゃった。そういうの久しぶりだったから。ちっ。ふざけんなよ。恋愛に飢えてる女を騙してんじゃねぇよ。お金、返せよ。私にとっちゃ十万は大金なんだからさ。騙しやがって。人の心を弄《もてあそ》びやがって。お前にぶつけてしまった私の気持ちも返せよ。どうして私ばっかりこんな目に遭うのよ。他の人はフツーに付き合って、フツーに結婚して、フツーに夫婦になって、フツーに家庭を作っていくのに、どうして私はそうはならないのよ。この枝豆、塩が効き過ぎてるし。

　グラスを摑みハイボールをぐびぐびと飲んだ。

7

　美紀は北斗の靴下を洗濯バサミで留めた。次にパパのパジャマのズボンを物干し竿《ざお》に引っ掛ける。それを洗濯バサミで留めた。二階のベランダで洗濯物を干している美紀は、ちらっと洗濯籠に目を向ける。

　干されるのを待っている洗濯物が、たっぷりと入っていた。

　昨日は雨で洗濯が出来なかったので結構な量になった。

　自分のブラジャーを手にした時、階下の庭からパパの声がした。

「おーい。ママがトレーニングパンツを、交換して欲しいと言っているぞ」と。

　はぁ。

　美紀は思わずため息を吐いた。

　すぐにパパが続けた。「パパにはやって貰いたくないって、ママが言うからさ」

「わかった」と美紀は答えた。

　二ヵ月前にママが脳梗塞《こうそく》で倒れた。手術をして命は取りとめたのだが、右半身に麻痺《まひ》が残った。一人ではトイレには行けないので、トレーニングパンツを穿《は》いて貰っている。

その交換をママはパパにやって欲しくないという。

パパが「干すの、やろうか？」と聞いてきた。

美紀が口を開きかけた時、北斗の泣き声が聞こえてきた。

美紀は「北斗の方をお願い」と言ってブラジャーを洗濯バサミで留めた。

パパが左足首を骨折したのは、ママが倒れて一ヵ月後だった。ママが入院していた病院の駐車場で転んだのだ。まだギプスをしている状態で、階段の上り下りは大変そうだった。

美紀がベランダを出て廊下を歩き出すと、自分の部屋からスマホの着信音が流れてきた。

「あぁ、もう」と呟《つぶや》きながら急いで部屋の扉を開けて、スマホを摑む。

画面には友人から紹介された相談者の番号が出ていた。

北斗の泣き声が先方に聞こえないよう、美紀はスマホを持って急いでベランダに戻った。そしてピシャリと窓を閉める。

「はい。神田です」と言って電話に出た。

「ハロー。おはようございます。サマンサです」

「おはようございます」

「今、ダイジョウブですか？」

一瞬言葉に詰まったが「大丈夫です」と答えた。

母親が倒れてから、美紀に大丈夫な時などなくなった。だがそんな事情を相談者には言えない。

サマンサは未婚のまま、日本人の男性との間に子どもを儲《もう》けた。今、五歳になるその息子に、日本国籍を取らせたいそうで、その申請手続きの相談を受けていた。

十分ほどで電話を切り、窓を開けようと取っ手に手を掛けた時、うんざりした気持ちに襲われた。

今日もまたあっという間に一日が終わるんだろうな。

美紀はこれからすることを頭に浮かべる。ママのトレーニングパンツを交換して、洗濯物を干して、警察署に行って車庫証明の手続き代行をしたら、すぐにUターンしてスーパーで買い物をして、食事を作って、ママはパパが、北斗は私が食べさせて、それからママをお風呂に入れて……。

まさかこんなことになるなんて。育児はママとパパに頼りっ切りだったのを、自分でしなければいけなくなって、それだけだって充分大変なのに、その上介護もなんて無理だって。パパの足が治ったら、少しは楽になるって自分に言い聞かせてきたけど、そのパパもそれほど戦力にならないとわかってきた。ママが甘やかしたせいで、料理も掃除も全然ダメなんだもん。まぁ、それは私もなんだけど。こんな状態なのに保育園に空きはなくて、北斗を預けられないんだから嫌になる。これまで脛《すね》を齧《かじ》り続けてきたせいで、パパたちの貯金は予想より大分少なかったのも、まさかだった。北斗にはこれからお金がかる一方だから、私は働いて稼がないといけないけど、一体いつ働けばいいのよって誰かに聞きたくなる。

窓を開けると階下から「美紀ー」と呼ぶママの声がした。

美紀は急いで一階に下りて和室の襖《ふすま》を開けた。

「遅い」とベッドの中のママが文句を言う。

カチンときて大きな声を上げた。「しょうがないじゃない。忙しいのよ」

「そんな怒らなくたっていいじゃない」

「パパにやって貰ったらいいのに、なんで私なのよ」

「羞恥心《しゅうち》があるのよ」

美紀は母親の身体を支えてトイレへと移動した。

トイレは二人で入るには狭過ぎるため、改築しようとパパと話はしているが、忙し過ぎて業者に見積もり依頼を出せていなかった。

美紀は手袋を嵌《は》めて、汚れたトレーニングパンツを袋に入れる。袋の上部をしっかりと結び閉じてから、蓋付きの容器の中に捨てた。使用した手袋を外してそれも中に捨てた。

美紀は便座に座っている母親に尋ねた。

「拭けた？」

「拭けた」とママが答えた。

美紀は新しいトレーニングパンツの中に手を入れて、左右に広げてから母親の足を通す。それを膝《ひざ》まで上げてから中腰になり、ママを抱きかかえるようにして立たせた。

ママが左手を壁にあてて一人で立つ。

美紀は一旦膝を床につき、肘《ひじ》を何度も背後の壁にぶつけながら、尿取りパッドをトレーニングパンツの中に装着した。それからまた中腰になり、ママを抱きかかえるようにしてから、トレーニングパンツをずり上げていく。

「もっと優しくやって」とママが注文を出す。

「やることが、たくさんあるんだから、のんびり優しくなんて出来ないのよ。気に入らないなら、ホームヘルパーさんにお願いすればいいじゃない。プロなんだからきっと優しくやってくれるわ」

「またその話」不満げな声を上げた。「赤の他人にこんなことをして貰いたくないわ」

トレーニングパンツを穿かせ終わり、ママをまた便座に座らせた。

美紀は指摘する。「病院じゃ看護師さんにやって貰ってたじゃない。なんでもかんでも私にやらそうとしないで。こっちは忙しくて、いっぱいいっぱいなんだから」

「自分でトイレに行けなくて、こんな恥ずかしいパンツを穿かされる身にもなって頂戴」

「ママがそんな我が儘《まま》を言わなければ、私は随分助かるんだけど」

「娘に手助けを頼むのが我が儘なの？」

なんなのよ、それ。

美紀は怒りをぶつけた。「我が儘よ。ホームヘルパーを頼めば、私が楽になるとわかっているのに、それを嫌だと言って私にさせようとするのは、我が儘に決まってるでしょ。介護と育児の両方をしているこっちの身にもなってよ」

「だって――」

「あぁ、もうヤだ。自分でやって」

美紀はトイレを出て扉を閉めた。

廊下を歩き出したがすぐに足を止めた。そして壁に背中を預けて天井を見上げた。

どうしてママに辛《つら》く当たってしまうんだろう。私は出来ない人に対して厳し過ぎる。もっと優しい人になりたい。ママのことは大好きなのに。そういうことさえ最近は忘れそうになる。

あの日の昼食はカレーうどんだった。ダイニングテーブルには父親と母親と美紀の三人が着いていた。

＊　＊　＊

美紀は母親の丼を覗いた。

「ママ、どうかしたの？　全然うどんが減ってないじゃない」

ママがこめかみを指で押さえる。「なんだか頭が痛くて」

「薬は？」と美紀は尋ねたが、母親は目を瞑《つむ》ったままでなにも答えなかった。

突然ママの頭がガクンと前に倒れた。

ゆっくりと頭が下がっていき、ゴンと音をさせてテーブルに当たった。

「えっ？　ママ？」と美紀は驚いて声を掛ける。

パパが立ち上がりママの身体を揺する。「どうした？」

ママはなにも答えない。

美紀は「パパ、救急車」と言葉を掛けた。

「そう、そうだな。救急車だ」とパパは言って電話機がある棚の方へ向かう。

美紀はテーブルを回り込み母親の背中に手を置いた。「ママ、しっかりして」

パパが「救急車は何番だ？」と聞いてきた。

「何番って。救急車は……えっと何番だっけ。一一九じゃなかった？」

「それは火事の時じゃないか？」

「えっ、そうだっけ？　わかんない。検索しようか？」

「いや。一一九だったな。そうだよ、一一九だ」

パパがボタンを押して受話器を耳に当てた。「救急車をお願いします」

美紀の心臓はドクドクと激しく動く。

大丈夫よね、大変な病気じゃないよね。ちょっと気を失ったとか、そういうことでしょ。そうじゃなきゃ嫌よ。ママが……そんな……絶対に違う。死んじゃ嫌よ。ダメよ。ママがいなくなったら、私は寂しくて生きていけない。神様、お願いします。ママを助けて。ママが助かるなら私はなんでもします。まだ六十一なんです。順番、早過ぎですよね。ママは素晴らしい人なんです。ママにたくさん言いたいことがあるんです。有り難うって。いつも有り難うってママに言わせてください。言ってなかったんです。だから言わないうちに、天国に連れて行ったりしないでください。お願いします。

美紀はしゃがみ込んだ。

ママはゆっくり瞬きをしている。

美紀は声を掛けた。「パパが今、救急車を呼んでくれているからね。すぐに来てくれるから。お医者さんに診て貰おうね。だから頑張ってね」

美紀は母親の目を覗き込む。

目が合っているのに母親は美紀を通り越して、別のものを見ているようだった。

ママ……。

美紀の目から涙が零《こぼ》れた。

美紀は必死で話し掛ける。「ママ、絶対に死んじゃダメよ。私を置いていかないで。ママ、しっかりして。頑張って。お願い」

パパが電話相手に言う。「とにかく早く来てください。お願いします」

美紀は母親の腕をそっと擦《さす》った。

＊＊＊

ママが助かるなら、なんでもするって思った。それは嘘じゃない。でもいろんなことに追われて、苛ついて、ママに当たってしまう。生きてくれているだけで嬉《うれ》しいはずなのに。

美紀は深呼吸を一つしてからトイレに戻り扉を開けた。

ママが左手だけで、一生懸命パジャマのズボンを穿こうとしていた。

たちまちママが可哀想になる。

でも私が謝るとか、そういうのは違う。

美紀はなにも言わずに母親の前に屈んで、その足をズボンの中にいれてやる。それから中腰になり、ママを抱きかかえるようにして立ち上がらせた。その状態でパジャマをずり上げていく。

そうしてパジャマを穿かせ終わるとトイレを出た。

母親を支えながら美紀は廊下をゆっくり歩く。二人共無言だった。

「おーい」とパパの声がリビングから聞こえてきた。「北斗が吐いたぞ」

「今、手が離せない」と美紀は大声を上げた。

8

美紀は前を歩く女性の横を追い抜いた。早足でどんどん進んでいく。

参ったなぁ。こんなドジ、初めてなんだけど。

少し先の信号が点滅を始めた。

美紀は猛ダッシュをする。横断歩道に足を踏み出した時には、すでに信号は赤になっていたが、そのまま走り抜く。

満風サロンに到着すると、ガラス扉の前で少し息を整えた。

扉を押し開けて中に入る。

カウンターにいた三崎に美紀は声を掛ける。「申し訳ありませんでした」

三崎が少し驚いた顔をして「どうされましたかね」と言った。

「時間を勘違いしていました。何度もスマホに連絡を頂いたのに、サイレントモードにしていて気が付きませんでした。本当に申し訳ありませんでした」

「メッセージに入れた通り、お客様はもう帰られたんですよ」

「はい」

「お客様は気分を害されましてね、他の行政書士さんを紹介することで、なんとか気持ちをおさめて貰ったんです。その行政書士さんと会う日時を段取りまして、お客様はお帰りになったんですよ。ですから今日は、もうこっちに来て頂かなくても良かったんですよ」

「そのメッセージは受け取っていたんですが、こんな大失態をしてしまったので、直接謝罪しようと思いまして走って来ました。本当に申し訳ありませんでした」美紀は頭を深く下げた。

「お客様がドタキャンすることもありますし、行政書士さんが時間を勘違いすることもある。そういうことでしょうね。コーヒーでも淹《い》れましょうかね」と気楽な調子で言って、テーブルに着くよう促してきた。

美紀は椅子に腰掛けると、バッグからハンカチを取り出した。それを額と首の後ろにあてて汗を拭《ぬぐ》う。

三崎に告げた言い訳は嘘だった。本当は電車の中で爆睡してしまったのだ。慌てて降りた駅は、降りなくてはいけなかった駅の七つも先だった。

三崎がテーブルにコーヒーを置いた。「走っていらしたせいなのか……とても疲れているように見えますが大丈夫ですか？」

美紀はどうしようかと迷ったが、こうなったら正直に家庭の事情を話してしまおうと決めた。こっちの事情を知れば、仕事を回してくれる時に、なんらかの配慮をしてくれるかもしれない。

美紀は神田家の事情を語った。

美紀の話を聞いた三崎は同情するような顔をして「それは大変でしたね」と言った。

美紀は頷きコーヒーカップに手を伸ばした。コーヒーを飲みながら昨日のことを思い出す。

昼食に肉まんを出したら、ママがまた肉まんなのと言った。「好きでしょ、この肉まん」と美紀が話すと、「たまに食べるのが好きなだけで、毎日食べたい訳じゃない」と母親が反論した。「昨日はピザだったでしょ」と美紀が指摘すると、「肉まんとピザが一日おきじゃほぼ毎日よ」と母親はヒステリックな声を上げた。そしてママは泣き出した。美紀はなにもかもが嫌になった。怒る気力さえも湧き上がってこなくて、無言で肉まんを頬張り野菜ジュースで流し込んだ。するとパパが突然「美紀と家事の分担について話をしているから」と言い出した。「今は売ってる弁当や、簡単に食べられるものばかりだが、金が掛かり過ぎるからな。栄養も偏るし。だからこれからは料理を作る方向で考えているんだぞ。レシピを見ながら作れば、それほど酷いことにはならんだろう。それにこの足は治るからな。そうすれば食事も、ママのことも、北斗のことも色々出来るようになる。もうじきだよ。今は辛抱の時だ」とパパは殊更明るい口調で語った。それに対して美紀はなにも言わず、母親も無言だった。

美紀は三崎に告げた。「うちは仲のいい家族だと思ってたんです。凄くってほどではないかもしれないけど、いい方かなって。でも母が退院してからは、家の中がギスギスしてるんです。お互いに強い言葉を投げ合うばっかりで。毎日言い争って、怒ってるんです。すっかり険悪な家族になってしまいました」

「ご家族全員に人生の見直しが必要なようですね」

「人生の見直しですか？」

「はい。人生は定期的に見直しが必要だというのは、うちの社長の受け売りなんです。受け売りではあるんですが、確かに大事だと私も思うようになったんです。今、神田さんのお宅のお話を伺って、ご家族全員で人生の見直しをするタイミングではないかと。通常の見直しなら、各自がそれぞれのタイミングですればいいと思うんです。ですが神田さんのところのように、アクシデントがあった場合は、ご家族全員で一斉に見直しをした方がいいんじゃないでしょうか」

「家族全員で一斉に……」

「はい。ご家族全員がこれまでと同じ生活を望んでいたり、同じことをしたいと思っていたりしたら、それは無理ですよね。状況が違ってしまったんですから、同じにはいきません。これまではこれまで、これからはこれからと頭を切り替えられたら、全員が少し楽になるように思います。出来ないことや不得意なことを考慮した上で、これからの人生をどうしていくかを全員で考えて、摺《す》り合わせていったらどうでしょう。今出来ることは、ここからここまでだから、ここは助けを借りようとか、ここは我慢するとか、そういう摺り合わせをしてみたら。全員が満足して納得するとはいかないと思いますが、現実と向き合うには、皆さんで折り合いをつけていくしかないのではないかと」

人生の見直しか……。美紀は考えてみる。これからの私の人生は――介護と育児に明け暮れるだけになるの？　もう私は自分のためには生きられない？　誰かのために生きていくの？　そんなの……そんなの嫌よ。だってそんなの、私の人生じゃなくなっちゃうもの。あぁ、逃げたい。どこかに行ってしまいたい。そこで自分だけの人生を送りたい。ママのことは好きだけど……北斗を産んだ責任が私にはあるってわかってるけど……はぁ。

美紀はすっかり暗い気持ちになって、コーヒーに口を付けた。

9

美紀は電話台の下の引き出しを開けた。中には眼鏡と、ポケットティッシュと、メモ用紙と、ボールペンが入っていた。期待していたアドレス帳はなかった。

美紀は大切な物を仕舞うとしたら、どこだろうかと考える。

六畳の和室と二畳ほどのキッチンがあった。

この部屋に住んでいた綾瀬《あやせ》遼太郎《りょうたろう》が亡くなったのは、一週間前だった。七十歳の一人暮らしで新聞配達の仕事をしていた。無断欠勤をしたため販売店の店主が連絡を試みたが、電話が通じなかった。そこでこのアパートの大家に連絡をした。その大家が合鍵で部屋に入った時には、すでに息絶えていたと美紀は聞いている。心不全による病死だった。

知り合いの行政書士から回して貰った仕事だった。

美紀はテレビが載っている棚を覗いた。

古い旅行雑誌が二十冊程度並んでいる。

右端の一冊を取り出してページを捲った。それから背表紙の辺りを摘まんで左右に振ったが、なにも落ちてこなかった。

終活ノートを残してくれていたら、ラッキーなんだけど。

美紀は部屋をぐるりと見回した。

典型的な孤独死ってやつね。こんな小さな部屋で、一人でひっそりと死ぬなんて可哀想。どうしてそんな寂しい生活を、送ることになったのかな。

依頼主は遼太郎の妹、粕谷《かすや》聖子《せいこ》だった。聖子は綾瀬とは疎遠だったらしい。遼太郎がY県の実家を勝手に出て行ってからは、何十年も音信不通だったと言っていた。どういう暮らしをしていたのかは知らない。財産がどれくらいあるのか、借金があるのかもわからない。部屋の中に残っているものの処分と、死亡したことによる色々な手続きを、丸ごと任せたいと聖子は淡々と語った。そして長距離バスの時間だからと言って帰って行った。

部屋の左に六十センチぐらいの幅の押入れがあった。

その戸を開けてみる。

上下二段になっていた。上には布団が収納されていて、下段には様々な大きさの箱が詰め込まれていた。

ここは遺品整理業者に任せた方が良さそう。

美紀はキッチンへ移った。冷蔵庫の扉を開ける。

わっ。寂しい冷蔵庫。すっかすかじゃない。

納豆と、ヨーグルトが三個と、ヤクルトが四本。それにタッパーに入った漬物らしきものがあるぐらい。冷凍室の方にはピラフやうどんなどの冷凍食品が、三、四個入っていた。

冷蔵庫にハンコや現金を入れておく人が結構多いと、前に読んだ漫画に書いてあったんだけど、この家では違ったみたい。

美紀は冷蔵庫の側面に、マグネットがくっ付いているのに気が付いた。

マグネットのクリップに、細長い紙がたくさん挟まれている。

手に取ってみるとそれは給与明細書だった。

うそっ。一ヵ月で二十七万も貰ってる。私より全然収入が多いじゃない。なんかちょっとへこむ。まぁでも、肉体労働なんだから、それぐらい貰わないと割に合わないかもね。七十歳だっていうのに、肉体労働をしないといけなかったんだから、やっぱり可哀想な人だったのよ。それは変わらないわね。

その時、チャイムが鳴った。

美紀がドアを開けると七十代ぐらいの男性がいた。

男性が不思議そうな顔で聞いてきた。「あのう、綾瀬さんは？」

「綾瀬さんは亡くなられました」と美紀は答えた。

男性は目を丸くして持っていたレジ袋を落とした。そしてなにも言わずただ美紀を見つめ続ける。

美紀が知り合いだったのかと尋ねると頷いたので、話を聞きたいからと言って中に入るよう促した。

だが男性はそうした美紀の声が聞こえないかのように、呆然《ぼうぜん》と突っ立っている。

美紀は何度も声を掛ける。

そうしているうちに、男性は突然はっとしたような顔をして、三和土《たたき》に足を乗せようとした。

それで「それ、落としたままですよ」と美紀はレジ袋を指差した。

男性は少しの間、寂しそうな顔でレジ袋を見下ろしてから、それを持ち上げた。

畳の上に向かい合って座り、美紀は行政書士だと名乗り、妹さんから手続きを委任されていると説明する。それから男性の名前を尋ねる。

すると「井上正輝《いのうえまさてる》です。綾瀬さんとは同じ俳句サークルに入っていましてね、俳句仲間でした」と答えた。

それから横に置いたレジ袋に目を落とし「綾瀬さん、柿が好きだと言っていたから、持って来たんですが」と続けた。

美紀は綾瀬が発見された経緯を語ってきかせた。

痛みを堪《こら》えているような表情で話を聞いた井上は、ぽつりと「呆気《あっけ》ないなぁ」と言った。

そして「葬式は？」と聞いてきた。

「しなかったそうです」と美紀は答える。「お骨は妹さんが、ひとまず実家に持って帰ると仰《おっしゃ》ってました」

「葬式をしなかった？」目を剝《む》いた。「そんな……そんなもんなんですか？　人が一人死んだっていうのに。最後の別れもさせて貰えんのですか？」

「…………」

「気の毒なことですな」

「知り合われてから長かったんですか？」

井上が遠い目をしてから言った。「二年ぐらい――いや、三年かな。まぁ、それぐらいのもんですよ」

「綾瀬さんが遺言書を用意しているとか、終活ノートを付けているとか、そういったお話を聞いたことはありませんか？」

首を捻《ひね》った。「そういう話は聞いたことがありませんなぁ」

「大事な書類をどこに保管しているとか、ご自分が亡くなった後のことを、誰か専門家に相談しているとか、そういう話はどうでしょう？」

「そういう話はしなかったなぁ。だからわからんです」

「そうですか。ご家族や同居されていた人はいなかったんですよね？」美紀は尋ねる。

「私が知る限りじゃ、ここで一人暮らしされていましたね。ただ……」

「ただ？」

「戸籍がどうなっているのかは知りませんがね、大切な女性がいたんじゃないかと思いますよ。子どももいたんじゃないかなぁ。昔の話だろうが」

「そういう昔話をされたことがあったんですか？」

「いや、直接聞いたんじゃないんです。俳句です。そういう俳句を詠んでいたから、そういう人がいたんじゃなかろうかと、推測しとった訳ですが、まぁ、勝手にこっちが思っているだけだから、本当は違ったのかもしれませんがね。確かノートがありましたよ」と言って井上が片膝を立てた。

「よっこいしょ」と声を出して立ち上がるとキッチンの方へ向かった。

美紀は井上を追った。

井上が「綾瀬さん、失礼しますよ」と口にしてから、食器棚の下部にある観音開きの扉を開ける。

そして数冊のノートを取り出してテーブルに置いた。

「終活ノートですか？」と美紀は勢い込んで尋ねた。

「いやいや。俳句ノート」

「あぁ……そうですか」

がっかりしている美紀の隣で、井上がノートのページを捲る。

しばらくして井上が言った。「これなんか、いい句なんだよな。

クリスマス　ケーキのサイズを　気にする子

切り分けて貰おうとしているのかな。自分のケーキの大きさを気にしている子どもの様子が、微笑ましいですな」

「…………」

「これもいい句です。

うたた寝の　君にかけしは　春ショール

穏やかな日常の中の一コマを切り取って描いていて、綾瀬さんの優しさが溢れています。俳句は実体験を句にすると決まってはいません。想像して詠む場合もあります。ただ綾瀬さんは、実体験を詠むことが多かったように思うんです」

「今の句が綾瀬さんが体験されたことを詠《うた》ったものだとしたら、奥さんと子どもさんがいたという感じですよね。戸籍謄本を入手する予定なので、そこで確かめてみますが、入籍していなかったりすると、わかりませんね」

「そうでしょうな。これもいい句です。

散水車　小さき虹を　作りおり

何気ないことを見つけて楽しむ綾瀬さんの姿勢が、表れている句です。毎日の暮らしの中にこういう喜びというか、幸せというか、そういうのを見つける人でしたからな。神田さんはどうですか？　自分サイズの幸せを見つけていますか？」

「私ですか？　自分サイズの幸せ」美紀は繰り返してから首を捻った。「どうでしょう」

「案外難しいもんですよ。自分サイズの幸せを見つけるっていうのは。大抵の人は大きな幸せを夢見るもんでしょう。私もそうでしたよ、神田さんぐらいの年の頃にはね。大きな家に住みたいとか、格好いい外車に乗りたいとか、金持ちになりたいとか夢見てね。それは、そこに幸せがあると思うからです。だから手に入れたいと思うんです。でもそういう物を手に入れたとしても、幸せとは限らんのです。世の中には自分の身の回りの、毎日の暮らしの中に幸せをちゃんと見つけられる人がいるんですな。綾瀬さんです。そういう人は幸せです」

「……」

「これこれ」井上がノートに指を置く。「私が好きな句なんですよ、これ。

気に入りの　猫を誘って　月見酒

気に入りのと言っているので、この猫は野良猫のことかな。まぁ、飼い猫が複数いて、その中の一匹と読むことも出来ますが、綾瀬さんは猫を飼っていなかったから、私は野良猫だと思います。恐らく他にも顔見知りになっている野良猫が、たくさんいるんでしょう。そういう野良猫たちと、日常的に交流する姿まで窺えるのが、この句の素晴らしいところですよ。句を詠んだ時点のことだけじゃなく、それ以前の日常の長い期間までもが描かれているのが、さすがですな」

なんか……私が想像していたのとは違うのかも。古いアパートの一室で一人暮らしだと聞いたから、寂しい人生を過ごしてきた、可哀想な人だと思ってしまっていたけど——毎日を大切に丁寧に生きていた人だったのかもしれない。小さな幸せに気付ける人だったみたいだし。この小さな部屋でちゃんと幸せに暮らせていたなら、それって最高だもの。ちょっと羨《うらや》ましい。私はいつも不満がいっぱいだから。

井上が言った。「ここにある俳句ノートはどうなりますか？」

「……相続人がいるかどうか調べて、もしいなければ、妹さんに判断を仰ぐことになると思います」

「葬式をしなかった妹さんが判断する？」

「まぁ、そうですね」

首を左右に振りながらページを捲る。「捨ててしまうんでしょうな、すべて。勿体《もったい》ない。上手かどうかはわかりませんがね、私は好きでしたよ。綾瀬さんの句は。ここに残された句で句集を作ったら、綾瀬さんも喜ぶように思いますがね」

聖子の感じじゃ、そんなこと絶対にしなそう。聖子は綾瀬の句なんて、いらないんだろうけど、井上なら大切にしてくれそうだから、俳句ノートをあげたくなってしまう。でもダメなのよ。私にはそんな権限はない。だから大切にしてくれるとわかっている人には渡さずに、処分してくださいと言うであろう人に、どうしますかと聞くしかない。それで処分を指示されたらその通りにするしかない。それが私の仕事。ごめんね、綾瀬さん。

井上がノートを閉じた。「残念ですよ、突然の別れが。特に体調が悪いという話も聞いてませんでしたからな。私なんかよりよっぽど健康に気を付けていたのに、心不全とは」

「健康に気を付けている方だったんですか？」

「ええ。健康のために新聞配達を始めたってぐらいでしたからな。食事にも気を遣ってましたよ。自分でぬか漬けを作ったりもしていましたな。何度かご馳走《ちそう》になりましたよ。

いい味でしたよ。酒が進みました。そうそう。綾瀬さんはいい酒の飲み方をする人でした。朗らかになって歌を歌ったりして。もっと一緒に飲みたかったですよ。もっと」

井上は自分の口元を手で覆った。

美紀は見てはいけないような気がして、井上から目を逸らした。そして綾瀬が暮らした部屋を眺める。

開けた窓の向こうには複数の電線が左右に張っていた。それが一斉に上下に揺れた。

10

美紀は所長の富田素子《とみたもとこ》を真っ直ぐ見つめる。

富田は白いブラウスに、薄いピンクのカーディガンを羽織っていた。マットな赤い口紅を塗っていて、五十代ぐらいと思われた。

富田が質問をしてきた。「どうしてうちの求人に、応募しようと思ったんですか？」

「行政書士の資格を取ったのを機に、勤めていた会社を辞めました。自宅で行政書士の仕事を始めましたが、それは甘い考えでした。経験のない私に、仕事を依頼しようとする人はいませんでした。アテもツテもないのに、そのうちにお客さんが来てくれると、夢みたいなことを考えていました。まずはこちらのような事務所で研鑽《けんさん》を積むべきでした。それでハローワークで、行政書士の事務所の求人を探しました。こちらは短時間勤務でもOKで、育児や介護をしながら働いているスタッフが多いと掲載されていたので、私でも雇って頂けるのではないかと考えました」

　富田行政書士事務所は私鉄の駅前にある、雑居ビルの四階にオフィスを構えていた。テーブルが一つと椅子が二つだけの小さな部屋で、美紀は面接に臨んでいる。

　富田はテーブルの履歴書を見ながら言う。「二歳のお子さんがいらして、実家暮らしのシングルマザーで、同居のお母様は介護が必要な方なんですね」

「はい」

「大変ね。私も父の介護をしているのよ。だから神田さんの大変さはわかるわ。やらなくちゃいけないことが、たくさんあって目が回りそうな忙しさでしょ。今はどうやって遣《や》り繰《く》りしているの？」

「家事は父と分担してやっています。父は足首を骨折したので、移動するのに少し時間が掛かったりしますが、それ以外は大丈夫なので、私と分担してやって貰っています。料理は父の担当で、母から教えて貰いながら作ってくれます。掃除と洗濯は私が担当で、育児は父と私が交代で当たります。母のトイレ問題があって、それが最大の難題だったんですが、家中に手摺《てす》りを付ける工事をしまして、理学療法士に来て貰って歩行訓練をお願いしたんです。そうしたら母が頑張ってくれまして、一人でトイレに行けるようになりました。そうするとトレーニングパンツを穿かずに済むので、母も嬉しいみたいです。先月からは入浴の介助を、ヘルパーさんにお願いすることも母が受け入れてくれたので、私の方は少し楽になりました」

「ご家族で協力して頑張っているのね」

「はい」と美紀は答えた。

結果だけ話せば今、富田に話した通りで、嘘は吐いてはいないのだが実際は大分違った。美紀は母親を脅したのだ。

美紀はまず母親に、このままずっと一人でトイレに行けないのならば、部屋にポータブルトイレを置くと宣言した。ママは予想通り絶対に嫌だと拒否した。だったらと美紀は妥協案を出した。手摺りを付けるから、それを伝ってトイレに一人で行けるか、挑戦してみてくれないかと言ったのだ。歩行訓練はプロに来て貰うので、安心して練習出来ると話した。渋々ママは訓練することを受け入れたのだけど、キツいだとか言って、すぐに休んでしまうような状態だった。そこで美紀はパンフレットを見せて、どのポータブルトイレにするかと尋ねた。プラスチック製よりも木製の方が、部屋には合うわよねと美紀は言って、本気だというところを見せた。するとママは突然人が変わったように、熱心に訓練を受けるようになった。そうしてママは一人でトイレに行けるようになったのだ。

「そうすると」富田が言う。「神田さんはパートタイマーでの勤務を、希望しているということですか？」

「はい」

「一応説明しておきますが、うちはフルタイムで働きたい人は社員として雇用していて、勤務時間を柔軟にしたい人は、パートタイマーとして働いて貰っているんです。神田さんはパートタイマーを希望されるんですね？」

「はい、そうです」

「お話を伺った感じだと、神田さんが一家の大黒柱のようね。どうぞ、お茶を飲んでくださいね」富田がテーブルの湯呑みを手で指した。

「有り難うございます」

「家族って大変よね。もっと気持ちに正直に表現すると、面倒ともいえるわね。私は毎日何度も自分に言い聞かせるのよ。育てて貰ったんだから、親が年を取ったら、お返しをしなくちゃいけないんだって。そうやって自分に暗示を掛けないと、放り出したくなっちゃうんだもの。手間が掛かるのは子育てもそうだけど、介護の大変さとはひと味違うわよね。親はあれこれ文句を言うし、我が儘だし、頑固だから」

頷いた。「そうですね。つい今の大変さで気持ちがいっぱいいっぱいになってしまって、些細《ささい》なことで怒ったり喧嘩《けんか》したりしてました。でもそんな状態が続いてきたんじゃないんです。そうなる前は一緒に笑ったり、楽しく過ごしたりする時間があったんです。ちゃんと幸せだったんです」

＊　＊　＊

美紀は炬燵《こたつ》の天板に両肘をついて言った。「ミカン食べたいなぁ」

同じ炬燵に入ってテレビを見ている、パパとママはなにも言わない。

美紀は父親に呼び掛ける。「ねぇ、パパ。ミカン食べたいなぁ」

パパが「パパもミカン食べたいよ」と答えたけど、それだけだった。

予報通り今日は朝から雪が降り始め、午後になっても降り続いていた。暖房が入ってはいたけど底冷えがしていて、短時間でも炬燵から出たくない。それはパパもママも同じみたいだった。

三人が入っている炬燵は、北斗が眠っているベビーベッドのすぐ横にある。

北斗のために買った加湿器がシュシュシュと音を立てていて、それは眠りを誘うものだった。

美紀は大きなあくびを一つしてから「ママもミカン食べたい？」と聞いた。

ママは「そうね、食べたいわね」とのんびりした口調で答えた。

美紀は言う。「パパ、ママもミカンを食べたいって」

するとパパが「こういう時は一番年下が動くべきじゃないかなぁ」と考えを口にした。

だから美紀は反論した。「そんなこと言ったら、いっつも私になっちゃうじゃない。

不公平だよ」

「だったら」とパパが言い出した。「ジャンケンしよう」

美紀が「本当に？」と確認すると、父親が拳骨《げんこつ》を上下に振って「本当だ」と笑顔で答えた。

「ママも。ジャンケンだって」と美紀が声を掛けると、「あら、そうなの？」と母親は言って湯呑みから手を離した。

それからママは手を捻《ねじ》って指を組んだ。

ママはジャンケンの前の儀式をするつもりみたい。

組んだ手を内側に引き込むようにしたママが「あら、ヤだわ」と声を上げた。

ママが明かす。「出来ないの。手首をかえせないのよ。組んだままだと、ほら、ここまでしか。ヤだわぁ。年を取ると手首が硬くなるのかしらね。いつから出来なくなっていたのかしら」

パパがママと同じように手を捻って指を組む。そして組んだ手を内側に引き込むようにして、途中で止めた。

そして「パパも回らないよ」と告げた。「確かにいつから出来なくなっていたのかがわからんな。そこまで真剣にジャンケンするのが、久しぶりなんだろうな」

父親が「美紀はどうだ？」と言うので、美紀は手を捻って組んでみる。

そうしてから組んだ手を内側に引き込んで、手首をかえした。

「おー」とパパとママは声を揃えて言い、パチパチと拍手をした。

二人が拍手しているのが可笑《おか》しくて、美紀は思わず笑ってしまう。

母親が「若さねぇ」と言うので、「まぁね」と美紀は答えた。

それからパパが大きな声を上げる。「それじゃ、いくぞ。最初はグー。ジャンケンポン。あいこでしょ。あいこでしょ。あいこでしょ。あー。負けたー」

パパが大袈裟《おおげさ》に悔しがる。

美紀と母親は「やったー」と両手を上げて喜んだ。

父親が立ち上がると、美紀は「ポテチも」と言い、母親は「棚にある羊羹《ようかん》もお願いします」と声を掛けた。

パパは笑いながら「はいはい」と答えた。

＊＊＊

美紀は富田に話す。「これまでの毎日の生活の中に、ちゃんと幸せはありました。平凡ですけど穏やかで小さな幸せが。これからの毎日の中にも、多分そういう幸せはあると思うので、それを見逃さないようにしたいと思っています」

「神田さんは大人ですね」

「家族ですから。健やかなる時も、病める時も、喜びの時も、哀しみの時も、富める時も、貧しい時も、支え合わないとと思っています。結婚する訳じゃありませんが」

富田は笑顔で頷いた。

美紀は言う。「今の状況は、去年私が望んでいた自分の人生とは違います。五年前に望んでいた人生とも違います。違っていても、その中にある自分サイズの幸せに気付くことが出来て、満足出来る人になりたいと思っています。難しいですが」

「確かに難しそうね。でも私もそんな風に考えたいと思ったわ。さぁ、それじゃ具体的な話をしましょうか。一日何時間働けそう？」

「それは……」

「面接は合格よ。だから具体的な話をしましょう」

「有り難うございます。頑張ります」美紀は大きな声を上げた。

11

「こんにちは」と声がして、美紀はスマホから顔を上げた。

女性が二人、笑みを浮かべていた。

白いTシャツに真っ赤なロングスカートを着ている方は、この公園を利用するママたちの中でリーダー的存在のようで、いつも輪の中心にいる人だった。黒のジーンズを穿いているもう一人の女性は、前に会ったことがあるかどうかはわからない。

ボスザルの方が聞いてきた。「北斗君のママですか?」

「はい」と美紀は答える。

ボスザルは砂場で遊んでいる北斗に向かって「今日はママと一緒なのね」と声を掛けた。

その言葉を北斗はシカトして、シャベルで砂を掬《すく》いバケツに入れる。

ボスザルが言う。「隣、いいかしら?」

「どうぞ」と美紀は口にして、ベンチに置いていたバッグを足元に移した。

公園には二十人ぐらいの子どもたちがいる。ジャングルジムとすべり台が人気で、砂場にいるのは北斗だけだった。

「これ、どうぞ」美紀の隣に座ったボスザルが、ペットボトル入りの水を差し出した。

「えっ」美紀は驚いた。

「よろしかったら、どうぞ」とボスザルが笑顔で言う。

「いいんですか? 有り難うございます」受け取った。

美紀が貰ったのと同じパッケージのペットボトルのキャップを、ボスザルが開けた。

その隣の女性もキャップを捻り二人同時に口を付けた。

なんとなく今飲んだ方がいいような気がして、美紀も開栓し喉に流し込んだ。

ボスザルが聞いてくる。「お味はいかが?」

「味ですか? 美味しいです」と美紀は返事をした。

「でしょう」ボスザルが満足そうな顔をする。「それはH県のN山の湧水なの。味がまろやかだから飲み易いでしょ。ミネラルが豊富なの。便秘解消にもいいし美肌になるって人気なのよ。でもね、東京では売ってないの。だから私は製造元からケースで購入しているのよ。お気に召したのならお分けしますよ。その五百ミリリットルサイズだと一本百五十円」

「結構しますね」

「製造本数が少ないから、しょうがないのよ。もし価格が気になるなら、会員になることをお勧めするわ。会員になってお友達にこの水を売れば、その方が買う度に、その金額の一パーセントが北斗ママに入るの。例えば北斗ママが十人のお友達に水を薦めたとするでしょ。その十人が北斗ママ経由で水を買ったら、その全員分の購入金額の一パーセントが、北斗ママに入るの。その十人のお友達が、それぞれ別のお友達を紹介していくでしょ、なんせ美味しい水なんだから。お友達のお友達が買った金額の一パーセントも、北斗ママが貰えるのよ」

隣の女性が口を挟んできた。「タカママさんみたいにゴールド会員になると、入るお金が凄くって、そのお金で今年のお正月は、ご家族でハワイ旅行されたんですよね？」

「そうなのよ」ボスザルがにっこりとした。

美紀は言う。「それ、ねずみ講ですね。そういう販売方法は法律で禁止されていますよ」

ボスザルが気色ばんだ。「なにか勘違いされているみたいね。怪しい商売ではないんです。ちゃんとした商品なのよ、これは。ただ作っている数が少ないから会員制にして、限られた人にだけ売っている品なのよ」

「先に会員になっている人が知人を会員にして、後から会員になった人の売り上げの一部が、先に会員になった人に入るんですよね。紹介した人がまた別の人を紹介したら、その売り上げも、先に会員になった人に入る仕組みなんですよね。典型的なねずみ講じゃないですか。そんなビジネスは成功しませんよ。今は上手く回っているのかもしれませんが、破綻《はたん》は目に見えてます。ずっと昔からたくさんの人が、そういうねずみ講ビジネスで大損しているんです。ハワイに家族旅行出来るぐらいなんですから、たくさんの人にこの水を売ったんでしょうけど、こんなねずみ講ビジネスに知り合いを巻き込んじゃダメですよ」

「なんなのよ」物凄い形相で睨《にら》んできた。「なかなか手に入らない水を買えるチャンスを、あなたに与えてあげようと親切心で声を掛けたのに。行きましょ」

ボスザルとお供は早足で真っ直ぐ進み、ブランコの近くにあるベンチに腰掛けた。そしてちらちらと美紀の方を見ながら話を始めた。

距離があるので二人の会話は聞こえてこないが、美紀の悪口を言っているのだろうと見当は付く。

美紀は北斗に向かって小声で言う。「伝わらなかったよ。資金が回らなくなって詐欺だと言い始める人が出て、大騒ぎになってから、あの人は私が言ったことを理解するのかね。あの人、この公園でボスザル張ってる人だから、私のせいで北斗が意地悪されちゃうかも。もし、意地悪されたら、私に言うんだよ。大黒柱の私にね。私から文句言ってやるからさ」

北斗はバケツをゆっくり倒した。

それまでせっせとバケツに溜《た》めていた砂が、砂場に広がる。

「アー」と嬉しそうな声を上げると、空になったバケツを左手で摑み上下に振った。それからバケツを置きシャベルで砂を掬う。そしてそれをバケツに入れた。

なにが楽しいんだか。

砂場に親子らしき二人がやって来た。

北斗と同じ年格好の男の子と、その父親らしき男性だった。

男の子はミニカーを砂場に並べ始めた。

男性は砂場の向こう側にあるベンチに腰掛けるとすぐに足を組み、スマホを弄り出す。

中性的な雰囲気の男性は美紀のタイプではあったが、髪には寝癖が付いていてナイなと思う。

北斗に視線を戻すと、バケツに砂を入れる作業をストップして、男の子が持ち込んだミニカーをガン見していた。

これまでアンパンマン一辺倒で、ミニカーになんて興味を示したことなかったのに。

北斗が首だけを美紀の方に捻り「ブーブー、いるよ」と言った。

いや、知ってるし。

北斗は物凄い集中力で、ミニカーをただひたすら見つめる。

そんなに欲しいならジイジに言ってあげるわよ。ミニカーぐらいなら喜んで買ってくれるはず。

男の子がのっそりと立ち上がる。パトカーを摑むと北斗に近付いて来た。そして北斗に向けてパトカーを差し出した。

それに北斗が手を伸ばすかと思いきや、身体をくるりと後ろに向けてしまった。

男の子は棒立ちになる。

見かねた美紀は声を掛けた。「パトカーを貸してくれるのかな?」

男の子はなにも言わず北斗の背中を見つめるだけ。

美紀は寝癖の男性に目を向けたが、スマホに夢中でこっちの様子をわかっていないし、関わってくる気はなさそうだった。

しょうがないので美紀は北斗に言う。「ブーブーを貸してくれるみたいよ。貸して貰って一緒に遊んだら?」

すると北斗がしっかりと首を左右に振った。

そんなにはっきりと意思表示されたことに、美紀は驚き言葉を失くす。

しばらくして男の子は諦めたのか、パトカーを持ったまま元の場所に戻って行った。

貸してくれるって感じだったんだから、借りればいいのにと美紀は思う。物欲しそうな顔をしていた癖に。なに、やせ我慢しちゃってんのよ。そういう頑張る必要がないところで無駄に頑張ると、結局損するのよ。でもなんか……そういうところ、私に似たのかな。そんな変なところが似るなんてね。ま、親子なんだからしょうがないか。なんでかな。私に似てることがちょっと嬉しい。変なの。

美紀は声を上げた。「お団子作ろうかな。お団子。北斗、作れる？」

美紀は砂に手を伸ばした。

12

清は豚肉の生姜《しょうが》焼きを箸で摘まみ上げた。口に入れて味わう。

ピリッとした生姜の辛さが舌にきた。

生姜を入れ過ぎたようだ。この前作った時は生姜の味が全然しなかったので、今日は少し多めに入れたのだが、それがいけなかったのだろう。料理は難しい。

「三崎さん」

声がして清は顔を上げた。

神田さんがベンチの横に立っていた。「サロンで伺ったら、三崎さんなら公園で自作弁当を食べている筈《はず》だと言われたので、来ちゃいました」

「これはこれは。どうぞお座りください」右隣に置いていた水筒を左に移した。「うちの社長との話は終わったんですか?」

「はい。社長さんに報告とお願いをしに伺ったんです。実はE町にある、富田行政書士事務所で、パートとして働くことになったんです。満風会さんにご紹介頂いたお客さんで、進行中の方の業務は最後まで私がやりますが、今後は富田行政書士事務所に、仕事の依頼をして欲しいとお願いをしてきたんです。そこは行政書士が二十名いるんです。社長急ぎの時や大量の業務がある時にも対応出来ますからと、まぁ、売り込みですね。社長さんにはご了解を頂きました。来週に社長さんとそこの事務所の所長とを、引き合わせる約束をしました」

「そうだったんですか」

「三崎さんにアドバイスされた通り、人生の見直しをしたんです。家族全員で。全員が満足とはいきませんが今出来る中で、一番いい選択をしたんじゃないかって思ってます。でも親は年を取っていくし、子どもは大きくなっていくので、今の選択ではまた無理が出ると思うので、その時は——」

「見直しですね」と神田の言葉を引き取って清は言った。

笑顔で頷く。「これまでお世話になりました。これからも仕事の依頼をして貰えると思っているので、別にこれが最後って訳じゃないんですが、ひと区切りの時なので、きちんとお礼を言っておきたいと思いまして。有り難うございました。それにこれからもよろしくお願いします。それでちゃんとしたお店に行く時間がなくって、コンビニのなんですけどバウムクーヘンです。良かったら食べてください」

「頂けるんですか？　有り難うございます」

レジ袋の中には、バウムクーヘンの輪切りが一つ入っていた。

「美味しそうだ」と清は言った。「働きながら介護と育児は大変でしょう。神田さんが身体を壊さないように適当にさぼったり、誰かに頼ったりしてくださいね」

「はい」

神田さんが顔を公園の中央へ向けた。

視線の先を清が追うと、ベンチに親子らしき女性と三歳ぐらいの女の子がいた。女性が女の子の背後から、その髪を結い直してやっている。女の子は退屈なのか、踵《かかと》を地面にトントンと何度も当てる。

神田さんが口を開いた。「私はこれまで、思うようにならないことばっかりだったんです。他の人が進んで行ける道が、私の前には敷かれていない感じがしてました。それは納得いかないし、なんでよって不満でした。自分の人生が気に入らなかったんです。でも最近は……なんて言ったらいいか……今の生活がお気に入りってことじゃないんです。気に入ってはいないんですけど、楽しい瞬間も一応あることはあるって、そう思うようになったんです。昨日なんですけど、父が唐揚げを上手に作れたんです。料理を始めたばかりの頃は酷かったんですよ。どうしたかったのか、聞きたいぐらいの出来だったんです。それが昨日の唐揚げはとっても美味しかったんです。私と母が美味しいと言ったら、父が凄く喜んだんです。その最高に嬉しそうな顔を見てたら、私まで嬉しくなりました。あと息子がお皿に載っていたレモンに興味をもったので、試しに食べさせてみたんです。初レモンです。そうしたら身体をびくっと震わせた後で、固まっちゃったんです。少ししてから顔を皺々《しわしわ》にして、酸っぱそうな顔をしたんです。それがおじいちゃんみたいな顔で、最高に可笑しかったんですよ。私は動画を撮影してたんですけど笑っちゃって、手が震えて画面がブレブレになってしまいました。そういう楽しい瞬間もあるんですよ。私みたいな最低の人生にも。自分の人生に満足は全然していませんけど──楽しい瞬間をちゃんと覚えておこうと思ったんです。覚えておいて、それがいっぱい積み重なったら、人生への不満が小さくなる気がして」首を捻る。「なりませんかね、小さくは」

「なりますよ、きっと」強い口調で明言した。

神田さんが少しだけ優しい顔になった。

大変だよな。清は神田に同情する。神田さんは少し痩せたように見える。いろんなものを背負わされてなんとも気の毒だ。だが神田さんは大丈夫な気がする。神田さんは変わった。初めて一緒に仕事をした時は、ミスに厳しい人だと思った。それに自分の都合の方を優先させる人だとも感じた。お客さんが迷ったり、悩んだりし始めると、あと何日で決められるかと、急《せ》かすような発言をしていたことがあったのだ。だが先々週サロンで紹介したお客さんには、ノートが完成するまで待ちますから、ゆっくり考えてください と声を掛けていた。

大丈夫ですよ、あなたなら。自分の人生に満足する日がきますよ。清は心の中でそう声を掛けた。

清はレジ袋を少し持ち上げた。「バウムクーヘンという賄賂も貰ったことですし、なるべくたくさんの仕事を、富田行政書士事務所さんに回すようにしますね」

「よろしくお願いします」頭を下げる。

「こちらこそ引き続きよろしくお願いします」

「あのー、全然関係ないんですけど、ちゃんと彩りを考えたお弁当なんですね」

「はい？　これですか？」自分の弁当を指差した。「女性はやっぱりそういうところに目がいきますか？　私は弁当の中の色にこだわりはまったくないんですが、娘のも一緒に作ってるもんで色々言われるんです。娘が茶色いオカズばっかりだと、テンションが下がると言うんですよ。そんなもんなんですかね？　仕方がないので、カラフルな色になるように努めてはいます。そうはならない日もありますが、なるべく色を意識して入れるようにしているんです。プチトマトにはよく助けられています。あの赤い色は有り難いです。そうそう。卵の黄色にも随分救われてきました」

神田さんが笑い声を上げる。「トマトと卵に感謝ですね」

「はい。トマト様様、卵様様です」

柔らかい表情になった神田さんが、すっくと立ち上がった。

それから「お食事中にお邪魔してしまって、申し訳ありませんでした」と言った。

「今日はこれで失礼します。どうも有り難うございました。これからもよろしくお願いします」

神田さんがお辞儀をした。そしてくるりと身体を回した。

神田の背中が見えなくなるまで清は目で追い続けた。

第四章　原優吾　三十三歳

1

原優吾《はらゆうご》は三崎に礼の言葉を向けた。「お蔭様《かげ》でファイナンシャルプランナーさんから、色々とアドバイスを貰《もら》えそうです。ご紹介を有り難うございました」

いかにも人が良さそうな三崎が笑顔になる。「お役に立てて良かったですよ」

優吾は三崎に紹介して貰ったファイナンシャルプランナーに、満風会のサロンでお金の相談をしたところだった。次の約束があるというファイナンシャルプランナーは、すでにサロンを出て行き優吾だけが残っていた。

三十三歳の優吾はレストランのオーナーシェフをしている。毎月決まった額の収入がある会社員ではないため、ライフプランを立てるのは難しいのではないかと考えていたが、ファイナンシャルプランナーは大丈夫だと言った。十日後の次回の面談日には、いくつかの案を見せられるだろうと話していた。

去年のことだった。体調がすぐれず近所の病院に行った。念のため検査をすることになった。検査はどんどん精密なものになっていき、最終的に大学病院の医者が下した診断は、ステージIの進行がんだった。

「本当に俺ですか?」と優吾は尋ねた。医者は「そうです」と答えた。なんの感情も湧いてこなかった。頭が真っ白になり感情もストップしたようだった。どれくらいぼんやりしていたのか、わからない。ふと我に返って隣を見たら、妻の沙織《さおり》が真剣な表情でメモを取っていた。あー、女は強いなと思った瞬間だった。

それまでの優吾は強気一辺倒だった。自分は天才だと信じていたので、調理の専門学校を出た後でほとんどの者がするような、飲食店での修業は必要ないと考えた。だから開業資金を貯めるために、宅配便のドライバーになった。金が貯まったところで、イタリアンレストランをオープンした。すぐに予約が取り難《にく》いと言われる人気店になった。当然だと思った。俺の作る料理は抜群に旨《うま》いのだから。一号店の成功で満足はしていなかった。国内では少なくとも五店舗をもち、海外にも出店したいとの野心を抱いていた。それが出来る自信があった。その時までは。病を宣告された途端、すべてを奪われた気がした。未来も、野心も、才能も、すべてを。手術は成功した。だがいつか再発するかもしれないという恐怖は、優吾の性格を変えた。大きなことを望まなくなり、今日一日が無事に済めば有り難いと思うようになった。

三崎が言った。「原さんの終活は着々と進んでいてなによりですが、今日は一つ、私から質問をしてもよろしいでしょうか?」

「なんでしょう」

「私は料理をするんです。うちは父子家庭なもんですから、毎日子どもの食事を作っています。料理サイトのレシピを見ながら作るので、大きな失敗はしないんですが、それほど旨くもないんですよ。美味《おい》しい料理を作る、コツみたいなものはあるんでしょうか？」

「レシピ通りに作って美味しくないんですか？」

「不味《まず》くはないんです。ただなんていうかフツーなんですよ。食べたらもうすぐに忘れてしまうような味なんです」

「家庭料理はそれが一番ですよ。いつまでも覚えているような味ではなく、忘れてしまうような味が。毎日のことですから」優吾は言った。

「そうなんですか？　私は何年もやっているのに全然上達しないのは、コツのようなものを知らないからか、センスがないからか、どちらかじゃないかと思っていたんですが」

「センスを問われるのはプロの世界です。家庭料理にはセンスはいりません。コツもないでしょう」

「そうなんですか」

三崎は少しがっかりしたような顔をした。

それから優吾は満風サロンを出て、逢坂純也《おうさかじゅんや》が指定した店に向かった。

純也は専門学校時代の友人で、西洋料理科のクラスメートだった。純也は専門学校を出た後で、東京のフレンチレストランで修業をしていたが、そこを先週で辞めて来月には地元の九州のJ町で店を開く。純也の送別会と激励会を兼ねて、食事をしようと優吾が提案したところ、だったら食べに行きたい店があると挙げたのが、今向かっているフレンチレストランだった。

店に到着した優吾は名前を告げ、ウエイターに誘導されながら店内を進む。すでにテーブルに着いていた純也が片手を上げて「久しぶり」と言った。

三年ぶりに会った純也は、また少し体重を増やしたように見えた。

料理の注文を済ませ、ワインのグラスをぶつけ合った。

純也が言った。「優吾の店は流行《はや》っているようだな。料理を絶賛しているブログをいくつも見掛けたよ」

「ブログ？　へぇ」

「へぇって。もしかしてそういうのチェックしていないのか？」

「しないね。自分の店の名前なんて検索しないよ」

「相変わらず自信満々なんだな。流行って当然ってところか」

優吾はなにもコメントはせずワインを飲んだ。

前菜が届くと優吾も純也もじっくりとチェックをした。

優吾の皿には四種類の前菜が、純也のには三種類が載っていて、それぞれにソースが掛かっている。

優吾は一番手前にある、アスパラガスを半分にカットして口に運んだ。ゆっくり咀嚼《そしやく》し味を確かめる。

純也も同じように前菜を半分にカットしてから、時間を掛けて味わう。

すべての前菜を半分だけ食べ終えると、優吾は皿を純也に差し出した。そして皿を交換した。

純也が半分残していた生ハムの前菜に、優吾はフォークを突き刺した。

純也が言う。「こうやって男同士で皿を交換して食べていたら、飲食関係者だってバレそうだな」

「もしくはゲイのカップルだと思われているかだな」

笑い声を上げた。「かもな。ここ、僕らと同い年のフランス人シェフがやってる店なんだ。フランスの若手シェフが競う大会で優勝した人物でさ、その時のメニューが斬新だったから、どんな奇抜なものが出てくるのかと思っていたら、前菜は割とオーソドックスにまとめてあるな」

「そうだな」優吾は頷《うなず》いた。

「そういや専門学校の卒業実技試験、覚えてるか？　皆は授業で習った料理を、教わったレシピ通りに作ったんだよ。僕もね。でも優吾だけオリジナル料理で試験に臨んだんだ」

「そうだったか？　あぁ……そうだったな。思い出した。だが確か卒業実技試験は自分でテーマを決めて、自由に作って良かったんじゃなかったか？」

「そういうことになってはいたが、皆、失敗したくないからな。卒業が掛かっているんだし。オリジナル料理で勝負するなんてヤツは、優吾しかいなかったんだよ」

優吾は専門学校の調理室を頭に浮かべる。

壁際に講師が使う調理台があり、天井にはその手元を真上から捉《とら》えるカメラが設置されていた。その映像は壁の上部に付けられたモニターに映し出された。三十人ほどの生徒たちは実際の講師の動きと、モニターの映像とを、交互に目で追いながらメモを取ったものだった。

調理室の隣には試食室があった。百五十平米以上ありそうな広い部屋には、長テーブルが何列も並んでいた。

＊　＊　＊

優吾は試食室の椅子に純也と並んで腰掛けた。

卒業実技試験の今日はテーブルの三列にだけ、白いクロスが掛けられ、そこに生徒たちが作った料理が並んでいる。皿の前には、生徒の学籍番号と名前が書かれた紙が置いてあった。

クリップボードを抱えた五人の講師たちが、それらのテーブルの前を行ったり来たりして味見をし、採点をするのを生徒たちは少し離れた席から見守っている。

佐々木《ささき》講師が優吾が作った料理の前で立ち止まった。

純也が囁《ささや》いた。「お前のだな」

「ん？　そうだな」と答えた優吾はふわっとあくびをした。

「点数を付けられるっていう時にあくびかよ」

「昨日ちょっと」

純也が尋ねてきた。「ちょっとなんだよ」

「飲み過ぎた」

「マジかよ」

佐々木講師がサーモンをナイフでカットし口に運んだ。

「食べたぞ」と純也が小声で言う。

「そうだな」

「少しぐらいは緊張しろよ」

「いい食材を使い放題なんだぞ。不味いものが出来る訳がないだろ」

「そうとは言い切れないよ。緊張してるしな。優吾以外は皆、緊張してるんだよ。だから不味いものになる可能性はあるんだ。あるんだって。いいよ、お前にはわからないさ。あれだな、優吾はイタリアン志望なのに、パスタにしなかったんだな」

優吾は答える。「出来たてのものを食べて貰えるかは、わからないと聞いたからな。三十人分の料理を試食していくんじゃ、最後の方になったら完全に冷めてしまうだろ。

だからパスタはメニューには入れなかった。冷製リゾットにしたんだ」

佐々木講師が列の右端にいた桐島《きりしま》講師を手招きした。

歩み寄って来た桐島講師に、佐々木講師が優吾の皿を指差してなにか話をする。

すると桐島講師がサーモンに手を伸ばした。そして食べ始めると同時に腕を組んだ。

少しして桐島講師が何事かを佐々木講師に告げる。

次に佐々木講師は背後に身体を捻《ひね》り、一列後ろにいた加藤《かとう》講師を呼び寄せた。

加藤講師も優吾の料理を試食すると首を捻る。

佐々木講師が大きな声で「原優吾」と言った。

優吾がぼんやりしていると純也に腕を突かれた。

「なに？」と優吾が尋ねると、「なにじゃないよ。呼ばれてるんだから返事しろよ」と純也は言った。

「えっ？　俺に用なのか？」優吾は驚く。

それから優吾は佐々木講師に向けて「はい」と声を上げた。

佐々木講師が質問をしてきた。「サーモンに掛かっているサワークリームの隠し味はなんだ？」

優吾は即座に「秘密です」と答えた。

佐々木講師がじろっと優吾を見つめる。

純也が声のトーンをこれまで以上に落として「秘密ってお前」と言った。

優吾は告げる。「オリジナルのレシピは大切なものです。自分のアイデアが詰まった大切なレシピは、誰にも教えません」

何故か純也が頭を抱え試食室は静まり返った。

＊＊＊

純也が話す。「あの時の講師、ムッとした顔をしてたよな。誰にも教えないなんて優吾が言ったから、お前が不合格になるんじゃないかってヒヤヒヤしたよ」

「そんな心配をしてたのか？」

「そうだよ。あっちは合否を決める人で、こっちはジャッジされる身だったんだぞ」

「中になにが入っているかがわからない程度で、講師やってる方が問題だろうに」

「相変わらず手厳しいな。そうそう。講師たちの試食が終わって、残りは生徒たちが好きに食べていいとなった時、皆がお前の料理に殺到しちゃって、あっという間になくなってしまったんだよ。それで俺は食べ損ねたんだった」

「それは覚えてないな」優吾は首を捻った。

「結局優吾が優勝したんだったな。司会者の講師から自信はあったのかと聞かれて、お前ははいと答えてた」

「それも覚えてないな。今でも覚えているのは、誰かのアパートで料理対決をしたことだな。確か俺と純也と、同じクラスの二人の合計四人でさ。食材はすべて一軒のコンビニで買えるものだけというルールで、全員が三品ずつ作ったろ。時間制限をして交代でキッチンに立ったんだ。そこのキッチンにはＩＨのクッキングヒーターが一つしかないし、鍋《なべ》もフライパンも一つずつしかなかったんだよ。そういうシバリがキツい中で、料理を作るっていうのは面白かったな」

「それ、覚えてるよ」顔を輝かした。「優吾が作ったクリームパスタが最高に旨かった。それに甘栗とチョコフレークを使った優吾のデザートも、おいおいっていうぐらい旨かった。なんか、懐かしいな」

ウエイターが優吾たちの前に、スープの皿を置いて立ち去った。

優吾はミックスビーンズのポタージュを、スプーンで掬《すく》い口に運ぶ。意識を舌に集中しゆっくりと味わってから、喉《のど》に落とす。

そうして半分になったところで、純也が注文したコンソメスープの皿と交換した。

そのコンソメスープを口にした優吾は顔を顰《しか》める。「これはどうしたんだ？」

「やっぱり優吾もそう思うか。なにをしたんだろう？」

「それはわからないが……強い味にしたかったのかなぁ。だがバランスが悪過ぎる。苦味の強い野菜が前に出過ぎだ。こんなに苦味を利かすなら旨味ももっと出さないと、漢方薬を飲んでいるような気分だ」周囲を見回した。「だが不満を感じているのは俺たちだけみたいだな。他の客たちは平然と飲んでいる。普通の人たちの舌では、これはオッケーな範囲なのかもしれないな。そういう差を理解するのが難しいんだよ。プロは繊細な舌をもっているが、普通の人たちは違う。鈍感な舌だ。だから繊細な自分の舌に合わせるんじゃなく、鈍感な舌に合わせて作らなくちゃいけない。それが難しい」

「なるほどな。そうした差を理解しているから、優吾の店は繁盛しているのか。二店舗目はいつ出すんだ？」

優吾は首を左右に振った。

純也が言う。「出せるだろうよ、繁盛してるんだから。専門学校時代に国内で五店舗出すと宣言してたよな、優吾は。他の人ならビッグマウスだと聞き流すところだ。だがお前の場合はほら話には聞こえなかった。こいつはきっとその目標を実現するんだろうなと思わせる、才能をもっていたよ」

優吾は大病したことを純也に話していなかった。わざわざ連絡する必要もないと思ったのだ。

優吾はスプーンを置き、水を飲んで口の中をリセットした。

そして声を上げた。「今の店を大切にしていくよ。今は毎日満席だが、いつなにが起こるかわからないからな。店の数を増やそうとは考えていない」

目を丸くした。「そうなのか？」

「あぁ」

「お前……変わったな」

優吾は言葉を返さず、バスケットに手を伸ばしてカンパーニュを掴《つか》んだ。それを自分の皿に置くと、ひと欠片《かけら》のバターをトングで摘《つ》まみ、カンパーニュの隣に移した。

しばらくして純也が口を開いた。「自分の店をやっていくための心構えを教えてくれ」

「なにもないよ」

「なにもないってことは、ないだろうよ。教えてくれよ。こっちは不安なんだ」

言葉を探して少し考えてから話し出す。「料理のプロにはセンスが必要だ。そのセンスが純也にはある。それにお前は真面目だ。俺はいつもギリギリに登校していたが、純也は誰よりも早く学校に行って準備をしていた。それに出来なかったことを練習して、誰よりも遅く帰っていた。多分修業していた店でもそうだったんだろ？　これまで通り毎日コツコツやっていけばいい。一皿一皿、一日一日を大切にしていけばいい。大丈夫だよ、お前なら」

「そっか？　有り難う。嬉《うれ》しいよ。天才のお前からお墨付きを貰えたんだもんな。不安になった時には、今の言葉を思い出すようにするよ。だが……やっぱりお前、変わったな」

優吾は苦笑いをしてカンパーニュを口に運んだ。

2

優吾は水道の栓を閉じて厨房《ちゅうぼう》を見回す。

四人のスタッフが動き回っている。

優吾は江藤創《えとうしょう》に尋ねる。「今日の賄《まかな》いのメニューは？」

「創ちゃんの愛情たっぷりトマトとツナのパスタと、ローストチキンと、キノコのスープです」と創が答えた。

「そうか」

「そうかって。創ちゃんの愛情たっぷりってなんだよって、ツッコむところですよ」

「お前にそんなことを言うと図に乗るだろ」

「あー、ですね。さすが優吾さん。なんでもお見通しですね」

「それじゃ、後、よろしく」と言って優吾は厨房を出た。

店の最奥にあるテーブルに着いてシェフ帽を外した。

それからコップの水を飲む。

沙織はレジカウンターで、今日のランチの売上を確認していた。

店は午後二時で昼の営業を終える。夜の仕込みを始める午後三時までの一時間が優吾たちの休憩タイムだった。

優吾は凝りを感じて肩をゆっくり回す。それから首を回して、最後に両手を上げて背中を伸ばした。

今日も満席で忙しかったせいか軽い疲れがあった。

百二十平米の店には十六卓のテーブルとカウンター席があり、最大七十名を収容出来る。各テーブルには白いテーブルクロスが掛けられ、一輪の花を活《い》けた花瓶が置いてあった。夜の営業の時にはここにキャンドルスタンドが加わる。夜には灯《あか》りをかなり絞るので、昼とは全然違う雰囲気になる。壁に掛かっている三枚の絵は、どれも同じ画家のものだった。その素朴なタッチの油絵は、あまりこの店に合ってはいないのだが飾っている。それらは父親、直人《なおと》の店に飾ってあったものだった。父さんが小さな洋食屋を畳んだのは十七年前だった。食中毒を出してしまい売上がガタ落ちしている時に、家主から家賃の値上げを申し渡された父さんは、飲食業から足を洗う決断をした。それからずっと警備員の仕事をしている。

優吾は満風ノートをぱらぱらと捲《めく》る。

その時、終末医療という文字が目に飛び込んできて、思わず手を止めた。

告知の有無や、延命治療についての希望を書くページだった。『病名と余命のどちらも告知して欲しい』『病名も余命もどちらも告知しないで欲しい』『余命の告知はせずに、病名のみを告知して欲しい』『余命が　ヵ月以下、或《あるい》いは　ヵ月以上の場合にだけ告知をして欲しい』『判断は家族に任せる』『その他』——並んだ候補の中からいずれかを選び、チェックを入れるようになっている。

どれにするか。優吾はしばし考える。

病名は知りたい。それは確実だ。だが余命は……知りたいような、知りたくないような。あとこれぐらいですと言われるのは怖い。余命は教えて貰わない方が、精神衛生上良さそうな気がする。だとしたら『余命の告知はせずに、病名のみを告知して欲しい』にチェックをしておくか。いや、待てよ。やっぱり余命も教えて貰った方がいいような……残された時間がわかった方が、逆算して最後にやりたいことに、時間を使えるかもしれない。最後にやりたいことってなんだ？　そんな状況の時に、なにかやりたいことなんてあるだろうか？　んー。参ったな。たった一つの項目でこんなに迷うとは。

優吾はノートから顔を上げた。そして店内を眺める。

出入り口のガラス扉。ダークブラウンの壁紙。飾り棚に置かれたワインボトル。カウンターに重ねられた革製のメニューブック。ウォーターピッチャーとグラス。天井のスピーカーから降るカンツォーネ。厨房から流れてくる調理中の音と香り。

優吾はゆっくり息を吸いそして吐き出した。それから『病名と余命のどちらも告知して欲しい』にチェックを入れる。更にその次の項目にあった『様々な治療を検討したい』にもチェックを入れた。

少しして店内で、沙織とスタッフたちとの遅い昼食が始まった。

全員で賄いを食べるのがこの店の決まりだった。

創が心配そうな声を上げる。「味、どうですか？」

全員が一斉にお喋《しゃべ》りを止めて優吾の言葉を待つ。

優吾は正直に答えた。「スープは味が弱いな。チキンはもう少し低い温度で時間を掛けた方がいい。パスタはソースの味はいいが麺《めん》がゆで過ぎだ。あと二十秒は早く湯から出さないと」

「そうですか」と創はがっかりした表情を浮かべたが、「次、頑張ります」と声を発した時にはやる気に満ちているような顔をした。

創はしょっちゅう頑張りますと言う。他人に対しても頑張れとしばしば声を掛ける。

そういう感覚が優吾は苦手だった。

あれは去年の賄いを食べている時で、優吾が手術のために入院する日の前日だった。

＊　＊　＊

創が突然立ち上がった。「えー、今日は休業前の最後の日ってことなので、ちょっと言いまーす」

驚いた優吾は創に当てた視線を、右斜め横にいる沙織へと移した。

それに気付いたらしい沙織が、その顔を優吾に向ける。

優吾と目が合うと肩を竦《すく》めて、自分はなにも知らないとでも言いたげな表情をした。

創が続ける。「オレは絶対、優吾さんが元気で帰って来てくれるって信じてます。それは絶対で間違いないって思ってます。優吾さんは天才で、優吾さんが作る料理はどれもハンパなく旨くて、優吾さんの料理を食べたい人はたくさんいて、皆、待っていると思うんです。お客さんだけじゃなくって、待ってるのはオレらもなんですけど。なんか全然上手《うま》く言えてないんですけど、本当にオレら、優吾さんをリスペクトしてるし、手術が成功するように祈ってますから。だから優吾さん、頑張ってください」

すると他のスタッフたちから拍手が起きた。

勘弁してくれよ。なんだよこれ。

創は優吾に向かって歩き進み「これ、皆で書きました」と言って色紙を差し出した。

色紙には優吾に対する激励の言葉が書かれ、またそれぞれの顔写真が貼られていた。

頑張れの大合唱だな。

優吾は冷めた気持ちでその色紙を眺めた。

俺は頑張らないよ。ただ横になっているだけだ。頑張って貰うのは医者や看護師だ。

それなのに。

優吾は一応「有り難う」と創に言い、皆に向かってもう一度「有り難う」と繰り返した。

再び拍手が起こった。

創が席に戻り、優吾はエスプレッソのカップに手を伸ばす。

一気に飲み干してお代わりを貰おうとした時だった。

「もう創先輩ったら」と言う女性スタッフの声がした。

視線を向けると創が手で目元を押さえていた。

泣いていた。

そして泣きながら「頑張ってください」と声を震わせて言った。

優吾はそれまで以上に白けた気持ちになった。安易に頑張れと言い過ぎだって。頑張れを安売りされても、俺の不安は小さくはならないし、恐怖もなくならないのだから。

「皆の気持ちが嬉しいわね」と沙織が言って目元を拭《ぬぐ》った。

沙織までもが泣いていた。

優吾はたまらなく孤独を感じた。

＊＊＊

優吾のこんな気持ちは誰にも悟られはしなかった。

しばらくして新人の石倉花衣《いしくらはなえ》が声を上げた。「壁に掛かっている絵ってどれも可愛いんですけど、誰が描いたものなんですか？　もしかして優吾さんですか？」

「いや」優吾は否定した。

「それじゃ、沙織さんですか？」と花衣が質問を重ねてきた。

「違うわ」と沙織が答える。

「優吾のお父さんのお店に飾ってあったものなの。開店の時に親戚《しんせき》から貰ったと言っていたから、プロの画家が描いた絵だと思うわ」

「優吾さんのお父さんのお店って、そこもレストランですか？」

花衣の質問に優吾が答えないでいると、代わりに沙織が「そうよ」と返事をした。

優吾が入院した時のことが蘇《よみがえ》った。父さんが見舞いにやって来た。手術を前にした優吾に父親は頑張れよと言った。その時も優吾は白けた。父さんは頑張らなかったじゃないかと言いたかった。家主から家賃の値上げを要求されても、もっと家賃の安い場所を探せば良かったんだ。雇われ料理人になったって良かったのに、父さんは頑張らずに料理の道から下りた癖に。そんな風に考えたことを思い出した。

苦い気持ちのまま優吾はスプーンを摑んでスープを口に運んだ。

3

優吾は自分の胸に手を当ててそっと撫《な》でた。

そして「あー、落ち着かない」と心の中で呟《つぶや》く。

ここに座っている時が一番嫌だ。

優吾は病院の廊下に並ぶ長椅子に座っていた。

今日は半年に一度受けている、定期検査の結果を聞きに来たのだ。

左隣の五十代ぐらいの男は、数独パズルの本を広げている。

診察が終わったら仕事なのかスーツを着ていた。

よくこの場に来てパズルを解けるもんだと、優吾は感心する。深刻な病気ではないのかもしれない。

ペタペタと足音がして優吾は顔を右に向けた。

向井《むかい》典子《のりこ》看護師だった。

優吾は片手を上げてから「向井さん」と声を掛ける。

つんのめりそうなほど大袈裟《おおげさ》な動きで、足を止めた向井さんは「あら、原さん」と言った。

入院中にお世話になった看護師で、優吾と同い年だった。

向井が「診察待ちなのね」と聞いてきたので優吾は頷いた。

そして「妻が妊娠しました」と優吾は報告する。

「まぁ。おめでとう」

「有り難うございます」と笑顔で答えた。

沙織から妊娠したと言われた時は全然喜べなかった。不安が先に胸をいっぱいにしてしまったからだ。だが徐々に自分の子どもが生まれるのが楽しみになった。今ではあっちこっちで聞かれてもいないのに、子どもが生まれると言い触らしている。それにエコー写真は財布に入れて持ち歩いている。

向井さんが去ってから十分ほどして名前を呼ばれた。

優吾は診察室に入り鞄《かばん》を籠《かご》の中に置いた。丸椅子に座り山本隆祐《やまもとりゅうすけ》医師の横顔に目を向けた。

真剣な表情で書類を見ている。

優吾はごくりと唾《つば》を呑《の》み込んだ。

山本医師が書類から優吾へと視線を移した。「先週受けて頂いた検査の結果を見てみました」

「はい」

「ちょっと宜《よろ》しくない数値が出てるんですよ」

えっ……。

目の前が真っ暗になった。

呆然《ぼうぜん》としている優吾に山本医師が言う。「もうちょっと詳しい検査をしないと、はっきりしたことはわかりません。検査入院をしてください。原さん？　大丈夫ですか？　検査入院です。詳しい検査をしましょう。それからどう対処していくか決めましょう」

「先生……俺は……再発したんですか？」

「今の結果だけではわかりません。まずは調べましょう。それからです」

「……………」

「検査入院は早い方がいいです。お仕事のこともあるでしょうが、なるべく早くがいいですね」

優吾は隣の部屋に移り看護師と相談して、来週の火曜日に入院することにした。それから別の看護師から、入院の手続きについて説明を受けた。

看護師に受け答えしている自分と、それをぼんやり眺めている自分の、二人がいるような感覚がした。

はっと我に返ったら、優吾は一階の会計カウンター前の長椅子に座っていた。

どうやって二階から一階に下りたのか、覚えていなかった。

ふと、自分の右手が紙を握っていることに気が付いた。

そこには数字が印字されている。

しばらくして、あぁ、会計する順番を記したものかと呟いた。

優吾は鞄から財布を取り出す。そしてエコー写真を見つめた。

ポロリと涙が零《こぼ》れた。急いで涙を拭う。

会計を済ませて外に出た。

陽射しが眩《まぶ》しくて、手を庇《ひさし》のようにして額に付けたら、その手が震えていた。ふらふらと歩き、石製のベンチに滑り込むようにして座る。両手でそれぞれの膝《ひざ》を摑み肩を落とした。自分のスニーカーのつま先をじっと見つめる。

そうしてしばしの時が過ぎた。

優吾は息を一つ吐き手を鞄に入れた。スマホを取り出して耳に当てた。

すぐに沙織の声が聞こえてきた。「はい、もしもし。どうだった？」

優吾は声を出そうとしたが出てこない。

「もしもし？」と言う沙織の声に心配そうな色が滲《にじ》む。

優吾は空いている手で目元を押さえた。

そしてやっとの思いで声を出した。「……ごめん」

息を呑む音がした。

どうして俺ばっかりこんな目に遭うんだ。まだ三十三歳だっていうのに。悪いことなんてしてこなかった。それなのにどうしてだ。最近の体調は悪くなかったんだが。いや、まだ再発と決まった訳じゃない。確かめるための検査入院だ。なんでもなかった、ということだってあり得る。そうだろ？　そう考えろよ。まだ希望はある。だから絶望するな。しっかりしろよ。なんでも悪い方へ考えるなよ。だが怖いんだ。心臓がドキドキするほど怖い。死んでしまうのだろうか、俺は。

優吾は声を絞り出す。「検査入院しろって言われた。こんなことになって……ごめん」

「……なんで謝るのよ」

「俺、怖いよ」

「うん」

「怖いんだ、凄《すご》く」

「うん」

優吾はいつの間にか泣いていた。

4

優吾はG駅の改札を通過した。父さんが住む家を目指して右方向に進路を取る。牛丼屋、コンビニ、美容院。

東口の駅前の商店はこの三つだけで、あとは民家がずっと続く。

歩道を進んでいると、どこからか三味線《しゃみせん》の音が聞こえてきた。

歩くスピードを落として辺りを窺《うかが》ったが、音の出所はわからなかった。

街路樹の銀杏《いちょう》に目が留まる。

緑の葉を茂らせる銀杏は新鮮だった。

この歩道には銀杏が一定間隔で植えられていて、その距離は五百メートル以上続く。毎年十二月になるとこの歩道は真っ黄色になった。だから見慣れているのは落ちた黄色の葉の方だった。

枝先に緑の葉をつけ生命力を湛《たた》えて立っている姿は、初めて見るような気さえする。眩しいほどの存在感だった。

あの日は歩道が銀杏の葉で覆われていたから、十二月だったと思う。優吾は高校生で、父親が警備員の仕事を始めたばかりの頃だった。仕事帰りの父さんと駅前でばったり出くわして、二人並んでこの道を歩いた。店の暖簾《のれん》を下ろすことも、警備会社に就職したことも優吾は母親から聞いた。父さんからはなんの説明もなかった。それが不満だった。二人その不満をぶつけるいい機会だと思うものの、言葉はなにも浮かんでこなかった。二人共黙って歩き続けた。葉を踏む度にパリッ、パリッと乾いた音がしていた。随分と経ってからようやく優吾は口を開いた。「警備員の仕事は楽しいの？」と。父さんは言葉を探すように時間を掛けてから「楽しくはない」と答えた。父さんは「だが給料が貰えるからな。有り難いと思っているよ」と続けた。父親のその回答を優吾は気に入らなかった。気が付いたら優吾は「俺は高校を出たら調理の専門学校へ行って、料理人になる」と宣言していた。本当はなろうかな？　ぐらいだったのだが、つい口走ってしまったのだ。父さんは驚いた顔をした。そのことに優吾は少し傷付いた。すぐに喜んで貰えるものと思っていたから。しばらくして父さんが「そうか」と言った。その時、優吾はもう後には引けないと覚悟を決めた。まるで昨日のようだが……あの日から十七年の歳月が流れた。

公団の敷地に入った。

人の姿はない。犬の糞《ふん》を放置するな、野良猫に餌をやるな、大声で騒ぐなといったプレートや張り紙が、あっちこっちにあった。

ひび割れが目立つ階段に足を乗せる。

二階に上がり二〇六号室のチャイムボタンを押した。すぐに父親が現れ優吾は招き入れられた。

廊下を進む。

左にはダイニングキッチンが、右には居間がある。ダイニングテーブルには、新聞が十部程度重ねて置かれていた。その奥のキッチンの壁にはフックが付けられ、使い込まれた鍋やフライパンが掛かっている。シンクの横の小さな水切り籠には、食器が伏せて置かれていて、収まり切らない菜箸《さいばし》が飛び出していた。

優吾が居間に足を踏み入れると、父親がテレビを消した。

優吾は仏壇の前に正座し、持参したみたらし団子を供える。

それは母さんが好きだった店のものだった。

線香に火を点《つ》けて、母さんが笑みを浮かべる写真をじっと見つめる。

父さんがポットの湯をなにかに注ぐ音が聞こえてきた。

優吾は手を合わせて目を瞑《つむ》る。

しばらくの間そうしてからゆっくり目を開けた。それから立ち上がり振り返った。

卓上にはニコちゃんマークの付いた、マグカップが置かれていた。

優吾が高校生の頃に使っていたものだ。

優吾は父親の向かいに胡坐《あぐら》を掻《か》いた。ゆっくり一つ深呼吸をした。

それから口を開いた。「再発した」

父さんは目を大きくした。それからすぐに、恐ろしいものを前にしたかのような怯《おび》えた顔をした。

優吾は言う。「ネットで調べた生存率はかなり厳しい数字だったよ。これから治療がスタートするんだが、医者からは、かなりしんどいものになるだろうと言われてる。働きながらというのは無理なようでね。聞いてる？　俺の話」

父さんは小さく頷いた。

優吾は続けた。「俺の店で、俺の代わりに、調理をしてくれないか？」

「……なんて？」

「だから俺の店を頼みたいんだよ、父さんに」

父さんは俯《うつむ》いてしまいなにも言わない。

優吾は話し掛けた。「俺が病気に勝てなかったら……そうなったら店と、沙織と、生まれてくる子どもを頼みたい」

黙ってしまった父さんの目から涙が零れた。

泣くなよ。そんな辛《つら》そうな顔で泣くなって。優吾は心の中で父親に頼む。

父さんが両手を目に当てた。

その肩は震えている。

優吾はなにも言葉を思い付かなくて、ただその姿に瞳《ひとみ》を据える。

少しして父さんがその手を離し掌《てのひら》で涙を拭った。

なんだか急に父さんが小さくなった気がした。

背中を丸めた父さんはまるで可哀想な老人に見えた。

俺が死んだら……父さんは大丈夫だろうか。沙織と子どものことを頼むつもりでいたのに、父さんの方が心配になってきたよ。親不孝者でごめん。怖いよ、正直。それにやりたいこと、たくさんあったのになって凄く口惜《くや》しいんだ。でも俺、諦《あきら》めてないから。確率は低くてもゼロじゃないからね。病気に勝ってまた店に立つつもりだから。そのつもりなんだが、急にもうダメなのかなと弱気になったりもする。気持ちが不安定だよ。だから俺の前では父さんも強気でいてくれよ。泣いたりするなよ。

優吾は左手を背後に大きく伸ばして、ティッシュボックスを摑んだ。それを父さんの前に置いた。

5

優吾の父親がラビオリの生地の上に、海老を等間隔に置く。それぞれの上に小さく刻んだトリュフを載せる。そこに生地をそっと重ねた。

具材があるところは丘のように盛り上がっている。

その裾野《すその》部分に父さんが、円形のラビオリスタンプを押し当てた。

手慣れているとはいえないその様子を、優吾は厨房の隅に置いた丸椅子から眺める。創も同じようにじっと父さんの手元を見つめている。

昼の営業を終えた午後三時。

厨房には特訓中の父親と、優吾と創の三人がいた。

父さんがちらっと創に目を向ける。

創が明るい声で「バッチリですよ」と言った。

父さんは無言で湯の中にラビオリを落とした。

「そういうちょっとしたところが」創が話し出す。「優吾さんとそっくりですよね。今の湯の中にラビオリを落とす仕草、そっくりです」

「そうか？」と優吾は首を傾げた。

「そうですよ」と創が断言した。「顔とか雰囲気は全然似てないじゃないですか？　でも包丁さばきとか、フライパンを動かす時の手の動きとか、そういう仕草がそっくりなんですよ」

仕草も含めて、優吾が父親に似ていると言われたことはなかった。いや、あったな。

優吾は子どもの頃のことを思い出す。

優吾はお菓子のオマケで付いてくる、フィギュアに嵌《はま》った。全種類の収集に夢中になったのだ。お菓子自体は不味くはなかったものの、さすがに食べ続けるうちに飽きてしまい、捨てるようになった。だがなかなかコレクションは完成しなかった。同じフィギュアばかりが当たってしまい、目当てのものは手に入らなかった。買い続けていると、ある日、母さんが怒り出した。そして「食べ物を粗末にするなんて情けない。オマケ集めなんていい加減にしなさい。お父さんからも言ってくださいよ」と促した。すると父さんは「あと何個ですべて揃うんだ？」と聞いてきた。優吾は数を告げ、でも来月になったら、新しい物が出るから数は増えると話した。父さんは「大変だ」と言った。母さんは同情してどうするのよと呆《あき》れた顔をした。そして「お父さんにそっくりなんだから。お父さんの収集癖が似るなんて」と嘆いた。父さんは城が好きで、雑誌のシリーズを一冊ずつ買い集めていた。作っているのを見た記憶はなかったが、城の模型も発売される度に買い揃えていたのだ。母親に父親とそっくりだと言われたその時、優吾はちょっと嬉しかった。それを思い出して……こそばゆくなった。

父親が小皿を持って優吾に近付いた。「味見を頼むよ」

優吾は首を左右に振る。「味がわからなくなったんだ。創に見て貰ってくれ」

その刹那《せつな》、父さんは顔を曇らせた。

だがすぐに背後の創に向けて小皿を差し出す。

創が小皿を受け取りそこに口を付けた。「バッチリです」と元気良く言った。

父さんが料理の続きに戻る。

創が自分のコック帽に手を伸ばして脱いだ。それを自分の顔まで下ろした。

そしてコック帽で顔を隠すようにして声を上げた。「ちょっとトイレに行って来ます」

それから創は急ぎ足で厨房を出て行った。

男は泣き虫ばかりだと優吾は思う。それに引きかえ女は強い。今回は沙織は泣かない。

時々不安そうな顔はするが涙は見せない。これまで以上に、気持ちがしっかりしているように感じられた。

優吾は尋ねる。「ここの仕事には慣れた？」

鍋を覗《のぞ》き込みながら「この年だと新しいことを覚えるのはなかなか大変だ」と答えた。

「料理は楽しい？」

「楽しむ余裕はないよ。真剣勝負で一瞬も気が抜けないからな。お前が戻って来るのを待っている間に、潰《つぶ》したりしないようにと、今、私は必死なんだ。いいスタッフたちばかりで、色々と教えてくれるから助かってるがね。せいぜい足手まといにならないようにしないとな」

「料理人に戻ろうと思ったことはなかったの？」

父さんは身体を後ろに回してオーブンの前に移動した。ガラス扉越しに中を覗き牛肉の焼き具合を確かめる。それから吊《つ》り棚の食器に手を伸ばした。一枚を掴み作業台に下ろした。

そうしてからようやく口を開いた。「もう一度やってみようか。何度もそう思ったよ。だが次の日になると、あんな大変なことはもうしたくないと思う。その次の日には店をもつのは無理でも、雇われ料理人になろうかと考えるんだ。だが次の日には今の仕事の方が楽でいいと思うんだ。そうやって気持ちがあっちこっちしているうちに、月日がどんどん過ぎていった。気が付いたら、料理人に戻れる年齢ではなくなっていたんだよ。

決断したんじゃないんだ。決断が出来ないでいるうちに、選択肢はなくなっていたんだ」

「後悔しているの？」

「後悔……」考え込むような顔をした。「警備員をダラダラと続けたことは後悔していない。私らしいやと思っている。後悔しているのは別のことだ。母さんと最後にした話のことだ。あの日、買い物に行って来ると母さんが言ったんだ。だからそうかい、行っておいでと私は言った。母さんは玄関まで行ったんだがすぐに引き返して来て、優吾のお店がオープンした時、一緒にお店で食べたの、なんだったっけと聞いてきたんだ。突然どうしたのかと私が言ったら、食べた時、お父さんがそれまでで一番幸せそうな顔をしていたなぁと思い出したのだけど、その料理がなんだったのか、思い出せないのよと答えたんだ。だから私が海老のリゾット、母さんがカルボナーラを注文して、半分ずつ分けて食べたんだよと教えたんだ。あぁ、そうだったわねと母さんは言って、美味しかったわねぇと笑顔になったんだ。それから私たちは幸せな人生でしたよねぇと、母さんが言ってきた。私はどうした急にと尋ねた。母さんはなにも言わなかった。それから行って来ますと言って出掛けたんだ。それが最後の会話になってしまった。買い物の途中で交通事故に遭ってしまったからな。母さんが私たちは幸せな人生でしたよねぇと言った時、そうだな、お前のお蔭だとどうして言わなかったのか、それをずっと後悔しているよ。私は口が重い方だし、思っていることを言葉にするのが下手なんだ。それで母さんに言いそびれてしまった。言っておかなくてはいけない時に言っておかないと、二度と伝えられなくなるかもしれないんだと知ったよ。改めたいと思っている。お前は頑張った。よくやった。その年でこんな立派な店を出して、お客さんからもスタッフからも信頼されている。お前が誇らしいよ。お前なら治療も頑張れるはずだ。私はお前が戻って来るまでここで頑張るよ。だから優吾も頑張ってくれ」

頑張れって……なんだよ、それ。頑張れという言葉、好きじゃないのに……全然好きじゃなかったのに……凄く胸に響くよ。

優吾は一つ咳《せき》をしてそれから頷いた。

6

優吾はゆっくり右に寝返りを打つ。それから左手をマットに押し付けるようにして、上半身を起こした。

少しだけ眩暈《めまい》のようなものを感じる。

目を閉じて頭の中の揺れが治まるのを待つ。

徐々に揺れが消えていき目を開けた。そしてベッドの柵《さく》に掛かっている手元スイッチを押して、頭側の角度を上げる。

ベッドがマックスの八十度まで上がると、ブザー音が鳴った。

手元スイッチから指を離して、立ち上がったベッドに背中を預けた。病室の窓からは隣の病棟の非常階段が見える。そこにパジャマ姿で煙草を吸う男がいた。

優吾は一週間前に手術を受けた。直後の二日間はICUにいて、その後この個室に移った。煙草を吸う男は、この部屋に移った時から見掛けている。午前十時、午後一時、午後四時の一日三回、規則正しく煙草を吸っている。

小さくノックの音がして沙織が顔を出した。

「起きてたんだ」と言いながら部屋に入って来た。

そして沙織は洗面コーナーの横にある、プラスチック製の籠の前で大きなビニール袋を広げた。そして籠の中の洗濯物をビニール袋に移していく。

優吾は声を掛けた。「有り難う」

手を止めて目を丸くした。「洗濯するだけよ。実際するのは洗濯機だから、私は洗濯機まで運んで入れて扉を閉じるだけなのに」

「それでも有り難う。有り難うと言っておきたいんだ」

「そうなの?」

「あぁ。これまで一緒にいてくれて有り難う。それに俺と結婚してくれて有り難う。沙織は俺と結婚したばっかりに、店で働かされることになったんだよな。申し訳ないと思っていたんだが、ちゃんと言葉にしていなかったの、反省してる。沙織はいつもきちんとしているから、接客もきちんとしてくれるだろうと、俺はなんにも心配していなかった。だが沙織は、それまで接客仕事をしたことがなかったんだから、大変だったんじゃないかって今頃になって思ったよ。沙織は文句も言わずに人気店に客として行って、接客を学んだんだよな。苦労を掛けてゴメン。沙織のお蔭で店のサービスはいい評判を貰っている。味だけじゃなくて、ちゃんとした接客があるから、お客さんたちはまた来てくれるんだよな。有り難う」

沙織が泣きそうな顔をした。

優吾は続ける。「初めてのデートの時も沙織はきちんとしてたんだ。覚えてるかな？映画館でポップコーンとコーラを買ったんだ。座席に座ったら沙織は膝の上にハンカチを広げたんだ。母さんがそういうことをするのは見たことがあったが、自分と年が近い人がするのを見たのは初めてで、なんかちょっと感動したんだよね。そこまではきちんとした人の話なんだが、沙織がくしゃみをしたんだよ。くしゃみをした時、手も一緒に動かしてしまって、持っていたポップコーンをぶちまけたんだ。前の座席の人の髪についてしまって、それが可笑《おか》しくて笑いたいんだが、前の人に悪いし、映画が始まっちゃうしで、必死で笑いを堪《こら》えていたんだったよね。映画の内容なんて全然覚えていないよ」

「それ、私じゃないわ」

「えっ？」

「別の人の思い出を間違えて記憶しているんじゃない？」

「それは……そう……だったか？」

マズい。非常にヤバい状況だ。優吾は慌てる。

「なーんてね」沙織が明るい声を上げた。「冗談よ。ポップコーンをぶちまけたのは私だけど、それは初めてのデートの時じゃないわ。二度目のデートよ。初めてのデートは私の友達の個展に行ったのよ。絵を一通り観て回った後で感想を聞いたら、優吾は絵の気持ちがわかると言ったのよ。絵の気持ちってなにと聞いたら、じっと観られて、落ち着かない気持ちでいるはずだと答えたの。ずっと俺は観られているからねと言って、後ろを指差したから振り返ったのよ。そうしたら会場に来ていた私の友達五人ぐらいが、じっとこっちを観てたのよ」

「なんだよ。脅かすなよ。大失言したかと思って、一瞬心臓が止まりそうになったじゃないか」

「もし本当に誰かとの思い出を、私との思い出だと間違えていたら、ただじゃおかなかったわ。入院中だろうが、治療中だろうが、関係ないからね。怒ってなにをしたか、わからないわね」

「怖いなぁ」

優吾は口では怖がってみせたが、ちょっと嬉しかった。昔の話であっても、他の女に嫉妬《しっと》をすると宣言されたようで……男としての価値がまだ残っているような感じがする。

沙織がベッドに近付いて来た。

そして「定期健診で貰って来た」と言って写真を差し出してきた。

優吾は受け取り眺める。

優吾は口を開いた。「これってもしかして、おしゃぶりしてるのか？」

「そうなのよ」

「赤ちゃんってお腹の中でも指をしゃぶるのか。びっくりだ」

沙織が左手を自分の腰に当てた。そして右手で腹をゆっくりと撫でた。そうして沙織は自分のお腹の膨らみを、微笑みながら見つめる。

その姿は……とても輝いていた。

君はそうやってどんどんお母さんになっていくんだね。強くなって綺麗《きれい》になっていくんだろうね。それを側で見ることが出来なそうなのが……残念だよ。昨日山本先生に聞いたんだ。五年後まで俺が生きられる確率を。先生、困ったような顔をしてたよ。それでも諦めてはいない。ただ真剣に俺がいなくなった後のことを、考えておかなくてはいけないと思ってるよ。

「洗濯と入院費の支払いをしてくるね」と言って沙織が部屋を出て行った。

優吾はベッドテーブルを引き寄せ、そこに満風ノートを置いた。自分史年表の来年のページを開ける。左ページに三十四歳と自分の年齢を書く。出来事の欄には子どもの誕生と入れた。右ページの空欄にペン先を当てる。そして書き始めた。

我が子へ
生まれてくれて有り難う。俺と沙織の子どもとしてやって来てくれて嬉しいよ。君はたくさん泣いて沙織を困らせているだろう。その時、俺が側にいて、沙織の代わりに君をあやせたらいいんだが、それが出来るかどうかはわからない。いや、多分無理だろう。君がこれを読めるようになるのは、いつだろう。少なくとも〇歳の時ではないね。字を読めるようになるまでは、沙織ママに読んで貰ってくれ。
君はこの世に生まれた。それはとてもとても素晴らしいことなんだと、君に知らせたい。

ページを捲り、次の年のページに三十五歳と優吾の年齢を記した。右ページに我が子、一歳と書く。

我が子へ
一年で君はどれくらい出来ることが増えたのだろう。初めて言った言葉はなんだったのかな。
君はどんな時に笑うのかい？　どんな時に怒るんだい？　体重はどれくらいになったのかな。歩けるようになったんだろうか。

たくさん食べて、たくさん寝て、大きくなってくれ。それだけでいい。

次のページに三十六歳と自分の年齢を書き、右ページに我が子、二歳と記入する。

我が子へ

顔は俺に似ているのかな。どこでもいいから、そっくりだと人から言われるようなところがあって欲しいと思うよ。顔じゃなくてもいい。手の形とか、癖でもいい。もし似ているところがあったら、君と繋《つな》がっているような気持ちになれて嬉しいよ。

君は愛されている。それを伝えたい。俺から愛されているし、沙織ママからも、お祖父《じい》ちゃんやお祖母《ばあ》ちゃんからも、愛されているんだよ。

友達にはパパがいるのに、君にはパパがいなくても、君が愛されている量は他の人と同じぐらいある。いや、俺が他の人の何百倍も愛しているから、他の人より何百倍も多い。胸を張って生きて欲しい。俺の身体は見えなくても君の側にいるよ。一人じゃないんだ、君は。だから寂しがらないで欲しい。

手を止めて優吾はベッドの左にある棚に目を向けた。

そこには卓上式のカレンダーがあった。

伝えたいこと、言っておきたいことはたくさんあるのに……時間が足りない。

優吾は顔を戻して満風ノートのページを捲った。

7

清は「わざわざご足労頂きまして有り難うございました」と言って頭を下げた。

公証人の森田暁史《もりたあきふみ》さんと、司法書士の近藤周平《こんどうしゅうへい》さんが同時に「いえいえ」と答えた。

森田さんが病棟を見上げて静かな調子で話す。「まだお若いのに。原さんはうちの息子と同い年です。公証人としてたくさんの遺言書を作っていますが、若い人のはどうにも遣《や》る瀬《せ》無くってしょうがないです。命のタイムリミットを、意識せざるを得なくなった若い人の遺言書の作成というのはね」

隣の近藤さんが頷いた。

森田さんが続けた。「今、作成した遺言を執行する日が、ずっと先になることを願っていますよ」

清はお辞儀をして病棟の前で二人を見送った。

五階の原さんの病室に戻るため、エレベーターホールに向かう。

先々週、原から正式な遺言書を作成したいと連絡があり、清は司法書士を紹介した。

すでに原さんは終活ノートを書き終えていて、財産の残し方についても、考えが決まっているようだった。原さんは司法書士のアドバイスを受けながら、遺言書を作成するために必要な書類の用意をした。そして今日は公証人に病室に出張して貰い、司法書士と清の二人が立会人となって、公正証書遺言を作成したのだった。

そして五階のフロアに着くと、ナースセンターの前を通過する。

五〇二の病室の扉をノックした。

病室に入ると、原さんがベッドの脇に立ち、掛け布団の上に載せた二枚のセーターを見つめていた。

清は「お二人をお見送りして参りました」と報告し「お疲れになったんじゃないですか？」と尋ねた。

「いいえ、大丈夫です。今日はとても体調がいいんですよ。ひと区切りを付けることが出来て、気持ちがすっきりしているせいかもしれません。日によって気持ちは激しく変化します。怖かったり、不満だったり、口惜しかったり……でも最近はそういうことに時間を費やすのは、勿体《もったい》ないと思うようになりました。もっと楽しいことに時間を使いたいって」

「そうでしたか。それで今はなにを悩んでいるんですか？　随分と真剣そうな顔をされてましたが」

「あぁ、それは——この服のどっちにするかを迷ってまして。妻はこっちだと言うんですよ。でも俺はこっちの方がいいように思うんです。三崎さんはどう思いますか？」

「どれどれ」グレーのセーターと、紺色のセーターを見下ろしてから呟く。「難題ですな」

　清は原から満風ノートを見せて貰った。未来のページに書かれていた、子どもへのメッセージを読んだ時には涙ぐんでしまった。その時にふと思い付いたのだ。写真も満風ノートに貼ったらどうかと。同時に前の会社の後輩から、夫婦で撮ったマタニティフォトを見せられたことを思い出した。奥さんの大きなお腹に、後輩が耳を当てている写真だった。その後輩は最高に幸せそうな顔をしていた。自分なら妻から請われても恥ずかしくて、とてもじゃないが、こんな写真撮影に協力は出来ないと思ったが、いい記念にはなると感じた記憶が蘇ったのだ。そこで原さんに夫婦でマタニティフォトを撮り、それを満風ノートに貼ったらどうかと提案してみた。生まれる前から誕生を楽しみにされていたことが、お子さんにわかって貰えるからと清が言うと、原はすぐに乗り気になった。今日はこれからカメラマンがここに来てくれる予定で、病室と屋上での撮影許可はすでに病院に取ってあった。

　清は言った。「カメラマンに相談してみたらどうでしょう。写真写りという視点から、アドバイスをくれるかもしれませんよ」

「あぁ、そうですね、そうします。俺は子どもと会いたいし、もし会えたら、子どもと一日でも長く一緒にいたいです。だから最後まで悪あがきをします。可能な限りの延命治療をお願いするつもりです。今日はプロのカメラマンに頼みますが、明日からは俺の写真をたくさん撮って欲しいと妻に頼みました。俺たちはこれまで写真を撮る習慣がなかったもんで、あんまりないんですよ。でも悪あがきして頑張っている俺の姿を、残しておきたいと思って。残しておけばいつか大きくなってその写真を見た時に、なにか感じ取ってくれるんじゃないかと」

「それはいいですね。頑張る父ちゃんの姿は、写真に残しておくべきですから。どんな子にもついてないと思う時や、しんどい時があるでしょうからね。そんな時に自分の父親が頑張っている姿を写した写真は、励みになるに違いありません。原さんの場合は、料理をしている写真もたくさん撮らないと」

「そういえば調理中の写真なんて一枚もなかったな」

「今から撮りましょう。たくさん」

原さんは微笑みながら頷いた。

原さんは……覚悟している。それが——こたえる。森田さんも言っていた通り若過ぎるじゃないか。才能がある人を、一体どこの神様があの世に連れて行こうと決めたのか。子どもだってこれから生まれるというのに。無念だろうし心配だろう。子どものこと、奥さんのこと。それにお父さんのことも心配していた。もし私が原さんのように、三十三歳の時に同じ病になったとしたら……恐慌をきたして自分以外のすべての人を羨《うらや》み、憎み……それから先はどうしたろう。わからない。ただ原さんのように冷静に終活ノートを書き終え、遺言書を作るところまで辿《たど》り着けないのは確かだ。人は誰も永遠には生きられない。それはわかっているが……。原さんを偉いと思う。だから原さんの希望通りにしてあげたいと強く思う。原さんがマタニティフォトを、いいアイデアだと言い、是非やりたいと申し出てくれた時は凄く嬉しかった。私でもなにか役に立てた気がして。

十分ほどして、沙織さんとカメラマンの岡本正哉《おかもとまさや》さんが病室に入って来た。

沙織さんが「まだ着替えてなかったの？」と言うと、原さんが「どっちがいいか、カメラマンさんの意見を聞いてからと思ってね」と答えた。

すると沙織さんが「絶対こっちよ」とグレーのセーターを持ち上げる。そして広げると原さんの上半身に当てた。

パシャリ。

シャッター音がして全員が振り返った。

岡本が「試し撮りさせて貰いました」と説明してモニター画面を清に見せてきた。

そして岡本さんが聞いてきた。「自然でお二人の仲の良さがわかる、素敵な一カットじゃないですか？」

清はモニター画面を覗いた。

柔らかい陽がパジャマ姿の原さんと、大きなお腹の沙織さんを照らしている。沙織さんの腕は少し曲がっていて、原さんに優しくセーターを当てた一瞬が収まっていた。沙織さんは真面目な顔をしていて、原さんの方は少し困ったような表情を浮かべている。

清は「本当ですね。素敵な一枚です」と同意した。

第五章　三崎清　五十三歳

1

清は砂糖の小袋を開けて、中身をホットコーヒーの中に落とした。スプーンで掻《か》き回しながら、ファイナンシャルプランナーの及川阿耶子《おいかわあやこ》さんが、バッグから資料を出すのを待つ。

清たちがいるのは、B駅の駅ビルの中のカフェだった。

シフトがオフの清が、自宅近くの場所を指定したのだ。

お客さんたちに人生の見直しを勧めていく中で、ファイナンシャルプランナーを紹介する機会も多く、遅まきながら自分もアドバイスを受けてみようと、思い立ったという訳だった。

及川が清に書類を差し出し、自分の前にはタブレットを置いた。

そして口を開いた。「三崎さんからご要望がありました、資産分析を行いまして資産設計案を作成致しました」

清と同年代ぐらいの及川はベテランらしく、落ち着いた口調だった。

及川さんが続ける。「資産を分析した結果、このままですと、三崎さんが七十歳の時に貯金は枯渇します」

「えっ」

「お手元の資料の二ページ目をご覧ください」

慌てて清は資料を捲《めく》った。

ダメだ。数字が全然頭に入ってこない。

「今、貯金が枯渇すると言いましたか？」と清は確認した。

「はい。七十歳の時です」

「そ……それは……本当に？」

「残念ながら本当です」

なんてことだ。七十歳なんてあとちょっと先じゃないか。贅沢なんてしてこなかったんだが……お先真っ暗だ。

及川さんが言う。「七十歳以降も長生きされると思いますので、このままですと貯金がゼロになる前に、ご自宅を売却するしかないですね」

「………」

「分析の詳細は三ページ目に書いておきましたので、そちらをご覧ください」

「………」

「失礼ですが三崎さんの収入額からすると、ご自宅の購入額がちょっと高過ぎましたよね」

「それは……そうですね。購入した時は結婚していたので、妻の収入額を含めた計算をしてローンを組んだんです。離婚する時に家をどうするか話し合ったんですが、妻が再婚するつもりでいる相手はすでに家をもっていたので、私が一人でローンを払いながら住み続けるか、売るかのどちらかになりました。離婚した上に引っ越しまでさせるのは、娘が可哀想に思えまして住み続けることにしました。月々のローンは大変は大変でしたが、払えない額ではなかったので」

「そうでしたか」及川さんが深刻そうな顔をした。「お嬢さんの教育費も結構掛かってますよね。平均額より大分高いですから」

「中学生の時にフルートを習い始めまして、その個人レッスン代が掛かりました。その他に学習塾にも行かせてましたから、トータルにすると、まぁ、そうですね。結構な額になりますね。今、通っている音楽大学の授業料は高いのですが、奨学金の申請はしていないんです。娘に借金を背負わせるのは可哀想なので。大学での授業の他にも、個人レッスンが必要だというので、それにも金が掛かっています。有名な先生に習わないといけないそうなんです。そういう先生のレッスンの料金は高いもんですから」

「三崎さんがお考えになった上で、決めた出費なんだというのはとてもよくわかります。大事なお嬢さんの教育費は削らずに、サポートしたいというお気持ちで、やってこられたこともよくわかります。そういう親御さんはとても多いですから。ただそういった心情をちょっと横に置かして頂いて、数字からといいますか、数字だけで分析しますとね、無理を重ねてきたように見えるんです」

「…………」

「皆さんある程度の資金計画を立てられるんですよ。でもその計画通りに人生を過ごせました、なんて人は滅多にいらっしゃらないんです。大抵の方が資金計画通りにはいかないんです。そういう事態になった時に皆さん改めて計算をし直して、資金計画を変更されるんですが、ファイナンシャルプランナーに相談される人は少ないんです。ご自身で資金計画を立て直されるんですね。ご自身でやられると、どうしても希望的な観測が入ってしまうんですよ。ボーナスが上がるんじゃないかとか、出費はもっと抑えられるだろうとか、なんとかイケるんじゃないかとか、そういう楽観的な願望が入った資金計画は、どうしても甘いものになってしまうんです。満風会の木村社長さんが、よく人生の見直しが大事だと仰《おっしゃ》いますでしょ。その通りだと思うんです。私はね、人生の見直しをする時には、マネープランの見直しも忘れずに。その時はプロに相談してねって付けたしたいんです」

「…………」

「ですからね」及川さんが軽い調子で言う。「なにが言いたかったかというと、三崎さんがご自身で資金計画を立て直すのではなく、ファイナンシャルプランナーの私に相談されたのは正解でしたよと、そう申し上げたかったんです」

及川さんがアイスティーのグラスにストローをさした。そして口を付けて啜《すす》った。すぐに口を離すとガムシロップに手を伸ばす。プチッと音をさせて蓋《ふた》の端を折り、シールを剥《は》がして半分ほどをグラスに注いだ。それからストローを忙《せわ》しなく搔き回し、改めて口に銜《くわ》えた。

清は及川がアイスティーを飲むのを眺めながら、どんどん大きくなっていく不安に、押し潰《つぶ》されそうになっていた。

私は無理を重ねてきたのか……及川さんが言う通りなんだろう。だが……由里子に収入が少ないからレッスンを受けさせられないとは、とても言えなかった。音楽大学への進学を諦《あきら》めてくれとも言えなかった。音楽大学へ行きたいなら、自分で借金をしてくれとも言えなかった。フルート演奏の才能があるかどうかはわからないが、一生懸命練習しているし、発表会の前にはとても緊張しているようだが、上手《うま》く演奏出来たと思えたらしい時には、最高に嬉《うれ》しそうにしている。そんな姿を間近に見て――無理を選んでしまったのだろう。楽観的な願望で数字を見る目は曇り、なんとかなるだろうと思っていた――いや、思い込もうとしていたといったところか。

及川さんが口を開いた。「七十歳で貯金がゼロになるのを防ぐには、どうするかということなんですが」

身を乗り出した。「はい、どうしたらいいんでしょうか？」

「働き続けることです」

「…………」

「満風会さんの定年は六十五歳でしたよね？　満風会さんを定年した後に雇ってくれるところを探して、働き続けるのがいいと思います。今は元気なシニアを積極的に雇おうとしている企業も多いですから、そういうところで働けるといいですよね。それと月々の出費をもう少し減らしましょう。セット割引のようなものを積極的に利用すれば、光熱費や通信費などはもっと抑えられるはずなので、そこも頑張りましょう。色々な契約プランがあって比較したりするのも結構面倒なんですが、毎月のことなんで塵《ちり》も積もっていきますのでね」

「はい」清は頷《うなず》いた。

「それからこの前のお話では、将来的にはお嬢さんに迷惑を掛けたくないので、身体が動かなくなったら、老人ホームに入ろうと思っているということでしたが、老人ホームに入るにはお金が必要なんですよ。まぁ、よくご存知ですよね、そこら辺は。満風会さんでお客さんに説明されているんでしょうし、お客さんがすでに、施設に入所していらっしゃるケースもあるでしょうから」

「それほど詳しい訳ではありませんが」

「そうなんですか？　それでは一応お話をさせて頂くと、老人ホームはピンキリです。入居金が一億円を超えるようなところもありますが、そういう特別高級なところでなくても、数百万円から数千万円程度の入居金が必要な施設が多いです。入居金がなくて、月々の利用料も安い特別養護老人ホームといった施設がありますが、ここは多くの人が希望するので順番待ちになって、滅多に入れるもんじゃありません。民間の施設の中にも入居金がゼロ円のところがありますが、そうしたところは月々の利用料が、高めの設定になっていることが多いですね。三崎さんがこれまでのマネープランを変更せずに、七十歳になった場合のお話をさせて頂きますね。そこで貯金がゼロですから家を売却すれば、そのお金の一部を老人ホームの入居金にすることは出来ます。それで老人ホームに入れたとしても、毎月利用料を支払わなくてはいけません。仮に月に二十万円の老人ホームだとして計算してみたところ、十年後に再び貯金がゼロになります。八十歳ですね。年金だけで老人ホームの利用料を賄《まかな》うことは出来ませんから、生活保護を申請するか、ご家族からの援助を受けるかになります。今、お話ししたのは三崎さんが七十歳までに病気にならず、お嬢さんが大学を卒業した後は、教育費は掛からないという前提での計算によるものです。もし三崎さんが病気になったとか、お嬢さんが日本の大学を卒業後に海外留学することになったとか、そういう思いがけない出来事があった場合には、貯金がゼロになるのが早まります」

これは大変だ。毎月の遣《や》り繰《く》りには苦労してきた。だがなんとかやってきた。だからそれほどの危機感もなく過ごしてきた。だが実際はギリギリの状態が続いていて、老後の生活を安泰にするだけの蓄えを用意出来ていなかったのか。今の今まで六十五歳で定年になったら、趣味でも見つけてのんびり過ごそうなどと呑気《のんき》に構えていた。私はなにをやっているんだ。自分に呆《あき》れるし腹が立つ。のんびり過ごすなんて、私には許されていないというのに。お客さんから老人ホーム探しの相談を受けたことはあったが、住んでいる地域の福祉事務所か、民間の紹介センターの連絡先を教えるだけだったので、正直そんなに金が掛かるものとわかっていなかった。それに自分に置き換えて考えることが出来ていなかった。まだまだ先の話だからと、考えるのを先延ばしにしてしまった。そうすれば今は不安にならずに済むからだ。なんて甘い考えだったのだろう。

及川さんが話し出す。「定年後に収入源となり得るものを、今から探しておくのがいいと思います。六十五歳になってから探すというのでは遅過ぎますから。一番いいのは今探して、それを今から副業として始めておくことです。満風会さんは副業ＯＫの会社ですしね」

「定年後に……副業……私に出来ることがあるでしょうか？」

「ネットで調べてみたらいかがでしょう。今から副業として始めて、定年後にも続けて稼げるものにするなら、肉体労働系ではない方がいいんじゃないでしょうかね。体力に自信がおありになるなら別ですが」

はぁ。

清は思わず心の中でため息を吐いた。

マネープランの見直しも大事だったか……。

清はうな垂れた。

清は車椅子をゆっくり押してスロープを上る。ステージの中央付近で車椅子を止めると、車を招待客たちの方へ向けた。それからマイクを星野竜一《ほしのりゅういち》に渡し、清はステージから下りた。

2

およそ一時間前に、星野さんの終活式がホテルの宴会場で始まった。

終活式は生きているうちにお世話になった人や友人、親戚《しんせき》などを招きこれまでの感謝などを伝えるもので、今日は星野さんから満風会が受注して仕切っている。

終活絡みの中で一番利益が取れる有り難い仕事が、この終活式だった。このため木村社長を始め三人の満風会のスタッフが出張って、万全の態勢を取っている。

BGMが小さくなり、丸テーブルで食事をしていた招待客たちが皆、ステージに視線を向けた。

星野さんが話し出した。「私は八十二歳になった。お迎えが来るのも近いだろう。その前に最後の別れを、きっちりとしておくべきだと考えた。妻は十年前にあの世に行ったし、きょうだいたちも皆あっちに行った。肉親は誰も残っていない。最後に残った者として最後の挨拶《あいさつ》だけは、しっかりとしておくのが筋というものだろうからな。皆が気にしているのは私の金のことだろうと思う。親戚の中には、私の遺産をあてにしている者がおるかもしれん。だがそんな甘い考えは捨てて貰《もら》おう。金を無心する時にだけ私を思い出すような連中に、くれてやる金はない。怪しい投資話にもうんざりだ。私が死んだら遺産は半分をS美術館に、半分をL美術大学に寄付する。遺言書はすでに作成した。ここにいる皆は一円もおこぼれには与《あず》かれない。それから私の葬式はせんで結構だ。悼む気持ちのない者たちが、義理で集まる必要はない。そういうことだから皆に会うのはこれが最後だ。だから終活式をした。支払いは済ませてあるから、最後のデザートまで食べていってくれ。私はこれで失礼する。三崎君」

名前を呼ばれた清は急いで星野に近付いた。

すると星野が「帰る」と言ったので、「いいんですか?」と清は尋ねた。

「いいんだ。車椅子を押してくれ」と指示された清は木村社長に声を掛けてから、車椅子を押して宴会場を出る。

二人でタクシーに乗り、星野さんが住む老人ホームに向かった。

二重の自動ドアを抜けると広いホールがある。三階までの吹き抜けのスペースにはグランドピアノと、両手で囲めないほどの大きさの花瓶があり、そこにはたくさんの花や枝が活《い》けられている。

左手にあるフロントのデスクにいた制服姿の男性が「星野様、お帰りなさいませ」と言って頭を下げた。

星野さんは左手を小さく上げて答えた。

先週、及川と話をしてから、老人ホームの利用料金に興味をもつようになった清は、ここの金額をネットで調べてみた。ここの入居金は一億五千万円で、毎月の利用料金は百万円だと知った時には、思わず口笛を吹いた。

エレベーターホールに着きボタンを押す。

突き当たりには飾り棚があり、そこにも花が活けられていた。

星野さんが質問をしてきた。「キョロキョロしているが、老人ホームが珍しいのか？」

「老人ホーム自体は珍しくはないんですが、こちらは高級ホテルのようで、立派だなぁと感動して拝見していました」

「そんなに気に入ったのなら、三崎君もここに入居したらどうだ？」

「とんでもありません。そんなお金、ありませんよ。ついこの前、ファイナンシャルプランナーに計算して貰ったら、あなたは七十歳で貯金がゼロになると、言われてしまったぐらいの状況なんですから」

「七十歳で？」星野さんが不思議そうな顔をした。「女か博打《ばくち》にでも金をつぎ込んだのか？」

「いえいえ。そういう理由ではありません」

「だったらどうして、そんなことになるんだ？」

到着したエレベーターに乗り込んだ。

清は言う。「給料が安い会社で働いていたというのも一因ですが、離婚したのにマネープランを見直さずに、無理を重ねたのが大きかったようです。娘がフルートを勉強しているんですが、そのレッスン代や大学の費用も安月給の私には大変でしたし」

「娘さんに好きなことをやらせてやるのは、いいことだ」

六階に到着して廊下を左方向へ進む。

六〇四号室の前に車椅子を止めると、星野さんがセカンドバッグからカードキーを取り出した。

それをセンサーに翳《かざ》すと、カチッとロックが外れる音がした。

そして扉がゆっくりと開いていく。

扉が開き切ったところで、清は車椅子を押して入室した。

百平米以上ありそうな広い部屋はガランとしている。左の壁際には大きなモニターがあり、その前には一人用と思われる小さめのテーブルが一つあった。本棚も一つだけあり、そこに三十冊ほどの本が並んでいる。一面には大きな窓があるのだが、グレーのカーテンが引かれていて薄暗い。

星野さんが「寝室に折り畳み式の椅子が一つある。それを持って来てくれないか」と言ったので取りに行った。

部屋に戻ると星野さんが「椅子はその一つだけなんだ。私はこの通り専用の椅子に座っているから必要ないし、誰も来ないからな。それは医者用だ。三崎君はそれに腰掛けてくれ」と言った。

それから星野さんに頼まれて、コーヒーを淹《い》れることになった。

ドリップ式のコーヒーメーカーがカウンターの上にあり、清はそこに水を入れる。

星野さんが口を開いた。「女房が六十歳の自分の誕生日に、突然、日本舞踊を習いたいと言い出したんだ。私はなにを馬鹿なことを言っているんだと窘《たしな》めた。いい年をして人前で踊るなんて、止めておけと言った。女房はそれっきり二度と習いたいとは言わなかった。それですっかり忘れていたんだ。五年前だ。テレビのニュース番組を見ていたら、盆踊りをしている女が映った。その時思い出したんだよ。女房が若い頃、近所の盆踊りにいつも参加していたことをだ。そういややけに楽しそうに参加していたと思い出して……そうか、あいつは踊りが昔っから好きだったのかと思った。なんで、やらせてやらなかったのかと後悔したよ。私は女房が死んだ時も泣かなかったんだ。無理して泣かなかったんじゃない。涙が出なかったんだ。哀しかったんだがね。それが五年も経って女房がやりたいと言ったのに、やらせなかったことを思い出した途端に涙が出た。不思議なもんだ。私は仕事一筋でな。家のことはすべて女房に任せていた。文句も言わず贅沢《ぜいたく》もせずに尽くしてくれた。それなのに女房のたった一つの願いを、きいてやらなかったんだよ、私は。やらせてやれる金ならあったのにな。それから毎日女房の写真に謝っている。私のようになりたくなければ、無理をしてでも娘さんに、やりたいことをやらせてやった方がいい」

「そうですね。頑張って働き続けます」

昨夜、清は『六十五歳以上』『仕事』と検索窓に入力した。この一週間毎晩行っているのだ。昨日は試験監督と、レンタカー回送のドライバーの求人情報を見つけた。週に一日から可と書いてあり、副業として今から始められそうで、その情報を出している会社の住所と日給を紙にメモした。そして一ヵ月でいくらになるかを計算して、その金額も記した。更にそれを十二倍にして、一年間働いた場合の金額も書いた。貯金がゼロになる日をそれほど遅くは出来ないだろうが、なにもしないよりはいいだろうと自分に言い聞かせた。応募方法の欄を読んでいるうちに、前の会社をリストラされて再就職活動をした日が蘇《よみがえ》った。あの頃のように応募しても悉《ことごと》く落ちるのだろうと思ったら、胃が痛くなった。

清は言う。「つくづく思いました。お金は大切ですね。お金があるのと、ないのでは、随分と人生が違っていくでしょうから」

「それじゃまるで金があったらいい人生を送れて、金がないと、悪い人生になると思っているような言い方だな。金があったって、いい人生になるとは限らないんだぞ。私が幸せそうに見えるか？」

なんと答えたらいいのかわからなくて、清は口をつぐむ。

星野さんが続けた。「私は夢中で働いてきた。自分で会社を興して、それを大きくすることに必死だった。いい時ばかりじゃなかった。煮え湯を飲まされたこともあるし、もう会社を畳むしかないかと覚悟を決めた時もあった。だが歯を食いしばって働いた。

上手くいくようになっても手を緩めなかった。もっと大きくしよう。もっと儲《もう》けよう。そう思ってな。どうしてそこまで我武者羅《がむしゃら》になったかといえば、それが幸せに繋《つな》がっていると信じていたからだ。だが違った」

「違ったんですか？」

「あぁ、違った」辛《つら》そうな顔をする。「一人息子が自殺した。十八だった。なんで自殺なんかしたのか未《いま》だにわからん。遺書がなかったんだ。自分の部屋で首をくった。十八の息子が一体全体どんな悩みを抱えていたのか。私はそれまで以上に仕事に没頭するようになった。忙しくしていれば忘れられるからな、息子がもういないことを。一瞬だけだがな」

「…………」

「女房の葬式の時に思ったよ」星野さんが思い出すように遠い目をした。「女房は自分の一生が、幸せだったと思って死んだのだろうかと。私が死ぬ時はどうだろうかとも考えてみた。自分の人生を総決算して、幸せな一生だったと思えるだろうかと。長く考えんでも答えは見えた。私の人生は金を稼いだ。それだけのことだった」

「…………」

「三崎君が娘さんのために頑張っても、どうにもならなくなって、生活保護を受けることになったとしても、それは恥ではない。堂々と貰いなさい。それで堂々と幸せになりなさい」

コーヒーメーカーからゴボゴボと大きな音が聞こえてきた。

最後の湯が派手な音を出しているのだ。

あっという間にコーヒーメーカーは静かになり、清はポットに手を伸ばした。

カップに注ぎ始めると背後から「君も飲みなさい」と声が掛かったので自分の分も淹れた。

清がテーブルにカップを置くと、すぐに星野がそれを摑《つか》んでコーヒーを飲んだ。

そして静かな調子で言い出した。「お宅の社長が人生の見直しが大事だと言っていたが、この年になるともう見直しなんかしたって意味がない。人生の閉じ方をどうするかだ。そうだろ？」

「人生の閉じ方ですか」

「そうだ。このまま人生を閉じたら、私は金を儲けた人ということになる。それだけだ。そんな人生虚しいじゃないか。嫌だと思った。とんでもないと思った。だから誰かの役に立とうと考えた。それで遺産を寄付することにしたんだ。後世の人のために金を残したら、それはその金の価値以上になる可能性があるだろ？　金がなくて進学を諦めようとした子どもがいたとしよう。私が金を寄付すればそれが奨学金となって、その子は美大生になれるかもしれない。ただの金がその子の人生を変える金になる。その子が有名な画家にならなくてもいいんだ。その子が美大で勉強することが出来て、絵を描き続けていたら、いつかどこかの誰かが、その子が描いた絵に心を慰められるかもしれない。

かもしれないといった話ばかりだが、そう考えているうちに少し楽しくなったんだ。金の価値以上になって、後世の人の役に立つかもしれないなら、そういう夢のある金の残し方をしたいと思ってね」

「それで寄付を。星野さんの人生の閉じ方は、とても素晴らしいと思います」

ゆっくりとカップに口を運んだ星野さんが、コーヒーを啜った。

そうしてから言った。「もう女房にも息子にも、なにもしてやれることはないからな」

星野の寂しそうな横顔から目を逸《そ》らした清は、コーヒーに口を付けた。

3

「墓をどうするって?」と兄さんが質問した。

清はスマホの中の兄の映像に向かって「父さんと母さんが眠っている墓を、どうするつもりなのかと思ってさ」と説明する。

すると兄さんが「興味ないなぁ」とのんびりした口調で言った。

清は数日前に両親が眠る墓を将来的にどうするつもりなのかと、兄に質問メールを送った。すると仕事がオフで区民会館にいた清のスマホに、兄からビデオ通話が掛かって来たのだった。

清が座っているベンチは駐車場の隅にあり、隣には飲料の自動販売機が設置されている。

清は声を上げた。「興味がないってひと言で片付けないでよ。兄さんは長男なんだからね。三崎家の墓に入るのは私じゃなくて兄さんなんだよ」

「墓かぁ。俺は恐らくこっちで死ぬと思うぞ。そうなったらこっちの土の中に入れて貰うだろうからなぁ。三崎家の墓には清が入ったらいいよ。いいんだろ？　長男が入らないで次男が入ったって」

「仮に私が入ったとしても、その後をどうするかという問題があるんだよ。由里子の将来がどうなるかはわからないが、嫁ぎ先の墓に入るか、伴侶《はんりょ》と新たに墓を用意してそこに入るかだろうと思う。そうなったら三崎家の墓に入るのは、私が最後だからね。墓を残される由里子が迷惑をするからさ。もし兄さんが三崎家の墓に入らないというなら、今のうちに墓じまいをしてしまったらどうかと思って、メールで聞いてみたんだよ」

「墓じまいって？」

清は説明を始める。「簡単にいうと墓の中にある遺骨や墓石を撤去して、寺との契約を解除すること。それで永代供養してくれる墓や、自宅近くの墓なんかに移すんだ。永代供養してくれる墓なら、後継者がいなくても遺骨を受け取ってくれるからね。今の三崎家の墓は、永代供養してくれる墓じゃないんだよ」

「俺はこれまで墓の中に、父さんと母さんがいるような感覚になったことはないな。時々ふっと父さんと母さんを思い出すんだが、そんな時は俺のすぐ近くにいるように感じているし。だから墓に対する思い入れが、これっぽっちもないんだろうな。墓じまいだっけ？　それをしていいよ。費用は俺が払うから、支払先と金額を教えてくれたら振り込むからさ」

「だったら移す墓を決めて、今、三崎家の墓がある寺に話を通して、準備がある程度進んだらその時点でまた相談するよ」

「そうしてくれ。葬儀会社に就職するとそういう発想になるんだな」

「そういう発想？」

「清が急に墓のことなんかに気が回るようになったのは、葬儀会社で働き出したからだろ？」

「満風会は終活のサポートをする会社だよ」清は訂正する。

「同じだろ？　終活っていうぐらいなんだから。葬式や墓のことなんかを、生きているうちに決めておくっていうのが、終活なんだよな？　俺は死んだ後のことを考えたりしないが、そういう後ろ向きの人が、世の中にはたくさんいるんだから、考える人はたくさんいるんだろう。そういう後ろ向きの仕事が成り立つぐらいなんだから、考える人はたくさんいるんだろう。」

「全然後ろ向きじゃないよ。自分の人生の終わり方を考えるというのは、自分の命には限りがある事実に向き合うことなんだ。なるべくなら考えたくないことを意識すると、今と、これからを大切にしようと思うようになる。前向きに生きるようになるんだよ。うちの終活は、まずこれまでの自分の人生を見直すところからスタートして貰うんだ。

人生は大抵予想とは違ってしまうものだからね。見直しをしていく中で自分がどう生きてきたか、これからどう生きていきたいかを考えるのは、とても大切なことだしね。小さな人生であっても、短い人生であっても、孤独な人生であっても、金のない人生であっても、すべての人の人生は素晴らしくて、かけがえのないものなんだと、お客さんたちに教えて貰ったよ。私のしている終活相談員は、葬式や墓にまつわる情報を提供するだけじゃなくてね、人生の見直しをする時に伴走する仕事なんだ。この仕事と出合えて良かったと思っているよ」

兄さんが驚いた顔をした。

そしてしばらくしてから言った。「清、ちょっと変わったな」

ビデオ通話のアプリを閉じて清は立ち上がった。

正門から出ると左に進路を取る。

今朝新聞に入っていたチラシによれば、いつも利用している自宅近くのスーパーより、特売品が多いようだったので、今日は駅向こうの店に行くことにした。

病院の前を通り緩い傾斜の坂道を上る。

二十代ぐらいの女性とすれ違う。

そういえば由里子からもちょっと変わったなと言われたなと、昨夜のことを思い出した。

＊　＊　＊

向かいに座る由里子が、レンコンの煮物を小皿に移した。

清は尋ねる。「由里子は献体をどう思う？」

きょとんとした顔をして「ケンタイって？」と聞き返してきた。

「死んだ後で、自分の身体を医学系の大学に提供する献体だ。その遺体で学生さんたちが解剖実習をすることになる。どうぞ勉強のために私の身体を使ってくださいと、遺贈するんだね」

「その献体なら聞いたことあるけど、どう思うって言われても……」首を捻《ひね》った。

「お父さんはなにを残せるだろうかと考えてみたんだ。由里子になるべく金を残してやりたいと思うし、翼にも残してやりたいと思っているが、稼ぎがいい訳ではないからね。それが出来るかどうかはわからない。金を残すどころか、借金をしてあの世へ行くかもしれない。そうならないようにしたいとは思っているんだけどね。そんな時に会社の資料を整理していたら、献体についてのものを見つけたんだ。これまでお客さんから、相談を受けたスタッフはいないという話だったが、希望者がいた時のために、相談窓口の連絡先リストを用意してあったようなんだ。興味をもってね、資料を取り寄せてみたんだよ。その冊子を読んで思ったんだ。私が死んだ後で、この身体が医学生さんたちの役に立つなら申し込みたいと。この身体が役に立つんだよ。私の身体で勉強した学生さんが医者になって、誰かの命を救ってくれるかもしれない。そうしたら間接的だが、私が役に立ったことになるだろ？」

「………」

「私は献体したいと思っているんだがね、由里子はどう思うかを聞きたいんだ。私が献体することに賛成してくれるのか、反対なのかをね。提出書類の中に家族の同意書というのがあってね、献体を申し出る時には、由里子に署名と捺印《なついん》をして貰う必要があるんだよ」

　由里子は考え込むような顔で、テーブルの一点を見つめた。

　清は由里子の言葉を待つ。

　しばらくしてから、やっと由里子が口を開いた。

「お父さんが死んだ後のことだって、わかってるんだけど……考えようとしてるんだけど……死んで欲しくないって気持ちが先にきちゃって……そこで気持ちっていうか考えが止まっちゃって……なんか、わからない。ごめん」

「謝ることはないよ。お父さんが悪かったね。突然、賛成か反対かと聞いたりしたのがいけなかった。即答なんて出来ないよな。そうしたら急がないから冊子を読んでみてくれないか？　それでじっくり考えてみてくれるかな？」

「うん。わかった」ほっとしたような表情を浮かべる。

「ほら、冷めちゃうから食べよう」

由里子は小さく頷くとレンコンを口に運んだ。

清はキッチンペーパーを一枚引き抜き、それで小皿の上の手羽元を掴んだ。齧《かじ》りつき肉を骨から剝《は》がし取る。

ぽつりと由里子が言った。「なんか、お父さん、最近ちょっと変わったね」

「そうか？」

「うん。変わったよ」

「どんな風に？」

「うーん。それは……上手く言えないけど変わったのは確実だと思う」

「そうかな？　まぁ、そうかもな」

清はそう答えると手羽元の続きに取り掛かった。

＊　＊　＊

スーパーの入り口の前で、清は鞄《かばん》からチラシを取り出した。

買うつもりの特売品には赤丸が付けてある。

値段を確認してチラシを鞄に戻した。その時、自動ドアの右側にあるプランターに目がいった。

横長のプランターが二十個ほど積み重なっていて、その隣には大きな袋に入った土が並んでいる。

清は吸い寄せられるように、ガーデニング売り場がある方へ足を進めた。

店の角を曲がると十畳ほどの屋外スペースに、様々なサイズのシャベルや植木鉢などのガーデニング用品が置かれているのが目に入った。

いくつもの如雨露《じょうろ》が置かれた棚の横に、たくさんの小袋が整然と並んでいるのに気が付いた。近付いてその一つを手に取る。

大根の種だった。六百八十粒の大根の種が入ったそれは、五百五十円だった。

これは……この手があったか。

清は思わずニヤリとした。

4

「まずはライバルとの差別化だね」と翼が言った。

清は「なるほど」と口にしてノートにメモを取った。

「このサイトの出品者の中では、お父さんは新入りだからね。なにか戦略を立てないとダメだと思うんだよ。まだ実績がゼロだし、買ったお客さんのレビューもゼロだからさ」

「そうだな」

「ライバルと差別化するのに一番いいのは、やっぱり値段だと思うんだよね。安さで勝負して注文を取っていって、実績の数を増やしていったら、レビューも増えていくだろうし、そうしてから値上げをしていったらいいんじゃないかな？」

「そういうアドバイス、助かるよ」と清は言って翼の言葉をノートに書き足した。

清は手作り作品の販売が出来るサイトに、登録しようと考えた。そこで筆耕仕事を請け負う副業を始めようとしたのだ。そのサイトでは登録と出品手続きは簡単だと謳《うた》っているのだが、マニュアルに目を通してみたら、とんでもなく難しそうだった。そこでIT部の翼の手を借りることにした。日曜の今日、自宅に来てくれた翼は、清のノートパソコンの前に陣取るやいなや、出品手続きのことではなく、ネットビジネスについてのレクチャーを開始したのだった。

翼が口を開いた。「ライバルたちのページを見てみると、値段は結構幅があるね。こっちの人は招待状の宛名書きの基本料金が三百円になってて、住所と名前だけだと一枚四十円だって。でもこっちの人は、同じ招待状の宛名書きの基本料金は五百円だって。住所と名前だけは一枚五十円になってる。値段が安い方の人に注文が集中しそうなのに、売買実績数が同じっていうのはちょっと不思議だよね」

「文字のせいじゃないかな？」

「文字のせい？」

「そう。三百円の人の文字は、個性が強いようにお父さんには見える。ほら、字の中にある太い線と細い線の差が大きいだろ？　それがこの人の文字の味なんだが、好き嫌いがあるんじゃないかな。五百円の人の方はとても素直な線の文字だから、嫌いな人は少ないんじゃないかな。それで料金は高いが、同じくらいの注文数なのかもしれないと思ったんだが……違うかな？」

「いや、違わないんじゃない？　きっとそれが理由だよ。そしたらお父さんの値段はどうする？」

「どうするかなぁ」清は首を捻る。「一番安い人が三百円なんだったね？　そうしたら二百八十円あたりでどうだろう？」

「そうだね、それぐらいでいいんじゃないかな。招待状の宛名書きもいいけど、命名書とか表札の方が高い値段で売られているみたいだから、そっちをたくさん受けたいよね」

「そうだな」

「一つが三千円を超えるとなると、買う人も失敗したくないからさ、結構時間を掛けて選ぶと思うんだよね。そうなるとさ、サンプルの出来と、それを撮った写真画像の出来が大事になるよね」

「なるほどな」清はまたノートにメモを取った。

「結構真剣なんだね」

「ん？」

「最初に聞いた時は、もっと気軽な感じで始めようとしているのかと思ったんだけど、なんか、メモを取ったりして真剣みたいだから」

清は頷いた。「お父さんは真剣だよ。定年後に出来るもので、今から副業として出来る仕事はなんだろうと考えたんだが、なにも浮かばなくてな。求人情報を検索すると一応色々出てはくるんだが、どれがいいのか、どこなら雇ってくれるのかわからなくて、先に進めなくなっていたんだ。そうしたら社長が、悩み事でもあるのかと声を掛けてくれたんだ。それで事情を話したら、三崎さんなら筆耕の仕事をすればいいじゃないのって、助言をしてくれたんだ。満風会を定年退職した後は、弔辞の代筆や終活式や法事の招待状の宛名書き仕事を、発注してあげるわよと言ってくれたんだよ。でもそれだけじゃ、いくらにもならないだろうから、他のクライアントも探しておきなさいよと言われたんだ。字を書くのは嫌いじゃなかったし、たまに褒めて貰うこともあったが、まさかそれを商売にするなんて発想を私はもってなかったからね、びっくりしたんだよ。もし私のたった一つの特技のようなものがお金になるなら、それは嬉しいなぁと思ったんだ。それで大変だと思っていたこれからの人生が、急に楽しみになってきたんだよ。だからね、お父さんはこのサイトで筆耕の仕事を受けたいんだ」

「それでボクに頼んできたんだね」

「すまないな。私一人じゃ、写真をアップロードすることさえ出来そうもなくてな。頼りにしてるよ」

「ま、いいけどさ」

翼の顔に満更でもないといった表情が浮かんだ。

清の口元が自然と綻《ほころ》ぶ。

清は言う。「お礼に夕飯にはカレーライスを作るから、食べて行ってくれよ」

「お父さんのカレー、旨《うま》いから、いいよ。わかった」

その時、窓が開いた。

庭にいた由里子がリビングに入って来た。

そして「ふうっ」と小さな息を吐くと「水遣り、終わったよ」と声を上げる。

「有り難う」清は由里子に向かって礼を言い、翼に「お姉ちゃんは庭で野菜を育ててるんだよ」と説明した。

すると由里子が即座に否定する。「それじゃわたしが育てたくて始めたみたいじゃない。違うでしょ。お父さんがやるって言い出したのに、水を遣り過ぎたり、肥料が少なかったりして下手だから、わたしは手伝ってあげてるんだよ」

「そうだったね」清は認めた。

翼が背中を反らせて自分の頭の後ろで手を組む。「お父さんってそういう人だからね」

清は尋ねた。「そういう人って？」

翼が答える。「一生懸命やってるんだけど全然ダメだから、気が付くとこっちが手伝わされることになっちゃうんだよ」

「そうそう」由里子が同意した。

清は言った。「有り難う。お父さんが出来ないことを二人が手伝ってくれるから、とっても助かってるよ。お父さんは幸せ者だね。お父さんは最高の人生を送れているよ。二人に感謝だ。感謝の気持ちでオヤツを作ってあるんだ。ババロア、食べる人？」

翼が勢いよく手を挙げた。

続いて由里子もゆっくりと手を挙げた。

「よし」

清は笑顔で立ち上がった。

本書は、二〇二一年五月に小社より刊行された
単行本を加筆修正のうえ、文庫化したものです。

終《しゅう》活《かつ》の準《じゅん》備《び》はお済《す》みですか？

桂《かつら》 望《のぞ》実《み》

令和6年 7月25日　初版発行

発行者●山下直久

発行●株式会社KADOKAWA
〒102-8177　東京都千代田区富士見2-13-3
電話　0570-002-301（ナビダイヤル）

角川文庫 24236

印刷所●株式会社暁印刷
製本所●本間製本株式会社

表紙画●和田三造

●お問い合わせ
https://www.kadokawa.co.jp/（「お問い合わせ」へお進みください）
※内容によっては、お答えできない場合があります。
※サポートは日本国内のみとさせていただきます。
※Japanese text only

ISBN 978-4-04-114928-7　C0193

JASRAC 出 2403165-401

◇◇◇

角川文庫発刊に際して

角川源義

第二次世界大戦の敗北は、軍事力の敗北であった以上に、私たちの若い文化力の敗退であった。私たちの文化が戦争に対して如何に無力であり、単なるあだ花に過ぎなかったかを、私たちは身を以て体験し痛感した。西洋近代文化の摂取にとって、明治以後八十年の歳月は決して短かすぎたとは言えない。にもかかわらず、近代文化の伝統を確立し、自由な批判と柔軟な良識に富む文化層として自らを形成することに私たちは失敗して来た。そしてこれは、各層への文化の普及滲透を任務とする出版人の責任でもあった。

一九四五年以来、私たちは再び振出しに戻り、第一歩から踏み出すことを余儀なくされた。これは大きな不幸ではあるが、反面、これまでの混沌・未熟・歪曲の中にあった我が国の文化に秩序と確たる基礎を齎らすためには絶好の機会でもある。角川書店は、このような祖国の文化的危機にあたり、微力をも顧みず再建の礎石たるべき抱負と決意とをもって出発したが、ここに創立以来の念願を果すべく角川文庫を発刊する。これまで刊行されたあらゆる全集叢書文庫類の長所と短所とを検討し、古今東西の不朽の典籍を、良心的編集のもとに、廉価に、そして書架にふさわしい美本として、多くのひとびとに提供しようとする。しかし私たちは徒らに百科全書的な知識のジレッタントを作ることを目的とせず、あくまで祖国の文化に秩序と再建への道を示し、この文庫を角川書店の栄ある事業として、今後永久に継続発展せしめ、学芸と教養との殿堂として大成せんことを期したい。多くの読書子の愛情ある忠言と支持とによって、この希望と抱負とを完遂せしめられんことを願う。

一九四九年五月三日

角川文庫ベストセラー

総選挙ホテル　桂　望実

うちの父が運転をやめません　垣谷美雨

人生のことはすべて山に学んだ　沢野ひとし

幸福御礼　林　真理子

老いと収納　群　ようこ

社長としてやってきた変わり者の社会心理学者・元山が提案したのは、従業員総選挙！　斬新な人材シャッフルに加え管理職の選挙も敢行。様々な年代の働く男女の閉塞感を打ち破り、仕事の幸せを実感できる小説。

「また高齢ドライバーの事故かよ」。ニュースに目を向けた雅志は、気づく。「78歳っていえば……」。父親も同じ歳になるのだ。親の運転をきっかけに家族が新たな一歩を踏み出す、感動家族小説！

「本の雑誌」でおなじみの沢野ひとしが、これまでの登山歴から厳選した50の山を紹介。実体験にもとづくエピソードは読者を紙上登山に誘います。イラストは200点以上！　笑って泣ける山エッセイ！

東京で夫の志郎と暮らしていた由香。しかし夫が姑の懇願に負けて、病に倒れた伯父の後継者として選挙に出馬することになり一転。政治家になることを猛反対していた由香だったが、騒動に巻き込まれていき――。

マンションの修繕に伴い、不要品の整理を決めた。壊れた物干しやラジカセ、重すぎる掃除機。物のない暮らしには憧れる。でも「あったら便利」もやめられない。老いに向かう整理の日々を綴るエッセイ集！